Gabriel Erbé
Eine seltsame Erpressung

Bibliografische Information der Deutschen Nationalbibliothek. Die Deutsche Nationalbibliothek verzeichnet diese Publikation in der Deutschen Nationalbibliografie; detaillierte bibliografische Daten sind im Internet über www.dnb.de abrufbar.

Herstellung und Verlag:	BoD – Books on Demand - Norderstedt

Umschlaggestaltung: Gab Robé

© 2015 Gab Robé

ISBN 978-3-73475279-7

Prolog

Mehrere Seile wanden sich kunstvoll um ihren Körper. Die Arme waren auf ihrem Rücken so zusammengebunden, dass die Unterarme unbeweglich aufeinanderlagen und sie mit den Händen den Ellenbogen des jeweils anderen Armes umfassen konnte. Ihr Oberkörper und ihre Oberschenkel bildeten eine gerade Linie. Die Unterschenkel waren bis zu den Oberschenkeln hochgezogen. An den Seilen, die ihren Oberschenkelansatz, ihre Taille und ihre Brust umschlossen, waren weitere Seil angebracht, die an einer Öse befestigt waren, die von der hohen Decke an einer Kette herabgelassen war. Da die junge Frau keinen Kontakt zum Boden hatte, schwang sie sehr langsam um die eigene Achse und schaute voller Lust in die Kamera.

„Noch eine Runde Liebchen und du bist erlöst."

Sehr viel länger hätte sie die Position auch nicht mehr ausgehalten. So aber konnte sie nochmals ihren Kopf nach hinten werfen und dadurch das Seil in eine sanfte Pendelbewegung versetzen.

Kurze Zeit später kam der Fotograf zu ihr und ließ sie langsam zum Boden herab, wo er der Reihe nach die Seile löste. „Du warst mal wieder super. Ich verstehe gar nicht, wie du das so lange aushalten kannst."

„Liegt alles nur an dem, der einen fesselt Marc. Und du bist einfach gut darin. Ich habe noch keinen Bondagekünstler erlebt, der das Gewicht meines Körpers so gut auf die Seile verteilen kann, wie du."

„Naja." Wie immer konnte Marc mit dem Lob nicht wirklich umgehen. Zu ihrer Freude wurde er rot und zog es vor, nicht weiter auf seine Künste einzugehen.

„Nimm dir einen Kaffee oder was immer du möchtest. Wenn das für dich okay ist, dann geht es in einer halben Stunde mit den Edelstahlmanschetten weiter." Er hielt ihr einen Bademantel hin. „Und zieh dir den hier über. Du weißt, dass ich immer Angst habe, meine Models könnten sich erkälten, wenn sie nach einem Shooting mit dem ganzen Schweiß auf dem Körper aus dem warmen Scheinwerferlicht rausgehen."

Sie nahm den Mantel mit einem dankbaren Lächeln und ging in den kleinen Aufenthaltsraum neben dem Studio.

Sie war sehr gespannt, wie das nächste Shooting würde. Bisher hatte sie immer nur Fotos machen lassen, bei denen ihr Körper auf das Kunstvollste mit Seilen verschnürt war. Die Stahlbänder würden eine ganz neue Erfahrung für sie sein. Als sie gemütlich mit einer Tasse Kaffee in einem der Sessel saß und sich die Stellen massierte, an denen die Seile gesessen hatten, schweifte ihr Blick durch den Raum. Auf dem Tisch lagen verschiedene Fotomagazine kreuz und quer durcheinander. Sie konnte nicht anders und musste sie zu einem ordentlichen Stapel zusammenlegen. Danach hätte sie am liebsten die Glasplatte des Tisches geputzt. Nicht, dass sie wirklich dreckig war. Wenn Marc in seinem Atelier neben der Unordnung in seinem Aufenthaltsraum auch noch Schmutz geduldet hätte, wäre sie niemals zu den Shootings bereit gewesen. Trotzdem waren auf der Glasplatte einige Fettflecken, wie sie entstehen, wenn man mit den Händen auf die Platte kommt. Statt aber zu putzen war sie von dem fasziniert, was sie in der Ablage unter der Tischplatte sah.

Die Stahlmanschette glänzte, als ob sie gerade frisch poliert wäre. Sie war von innen mit einem weichen schwarzen Stoff gefüttert, der oben und unten über den Stahl hinausschaute und einen wunderbaren Kontrast zu dem glänzenden Edelstahl bot. Sie nahm das Teil vorsichtig hervor und betrachtete es genauer. Das Schloss war geöffnet und mit einem starken Ring versehen, der nach dem Schließen der Manschette dazu dienen würde, verschiedene Fesseln zu befestigen. Bisher war sie immer davon ausgegangen, dass solche Manschetten mit einem simplen Vorhängeschoss verschlossen würden. Dieses Schloss aber würde nach dem Schließen nicht mehr als Schloss zu erkennen sein und hatte damit für ihr Empfinden viel mehr Stil. Wenn der Ring nicht so eindeutig wäre, hätte das Ganze schon fast als extravagantes Schmuckstück angesehen werden können.

Kurzentschlossen legte sie die Manschette um ihren Hals, ließ das Schloss einrasten und betrachtete sich in dem Wandspiegel. Was sie sah, gefiel ihr außerordentlich gut. Sie hatte keine Ahnung, weswegen sie das nicht schon viel früher ausprobiert hatte.

„Liebchen, kannst du weitermachen oder brauchst du noch Pause?" Marcs Stimme aus dem Studio hatte, wie immer, diesen besonderen fragenden Unterton.

„Ich komme!"

Sie nahm noch den letzten Schluck Kaffee und ging ins Studio zurück. Nachdem sie sich im Spiegel gesehen hatte, konnte sie es kaum abwarten noch mehr von diesen wundervollen Manschetten angelegt zu bekommen.

Als Marc sie sah, gefror sein freundliches Lächeln für einen Moment. „Wo hast du denn diesen netten Schmuck her?"

„Der lag auf der Ablage von dem Tisch dahinten." Sie zeigte Richtung Aufenthaltsraum. „Hätte ich den nicht nehmen dürfen?"

Marc kratzte sich am Hinterkopf. Da sie schon lange mit ihm arbeitete, wusste sie, dass es irgendein Problem gab.

„Eher mein Fehler. Du weißt, dass du immer alles ausprobieren kannst, was hier rumliegt. Aber das hätte ich nicht rumliegen lassen sollen."

„Was ist so besonderes daran, außer dass es super aussieht."

Er fasste sich ans Kinn. „Gut, dass es dir gefällt, denn du wirst das jetzt ungefähr einen Monat lang tragen müssen."

Sie schaute ihn sprach los an und fing danach haltlos an zu lachen. „Du schaffst es immer wieder mich auf den Arm zu nehmen. Komm lass uns anfangen. Ich kann gar nicht abwarten, was für Manschetten du sonst noch hast."

Damit ging sie zu der kleinen ausgeleuchteten Bühne.

„Liebelein?", fing er vorsichtig an.

„Marc sei jetzt ruhig und leg los!"

Er schien nicht ganz glücklich aber fing dann doch an, ihr Manschetten um die Knöchel und die Handgelenke zu legen. Danach zeigte er ihr einen im gleichen Material gefertigten Keuschheitsgürtel und erklärte, wie der zu tragen wäre. „Die Leute, die etwas härter drauf sind, befestigen dann auch noch Dildos daran. Eigentlich kann ich mir nicht so wirklich vorstellen, dass das schön ist. Wir lassen das natürlich aus. Ich leg dir den dann mal an, oder?"

„Nur zu Marc. Dafür bin ich schließlich hier. Hauptsache, du wirfst den Schlüssel nicht weg", scherzte sie.

Eine knappe Stunde später hatte er sie in den verschiedensten Positionen festgekettet und war endlich mit allen Posen, die er sich vorgenommen hatte, durch.

„Dann will ich dich mal erlösen."

Nach kurzer Zeit hatte er bis auf die Halsmanschette alles entfernt und hielt ihr den Bademantel hin.

Sie zeigte auf ihren Hals „Ich finde die zwar wirklich hübsch, aber wenn du die auch noch entfernen würdest?"

Wieder fasste er sich an den Hinterkopf. „Ich hatte schon befürchtet, dass du mich nicht ernst genommen hast. Die kann ich wirklich nicht öffnen. Ich arbeite im Moment an einem Zeitschloss. Du hast eines meiner ersten Exemplare um den Hals. Heut Morgen war der Mechanismus noch geschlossen. Ich nehme an, er ist bei der Bondagesession aufgegangen. Dann hast du das Teil gefunden, dir umgelegt und wieder geschlossen. Ungefähr in einem Monat springt der dann wieder auf."

Automatisch fasste sie sich an den Hals und zog an dem Stahlband, das sich natürlich nicht öffnete. Marc schaute sie dabei mit einem Lächeln an, das sie nicht richtig deuten konnte. „Ich hoffe mal, dass du das jetzt nicht lustig findest", wollte sie wissen.

„Doch, eigentlich schon. Keine Ahnung wie viele von denen, die zu meinen Shootings kommen in ihrem tiefsten Inneren davon träumen in so eine Situation zu geraten. Was wird schon groß passieren? Du bist eine Zeit der absolute Blickfang. Das ist alles."

„Dass mir das peinlich sein könnte ist jetzt nichts, was dir in den Kopf kommt?"

Marc nahm für kurze Zeit theatralisch eine Denkerpose ein. „Nein, aber ich hätte noch etwas Gleichwertiges für deine Handgelenke und Knöchel anzubieten."

„Spinnst du jetzt völlig oder was?"

„Wenn du hier noch länger rumzickst, dann wirst du dieses Studio mit solchen Manschetten verlassen. Ich kann doch nichts daran ändern, dass du so neugierig bist. Ich habe dir lange genug die Gelegenheit geboten einigermaßen stilvoll aus der Nummer rauszukommen. Jetzt habe ich keine Lust mehr dazu. Also schau, dass du Land gewinnst."

Sie wusste nicht, ob sie mehr durch die Worte oder den völligen Wegfall des Singsangs, der so völlig dem Klischee der Schwulen entsprach, schockiert war. Jedenfalls war die Ansage deutlich genug.

Samstag 30.4 / Sonntag 1.5.

Die Kellnerin kam an den Tisch des Paares um die Reste der Hauptspeise abzudecken.

„Hat es Ihnen geschmeckt?"

„Meinen Sie das ernst Fräulein?" Er sprach nicht übermäßig laut, aber laut genug, um die Gespräche an den Nachbartischen verstummen zu lassen. „Der Beilagensalat war fad und die Putenbrust zäh. Ansonsten war alles sehr ordentlich." Er wendete sich zu seiner Begleiterin „Wie war dein Essen?"

„Mir hat es sehr gut geschmeckt."

Die Kellnerin dankte mit einem freundlichen Blick und verschwand mit dem Versprechen die Reklamation weiterzuleiten, in der Küche.

„Willi, der Gast an Tisch 7 fand den Salat fad und die Pute zäh."

Der Koch funkelte die Kellnerin zornig an. „Was bildet der sich denn ein? In Wirklichkeit hat der noch nie ein so hervorragendes Essen zu sich genommen! Tisch 7 sagtest du Beate?"

Die Kellnerin nickte. Der Koch schaute nur kurz durch das kleine Spinksloch in der Türe.

„Der schon wieder. Der will mich ruinieren. Gib ihm und seiner Frau einen Schnaps. Serviere ihr einen schlechten und ihm einen guten."

„Die Frau war aber den ganzen Abend sehr höflich", protestierte Beate.

„Eben drum. Mach einfach. Du wirst schon sehen."

Beate stellte die beiden Schnapsgläser vor ihre Gäste. „Der Koch bittet dies als kleine Wiedergutmachung anzunehmen. Sehr zum Wohle."

„Bestimmt geben Sie meiner Frau den guten, weil sie immer so brav ist und mir irgendetwas völlig kaputtes Billiges. Ich kenne Läden wie diesen. Das können Sie mir glauben!"

Bevor die Kellnerin den Mund zum Protest öffnen konnte, hatte er die Gläser getauscht und seines gierig heruntergekippt. Als seine Frau sein Gesicht sah, nahm sie ihr Glas und nippte einmal daran. „Der ist gut. Danke an den Koch", beschied sie der Kellnerin mit einem freundlichen Lächeln.

„Die Rechnung", kam krächzend von ihrem Gegenüber.

Als sie das Restaurant verlassen hatten, hakte sich Yvonne bei ihrem Mann unter. „Wieso bist du bloß immer der Meinung, dass alle dir nur Böses wollen MM?"

„Es muss doch erlaubt sein, sich über das Essen zu beschweren!"

Sie schaute ihn fragend an. „Hat es denn wirklich nicht geschmeckt?"

„Die Kellnerin ist mir einfach auf den Keks gegangen. Die musste ich unbedingt in ihre Schranken weisen."

„Ach MM. Die hat doch auch nur ihren Job gemacht. Und dass sie nicht so aussieht, wie dein Schönheitsideal, da kann sie doch nichts zu."

Er strich ihr über die Hand. „Vermutlich hast du recht meine Liebste. Wir wollen das Thema jetzt abschließen."

„Mit anderen Worten: Du hast keine Lust darüber zu sprechen und verstehst auch gar nicht, warum der ein oder andere mit deinen Auffassungen Probleme hat."

„Ich hätte es nicht besser sagen können."

„Du bist in solchen Dingen wirklich ein hoffnungsloser Fall, MM."

Nicht zum ersten Mal ärgerte sich Yvonne darüber, dass er ungern über seine Fehler reden wollte und dieses Thema immer schnell mit ‚Vermutlich hast du recht' oder ‚Wir wollen ein anderes Mal darüber reden' abtat. Als sie am Ende der Einkaufsstraße angekommen waren, winkte MM ein Taxi heran, das sie nach Hause brachte.

„Yvonne, scheinbar ist mein Schlüssel kaputt. Probiere du bitte mal." MM wackelte an dem Schloss, ohne dass der Schlüssel richtig hineingleiten wollte.

„Kann es sein, dass das Schloss einfach kaputtgegangen ist MM?" Yvonnes versuchte ebenfalls erfolglos den Schlüssel hineinzustecken.

„Wäre schon seltsam. Das hat ja bisher noch nicht einmal gehakt. Ich probiere mal den Nebeneingang."

Kurze Zeit später öffnete er die Türe von innen.

„Schau dir das mal an." Er nahm sie an der Hand und zog sie zu dem Dielenschrank. Dort klebte ein Bild, das eine voll bewaffnete Comic-Heldin mit unvermeidlicher Traumfigur zeigte. Die Bildunterschrift lautete. *„Das mit dem Schloss tut mir leid. Ich wollte schon immer mal Sekundenkleber in so ein Schloss reindrücken. Ihr werdet den Verlust verschmerzen. Vermutlich werdet ihr - wo ich gerade schon beim Sekundenkleber war – den Verlust sogar schon in wenigen Sekunden vergessen haben, wenn ihr nämlich euren schönen kleinen Tresor inspiziert habt."*

Weiter kam MM nicht. Er rannte in sein Arbeitszimmer. Das Bild, das den Tresor verbergen sollte, stand auf dem Boden. Der Tresor war geöffnet und leer. MM ließ sich schwer auf den Schreibtischstuhl fallen und starrte den Tresor an.

„Oh Gott." Yvonne stand in der Türe und hielt sich beide Hände vor den Mund. „Du musst die Polizei rufen. Bei uns wurde eingebrochen."

Er drehte sich zu ihr um

„Bist du von allen guten Geistern verlassen. Das, was da drin war, ist ausnahmslos Schwarzgeld. Das weißt du doch. Soll ich der Polizei etwa sagen, dass mir schätzungsweise eine Millionen Euro an Schwarzgeld geklaut worden ist?"

Yvonnes Augen wurden in plötzlicher Panik groß. „Mein Schmuck! Hoffentlich hat der meinen Schmuck nicht gefunden!"

Sie war bereits die Treppe hoch, als er ihr halblaut antwortete „Dann kaufen wir eben neuen Schmuck. Kein Grund sich so aufzuregen. Frauen machen um ihren Schmuck ohnehin viel zu viel Aufhebens."

Eine halbe Stunde später hatten sie das gesamte Haus durchsucht, fanden aber keine weiteren Einbruchsspuren mehr. Der Einbrecher hatte nur den Safe geknackt und war mit dessen Inhalt verschwunden.

„Was für eine Dreistigkeit, uns dann auch noch so einen Zettel an den Schrank zu heften. Als ob er genau wüsste, dass wir nicht zur Polizei gehen können. Außerdem, warum glaubt der, dass er uns einfach duzen kann? Kennt der uns, oder was?"

Als keine Antwort von seiner Frau kam, schaute er sich zu ihr um. „Yvonne, wo bist du?" „Hier MM. Im Flur. Ich glaube, du solltest den Rest von dem Zettel auch noch lesen. Das ist ja wohl echt ein starkes Stück."

„Aber ihr sollt eine Chance haben, euer Schicksal und das von all dem bedruckten Papier zu beeinflussen. Ich habe mir da ein kleines Spielchen ausgedacht. Eigentlich sind es mehrere kleine Spielchen, aber dazu später mehr. Hier kommt das erste Spiel:

Gesucht ist eine Stadt, die ihr heute besuchen sollt. Ich darf doch davon ausgehen, dass Mitternacht bereits vorbei ist? Also habt ihr beide Zeit. Schließlich ist Sonntag. Das Spiel ist nicht wirklich schwer, denn ich gebe euch die Koordinaten des Gebäudes, in dem ich euch um 12 Uhr erwarte: 50° 56' 26" N, 6° 57' 30" E"

MM schaute Yvonne entgeistert an. „Der ist allen Ernstes der Meinung, dass wir in der Gegend herumfahren, nur weil der das will. Das kann der sich abschminken. Ich werde doch nicht anfangen, nach der Pfeife von irgend so einem dahergelaufenen Dieb zu tanzen. Sobald ich den erwischt habe, zerlege ich den und seine jämmerliche Habe in seine Einzelteile und damit ist die Sache beendet."

Yvonne wandte leise ein „Dafür musst du aber erst einmal wissen, wer das überhaupt ist."

MM funkelte seine Frau böse an. „Das ist nur eine Frage der Zeit. Die Aufgabe, die ich nicht bewältigen kann, muss erst noch erfunden werden."

„Lass uns erstmal einen Kaffee trinken MM. Wir müssen überlegen, was zu tun ist."

„Du kannst gerne einen Kaffee machen. Das ist lieb von dir, aber das Überlegen überlässt du besser mir. Ist schließlich auch alleine mein Geld, das dieser Mensch gestohlen hat."

Als der Kaffee, den er dann natürlich doch ohne einen weiteren Kommentar genommen hatte, geleert war, eröffnete er ihr „Wir werden zum Schein auf sein Spiel eingehen. Dadurch gewinnen wir wertvolle Zeit. Jetzt geht es erstmal ins Bett. Morgen müssen wir ausgeschlafen sein. Hast du schon gecheckt, in welcher Stadt sich die angegebenen Koordinaten befinden?"

„Mach ich gleich MM."

Am Anfang ihrer Beziehung hatte sie sich noch darüber geärgert, wenn MM ihr nicht zutraute über ein Problem vernünftig nachzudenken, aber andererseits von ihr abhängig war, sobald es um Recherchen im Internet ging. Inzwischen fand sie das nur noch amüsant. Sie googelte die Koordinaten und hatte das Ergebnis schon auf dem Schirm. „Köln. Um genau zu sein, ist es das Römisch Germanische Museum." rief sie über die Schulter in die Wohnung.

„Köln", er verzog angewidert das Gesicht. „Da findet doch immer dieser furchtbare Christopher Street Day statt. Hoffentlich grapschen mich da keine Schwulen an."

„Meinst du nicht, dass du da etwas übertreibst? Erstens besteht Köln nicht nur aus Schwulen. Und zweitens packen Schwule nicht irgendwelche Männer an, nur weil sie Schwule sind. Schließlich wirst du ja auch nicht andauernd von Hetero-Frauen angepackt oder?"

„Machst du dich jetzt für Minderheiten stark oder was ist hier los?"

„Ich versuche nur, dir klar zu machen, dass du bezüglich Schwuler ein ziemlich dickes und unlogisches Vorurteil hast."

„Das ist kein Vorurteil."

„Was dann?" In Yvonnes Blick lag ehrliches Interesse an seiner Antwort.

„Das verstehst du nicht." Er machte eine wegwerfende Handbewegung und dampfte Richtung Badezimmer ab.

Nach einer kurzen Nacht standen sie bereits um 11Uhr auf dem Roncalliplatz direkt vor dem Museum.

Schon auf der Autofahrt hatten sie gerätselt, wie die Kontaktaufnahme zu dem Dieb wohl stattfinden würde. Vermutlich hatte er einen öffentlichen Platz gewählt, damit er eine bessere Chance hatte, wieder in der Menge zu verschwinden. Sie sahen die große Einkaufsstraße, in der sich die Touristen dicht drängten. Ideale Bedingungen, um unterzutauchen. Um die Zeit zu überbrücken gingen sie noch kurz in den Dom, der direkt neben dem Museum steht.

Als sie um punkt 12Uhr das Museum betreten wollten, tippte jemand auf MMs Schulter.

„Sind Sie MM und Yvonne?"

Vor ihnen stand einer der jungen Skateboarder, die sich auf dem Platz tummelten.

„Das sind wir allerdings." MM schaute den jungen Mann prüfend an.

„Ich soll Ihnen das hier geben."

Er reichte MM einen Briefumschlag und fuhr ohne besondere Eile wieder zu seinen Kumpels zurück.

„Hey warte. Wer hat dir den Brief gegeben? Wie sah der aus?"

Der Skateboarder machte eine elegante Kehrtwende und stellte sich mit leicht angenervtem Gesichtsausdruck vor MM.

„Ich hab's mir doch gedacht. Von wegen einfacher Job. Passen Sie auf. Mich hat so ein Typ mit Sonnenbrille, Trenchcoat und Hut angelabert. Der sah so aus, als ob der gerade aus irgend so einem bescheuerten Agentenfilm ausgestiegen wäre. Auffällig unauffällig. Er hat mir irgendetwas von einer Verfolgungsjagd unter Freunden erzählt und mir das Bild hier von Ihnen gegeben." Er zog ein zerknicktes Foto aus der Hosentasche und gab es MM. „Hat mir erzählt, dass ich nur bis 12 warten muss und war weg."

„Wieviel Geld hat er dir gegeben?"

„Das geht Sie nichts an. Ich darf mich empfehlen?"

Er machte eine förmliche Verbeugung und war weg. Diesmal reagierte er nicht auf das Rufen von MM.

„Was steht denn in dem Brief?", wollte Yvonne wissen.

MM riss den Brief auf und las ihn laut vor.

„Ich gratuliere. Ihr habt euch dafür entschieden mit mir zu spielen. Macht euch einen schönen Tag in Köln. Den nächsten Hinweis findet ihr morgen in eurer Post."

MM starrte den Brief lange Zeit an. Schließlich fing er an zu Lachen. „Das kann alles nur ein Scherz sein. Du wirst sehen, wenn wir zuhause sind, wird irgendeiner meiner Freunde auftauchen und sich furchtbar über den gelungenen Scherz amüsieren. Und ich bin drauf reingefallen"

„Wer könnte das sein?", dachte Yvonne laut nach. „Eigentlich haben wir doch keine richtigen dicken Freunde."

MM sah sie kurz an und nahm sie dann gut gelaunt in den Arm „Am besten wir gehen erstmal in eines der Wirtshäuser und essen etwas von der einheimischen Kost. Die sollen hier besonders gute Hähnchen zubereiten."

Wenig später war seine Laune wieder auf einem Tiefpunkt angekommen. „Noch nie in meinem Leben hat man mich aus einem Gasthaus rausgeworfen."

„Du hättest die Karte eben besser lesen sollen, bevor du dir den ‚halven Hahn' bestellt hast", wandte Yvonne ein.

„Dieser komische Kellner hat doch nur darauf gewartet, dass irgend so ein Tourist in die Falle geht. Ich habe nur von meinem Recht Gebrauch gemacht, mich über dieses Benehmen zu beschweren."

Yvonne lächelte ihn an. „Und er hat sich das nicht gefallen lassen, mein liebster MM."

Er schaute sie liebevoll an. „Du bist wirklich die Einzige, die mir so etwas sagen darf. Also gut, ich bin bereit, das auf sich beruhen zu lassen."

Sie blieben noch einige Stunden in der Stadt und waren erst am späten Abend wieder zuhause.

Montag 2.5.

„Herr Müller, unter der Post ist eine Warensendung, die persönlich an Sie gerichtet ist."

„Wenn das da drauf steht, dann halten Sie keine langen Reden, sondern legen Sie sie ganz normal zur Post", blaffte MM seine Sekretärin an. „Ich werde die dann schon noch früh genug zu Gesicht bekommen."

Die Sekretärin war diese Behandlung scheinbar gewohnt, da sie ihm ohne sichtbare Gefühlsregung antwortete: „Das hätte ich gemacht, wenn der Umschlag sonst keine besonderen Auffälligkeiten aufweisen würde. Es ist aber ein Foto von Ihnen und ihrer Gattin abgedruckt, das sie vor einem mir unbekannten Hintergrund zeigt. Offenbar eine Fotomontage."

„Und das sagen Sie mir erst jetzt? Geben Sie schon her!"

Sie reichte ihm den Umschlag und verschwand schnellen Schrittes aus seinem Büro.

Ein Blick reichte ihm, um zu erkennen, dass das Foto bei ihrem Besuch in Köln aufgenommen war. Es zeigte sie, als der Skateboarder ihm den Brief aushändigte. Der Hintergrund allerdings war durch ein großes Plakat ersetzt, das für den Christopher Street Day warb. Als er den Umschlag öffnete, fand er ein kurzes Schreiben und eine CD.

„Dies ist das zweite Spiel und damit auch eure zweite Städtereise. Auf der CD befindet sich ein kleines Spiel. Es ist sehr einfach programmiert. Ich hoffe, ihr seid deshalb nicht enttäuscht. In dem Spiel müsst ihr einige Lösungen finden, die ich in den Bereich des Allgemeinwissens einordnen würde. Seid also bitte nicht beleidigt, wenn ihr euch unterfordert fühlt. Sobald alle Aufgaben gelöst sind, erscheint ein Hinweis auf die nächste Stadt. Diesem Hinweis möchte ich euch bitten zu folgen."

„Frau Schütich, ich komme heute nicht mehr rein. Falls etwas Unaufschiebbares anliegt, schicken Sie mir eine SMS." Bevor die Sekretärin etwas erwidern konnte, war er schon durch die Türe. Sie griff zum Telefon „Schütich hier, er kommt heute nicht mehr rein. Du hast die Wette gewonnen." Sie lauschte in den Hörer. „Ja, ich hätte es mir denken können. Egal. Treffen wir uns heute Abend bei mir? Ich koche. Wettschulden sind Ehrenschulden."

Der restliche Arbeitstag war, wie immer, wenn der Chef nicht im Haus war, sehr entspannt und deshalb auch sehr effektiv.

Bereits aus dem Auto rief MM die Detektei Triebel an.

„MM hier. Ich brauche den Chef in 30 Minuten bei mir zuhause."

Er beendete das Gespräch, bevor ihm eine Antwort gegeben werden konnte. In seinem Haus angekommen rief er nach Yvonne „Der Erpresser hat sich wieder gemeldet. Hier ist eine CD mit einem Spiel. Setz dich damit auseinander und bring mir gleich die Lösung. Ich habe für so einen Quatsch keine Zeit. Gleich kommt Triebel."

„Schön, dass du schon da bist liebster MM. Ich freue mich auch dich zu sehen."

Der Tonfall war Anklage genug. MM schaute seine Frau überrascht an, ging aber nicht weiter darauf ein.

„Stell dir vor, der Erpresser hat mir Post ins Büro geschickt. Das hier ist der Umschlag."

Er hielt ihr das Foto hin.

„Er hat uns also bei der Übergabe beobachtet. Da hätten wir auch drauf kommen können."

„Hast du gesehen, was da im Hintergrund auf dem Plakat steht? Ich will gar nicht wissen, wer außer der Schütich den Umschlag gesehen hat. Unverschämt. Der will mich in meiner eigenen Firma zur Unperson machen."

Bevor Yvonne etwas entgegnen konnte, klingelte es an der Tür.

„Das wird Triebel sein. Sobald du das Spiel gelöst hast, kommst du dazu und sagst uns die Lösung."

Yvonne blieb mit hochgezogener Augenbraue zurück. Für MM war sie im Moment einfach nur eine nützliche Bürokraft. Alles, worauf es jetzt ankam, war funktionierendes Personal. Er öffnete Triebel die Türe, führte ihn sofort in sein Arbeitszimmer und legte streng chronologisch dar, was bisher passiert war.

Währenddessen begann Yvonne sich mit Hilfe des Internets durch die Fragen durchzuarbeiten, die ihr von dem Programm auf der CD gestellt wurden.

Als MM von Köln erzählte, konnte sich Triebel nicht mehr zurückhalten.

„Die Fahrt nach Köln hätte schon das Ende der Erpressung sein können. Es war doch sonnenklar, dass der Erpresser beim ersten Rendezvous vor Ort sein würde, um zu prüfen, ob Sie auch brav auftauchen würden."

MM brauchte einen Moment um seinen Ärger über die Unterbrechung und den Rüffel von Triebel herunterzuschlucken, gestand seinen Fehler dann aber doch widerwillig ein.

„Wann ist das nächste Treffen?" wollte Triebel wissen.

MM zeigte auf den Umschlag. „Der war heute in der Büropost."

Triebel zog sich Handschuhe an und holte den beigefügten Zettel aus dem Umschlag. Nachdem er ihn durchgelesen hatte, fragte er nach der CD.

„Die habe ich meiner Frau gegeben. Sie ist gerade dabei das Spiel zu lösen, das hier angekündigt ist."

Der Detektiv schaute ihn entgeistert an. „MM, Sie wollen mir doch jetzt bitte nicht erzählen, dass Sie mit der CD einfach so auf ihren Computer gegangen sind?"

„Was soll denn passieren? Meinen Sie der Computer löst sich gleich in Luft auf oder was?" war die unaufgeregte Antwort.

„Schon mal was von Viren, Trojanern und all den anderen Sachen gehört, die einen Computer heutzutage befallen können? Sie können doch nicht die CD von einem Wildfremden, noch dazu einem Erpresser, einfach so in ihren Computer packen. Wo steht der Computer?"

Als sie zu Yvonne kamen, schaute diese gerade verwundert auf den Drucker.

„Ist irgendetwas Besonderes passiert Yvonne?"

Sie schaute zu MM. „Bis jetzt gerade nicht. Ich habe eben die letzte Frage beantwortet. Keine Ahnung, weshalb der Drucker jetzt druckt."

Alle drei schauten auf das frisch bedruckte Blatt.

„Es ist nicht überliefert, ob er eine kennen gelernt hatte, aber wenn doch, dann hätte er sagen können, er habe hier Anna kennen gelernt, wobei er mit einem leichten Lächeln um die Lippen sicherlich dem Wort ‚hier' eine besondere Betonung gegeben hätte. Man hätte meinen können, dass das Wort mit dem nachfolgenden Wort verschmolzen wäre."

Auf dem Bildschirm erschien „mission accomplished".

„Was soll das denn bedeuten?" MM schaute Yvonne fragend an.

„Das hat Bush doch damals gesagt, als er glaubte, seine Soldaten hätten mal so eben den Irak erobert" erklärte Yvonne ihm.

„Das weiß ich natürlich. Ich will wissen, was das jetzt hier auf meinem Bildschirm bedeutet."

Im gleichen Moment wurde der Bildschirm schwarz.

MM drückte auf die Tastatur, bewegte die Maus, aber nichts passierte. Schließlich machte er den Computer über den Hauptschalter aus und startete ihn gleich wieder. Nach kurzer Zeit meldete sich der Computer mit unzähligen Fehlermeldungen und der Empfehlung eine alte Systemwiederherstellungsdatei aufzurufen.

„Habe ich Ihnen doch gerade noch gesagt. Auf der CD war mit Sicherheit ein fetter Virus programmiert, der jetzt Ihren Computer demoliert hat", erklärte Triebel. „Am besten, Sie lassen da einen Experten ran. Vielleicht kann der ja noch etwas retten. Waren denn wichtige Daten auf dem Rechner?"

MM schüttelte nur den Kopf. „Nein, der Computer hier ist eigentlich mehr zum Spielen und für das Internet da. Den habe ich schnell ersetzt."

„Wenigstens wissen wir jetzt, was er mit ‚mission accomplished' gemeint haben könnte", warf Yvonne ein. „Wahrscheinlich war das der Moment, in dem er wusste, dass der Computer nicht mehr zu gebrauchen ist."

„Vielen Dank Yvonne, da wäre ich jetzt nicht drauf gekommen." MM war schlechter Laune.

Zurück im MMs Arbeitszimmer stellte Triebel die Frage nach dem Sinn der gedruckten Botschaft. „Der Hinweis auf die nächste Stadt, die Sie besuchen sollen?"

MM nickte. „Das ist wohl zu vermuten. Fragt sich nur, wo die in dieser Botschaft versteckt sein kann."

„Ich glaube, dass das nicht besonders schwer ist MM." Yvonne hörte sich optimistisch an. „Die ganzen anderen Rätsel aus dem Spiel waren mit dem Internet sehr einfach zu lösen. Eigentlich sogar teilweise ohne Internet"

Beide Männer schauten sie erwartungsvoll an.

„Ich würde einfach ‚hieranna' als Suchbegriff eingeben und dann mal schauen was so kommt. Schließlich hat er doch besonders großen Wert darauf gelegt, dass die beiden Wörter so ausgesprochen werden sollen, wie ein einziges Wort."

„Okay, nimm dir den Laptop und schau, was du herausfindest", forderte MM sie auf.

Als sie gerade den Laptop aufklappte, klingelte es an der Türe. „Eilzustellung für Herrn Müller." MM nahm den Brief entgegen. Bevor er ihn öffnen konnte, nahm Triebel ihm den Brief aus der Hand.

„Sie wollen doch nicht schon wieder mögliche Spuren verwischen?"

MM streckte die Hand aus, um den Brief wieder zurückzufordern.

„Ich darf doch wohl noch meine Post öffnen. Sie sollten sich lieber um diesen Erpresser kümmern."

Triebel schaute MM herausfordernd an. „Wann haben Sie das letzte Mal eine Eilzustellung mit geschäftlichen Unterlagen nach Hause zugestellt bekommen?"

„Noch nie, aber irgendwann ist immer das erste Mal."

„Wenn mir diese Bemerkung erlaubt ist: Sie machen es Ihrem Erpresser wirklich einfach. Schauen Sie doch mal auf den Absender. Das ist der gleiche, wie der von dem Brief mit der CD."

MM ging frustriert ins Wohnzimmer zurück. „Jahrelang habe ich keine Opfer gescheut, um meine Firma nach vorne zu bringen. Da ist es doch ganz normal, dass ich bei einem Eilbrief erstmal an die Firma denke."

Yvonne kam mit dem aufgeklappten Laptop in den Raum. „Erfurt."

Sie schaute die beiden Männer triumphierend an. „Ich würde sagen ‚Erfurt'. Beim googlen wird ‚hieranna' zu ‚Hierana' korrigiert. Das ist der Name der Erfurter Uni zu Zeiten von Luther."

Eigentlich hatte sie mehr Freude über die schnelle Lösung des Rätsels erwartet. Schließlich fiel ihr Blick auf den Eilbrief. „Was ist das?"

„Ein weiterer Brief. Also ich meine ein weiterer Brief des Erpressers." Mit einer relativierenden Geste fügte MM hinzu. „Jedenfalls sieht es so aus."

Triebel hatte inzwischen seinen kleinen Notfallkoffer geöffnet und zog ein Skalpell heraus, mit dem er den Brief vorsichtig öffnete. Mit einer Pinzette zog er das Schreiben heraus und hielt es so, dass MM lesen konnte.

„MM, da du ein Mann der Tat bist, ein echter Macher, wie du nie müde wirst zu betonen, wird jetzt vermutlich ein Computer im Reich der ewigen Jagdgründe gelandet sein. Ich hoffe sehr, dass der Ausdruck für euch aufschlussreich war, denn die genaue Adresse in der Stadt ist zu allgemein, um davon auf die Stadt zu schließen. Morgen Vormittag (also Dienstag) 11Uhr Hauptstraße 5. Das Codewort lautet „Dali". Ich erwarte pünktliches Erscheinen.

Solltet ihr nicht erscheinen, werde ich mir überlegen, wie ich euch in Zukunft besser motivieren kann. Ein Ausstieg aus der ganzen Angelegenheit ist von meiner Seite nicht vorgesehen. Wenn ihr aussteigen wollt, dann ist das nur über eine Selbstanzeige und natürlich den Verzicht auf das Geld möglich.

Noch ein privates Wort: Ich habe natürlich Verständnis dafür, wenn ihr versucht mich aufzuspüren. Sollte dies gelingen, werde ich mich als fairer Verlierer erweisen. Ich erwarte allerdings, dass ihr für eure Erkundungen keine anderen Menschen mit eurem Problem belastet."

Triebel brach als erster das Schweigen. „Der ist ja mal schräg drauf. Aber das ist auch genau unsere Chance. Ich werde eine befreundete Agentur in Erfurt mit der Observation der Adresse beauftragen."

Er wartete die Zustimmung von MM ab und wählte dann eine Nummer aus dem Adressbuch seines Handys. „Hallo Mike, hier ist Triebel. Kannst du mir morgen früh aushelfen?" Er signalisierte mit dem erhobenen Daumen Erfolg. „Die Adresse lautet Hauptstraße 5. Meine Klienten sind für 11Uhr morgen früh dorthin bestellt. Diskretion ist oberstes Gebot. Du wirst vermutlich nicht der Einzige sein, der observieren wird. Ich will wissen, wer der andere ist. Die Fotos meiner Klienten maile ich dir gleich zu."

Nachdem er aufgelegt hatte, wandte er sich wieder MM zu.

„MM, stellen Sie mir bitte eine Liste zusammen, was in dem Safe war. Vielleicht lässt sich darüber eine Spur aufnehmen."

„Die Liste ist schnell gemacht. Geld, nichts als Geld."

„Was meint er dann mit Selbstanzeige?"

„Woher soll ich das denn wissen?"

„MM, da Ihre Frau gerade nicht im Raum ist, stelle ich die Frage vorsichtshalber mal anders. Wir beide haben eine Menge an fragwürdigen Dingen gemacht. Waren davon irgendwelche Unterlagen in dem Safe? Oder bewahren Sie die Sachen an einem anderen Ort auf?"

„Nein"

„Was ‚Nein'?"

„Nein, die bewahre ich an keinem anderen Ort auf", antwortete MM genervt.

„Das heißt der Erpresser hat jetzt massenweise belastendes Material in den Händen?" Triebel hatte sichtlich Mühe ruhig zu bleiben. „Und das sagen Sie mir erst auf Nachfrage? Haben Sie überhaupt einen blassen Schimmer davon, was der Erpresser mit uns beiden machen kann?"

„Na, so schlimm ist das nun auch wieder nicht. Er muss schließlich auch in der Lage sein, die Unterlagen richtig zu bewerten", versuchte MM ihn zu beruhigen.

„Wann hätten Sie denn vorgehabt, mir das zu erzählen?" Als MM nicht antwortete, fuhr er fort: „Ist auch egal. Gehen

Sie davon aus, dass er etwas mit den Sachen anfangen kann. Das würde auch erklären, dass er Ihnen so seltsame Mails schreibt. Ich bin mir sicher, wenn wir ihn finden wollen, müssen wir bei unseren alten ‚Klienten' suchen und werden dort auch fündig."

„Aber das waren doch alles ausgemachte Penner. Von denen ist doch keiner in der Lage bei mir einzubrechen und dann auch noch den Safe zu knacken. Machen Sie sich doch nicht lächerlich. Das muss ein ganz ausgekochter Profieinbrecher sein, für den die Unterlagen nur wertloser Beifang sind."

Triebel schaute MM lange an. „Glauben Sie eigentlich selber was Sie da sagen? Nur weil wir die Typen über den Tisch gezogen haben, sind das doch noch lange nicht alles nur die reinen Versager. Während Sie morgen in Erfurt sind, werde ich die alten Unterlagen durchforsten und schon einmal vorsortieren, wen wir genauer unter die Lupe nehmen müssen."

MM machte eine wegwerfende Geste. „Ich kann Sie nicht daran hindern. Aber wir werden morgen ohnehin wissen wer das ist, falls Ihre Freunde in Erfurt ihren Job verstehen."

„Ihr Gemüt hätte ich gerne. In welchem Gesetzbuch steht denn geschrieben, dass der Erpresser morgen in Erfurt ist? Die Observation kann ein Erfolg und genauso gut auch ein Misserfolg werden. Und das ganz unabhängig von den Fähigkeiten meiner Kollegen."

„Zeigen Sie mir mal bitte das Schloss" fuhr Triebel nach einer kurzen Pause fort. MM schaute ihn fragend an. „Welches Schloss?"

„Gestern wurde doch Ihr Schloss verklebt. Ich möchte es mir ansehen."

„Das liegt natürlich im Müll, wo es hingehört. Inzwischen ist es ausgetauscht und alles wieder in bester Ordnung."

Triebel bedachte MM erneut mit einem langen Blick. „Schon mal was von Spurensicherung gehört? Wie ist der Täter denn überhaupt reingekommen? Irgendwelche Spuren? Zerschlagene Fensterscheiben oder ähnliches?"

„Nichts. Das muss ein Profi gewesen sein. Vermutlich hat er das Schloss aufgebrochen und dann zum Verwischen der Spuren die Nummer mit dem Kleber durchgezogen!"

„Haben Sie etwas dagegen, wenn ich mir Ihr Haus mal genauer anschaue?"

MM machte eine einladende Geste. „Nur zu, nur zu."

Dienstag. 3.5.

11Uhr, Erfurt. Die beiden standen vor einem Nagelstudio. „Was soll das denn jetzt wieder werden?"

„Keine Ahnung MM. Lass uns einfach reingehen und nachfragen, ob die mit ‚Dali' etwas anfangen können." schlug Yvonne vor, als sie bereits die Türe aufdrückte.

Sofort kam ihr ein junger Angestellter entgegen, der durch sein Namensschild als Detlef ausgewiesen war.

„Guten Tag, was kann ich für Sie tun?"

„Sagt ihnen ‚Dali' etwas?", fragte Yvonne vorsichtig.

„Natürlich. Das war ein großer Künstler des Surrealismus." Als er die enttäuschten Gesichter von Yvonne und MM sah, fügte er hinzu: „Kleiner Scherz. Es gibt für 11Uhr so eine Art Blind Date unter dem Stichwort ‚Dali'. Sie machen wohl so eine Art Überraschungsspiel für Erwachsene?"

„Ja so etwas in der Art", stimmte ihm Yvonne erleichtert zu. „Und was haben wir hier gewonnen?"

„Na, einmal Nägel für Sie natürlich." Mit einem bedauernden Blick zu MM fügte er hinzu „Für Sie leider nichts. Es sei denn, Sie wollen die Nägel? In dem Fall erkläre ich mich bereit eine Münze zu werfen oder Sie bezahlen die zweite Behandlung aus eigener Tasche."

Als er MMs Gesicht sah, fügte er schnell, „kleiner Scherz", hinzu.

Bevor MM eine Antwort geben konnte, empfahl Yvonne ihm, sich die nächste Stunde in einem der Cafes zu vertreiben. „Ich rufe dich auf dem Handy an, wenn ich fertig bin."

„Mit zwei bis drei Stunden würde ich schon rechnen" warf Detlef ein. Wortlos verließ MM das Nagelstudio und dampfte Richtung Innenstadt ab. Detlef schaute ihm hinterher.

„Na, da ist aber einer enttäuscht, dass er nichts gewonnen hat oder?"

„Das glaube ich eher nicht." erklärte im Yvonne. „der ist nur genervt, dass das so lange dauern soll."

„Wenn ich zaubern könnte, hätte ich einen spitzen Hut auf und würde mir als Erstes ganz viel Geld zaubern. Aber ich bin kein Zauberer. Also muss ich mir mein Geld normal verdienen und habe jetzt die große Freude, Ihnen ein paar wunderschöne Nägel machen zu dürfen."

Er schaute Yvonne an.

„Sie werden doch jetzt keinen Rückzieher machen?"

„Nein, nein. Ich finde die Idee unseres Freundes zwar etwas sehr ausgefallen, aber wo ich jetzt schon mal hier bin, lasse ich mich gerne überraschen, was jetzt kommt. Ich nehme mal an, dass ich kein Mitspracherecht habe?"

„Korrekt", stimmte ihr Detlef zu. „Es ist bereits alles festgelegt und auch bezahlt."

Er führte Yvonne zu einem der Behandlungstische.

„Wollen wir?"

„Legen Sie los Detlef."

Drei Stunden später hatte sie neue Nägel, die alles andere, als ein dezentes French Design mit ein paar Mustern hatten, mit dem sie im Stillen gerechnet hatte. Alle Nägel reichten einen Zentimeter über die Fingerkuppen hinaus. Auf den Daumen war jeweils eine Giraffe abgebildet, deren Beine so überdimensional lang waren, dass sie aus einem Bild von Dali stammen könnten. Die restlichen Fingernägel hatten keine Bilder bekommen. Sie waren silberglänzend und wirkten wie verchromt.

Nachdem Yvonne eine zeitlang nachdenklich auf die Finger geschaut hatte, erklärte Detlef ihr, dass sie keine Sorge haben müsse, eventuell einen der Nägel zu verlieren, wenn sie ihn zu stark belasten würde. „Sie werden sich schnell daran gewöhnt haben. Es gibt Frauen, die seit Jahren mit noch viel längeren Nägeln klar kommen."

Yvonne war sich da nicht so sicher, wollte sich aber auch keine Blöße geben und verabschiedete sich von dem Nageldesigner. Der hielt ihr noch einen kleinen Umschlag hin.

„Das ist für ihren Mann. Wahrscheinlich die nächste Station, die sich Ihr Freund ausgedacht hat."

Auf der Straße angekommen, hatte Yvonne einige Mühe ihr Handy aus der Tasche zu kramen. „MM? Ich bin hier fertig. Wo finde ich dich?" Sie ging an den geparkten Autos entlang. Eines hatte die hinteren Fenster leicht geöffnet. Wahrscheinlich saß ein Hund hinter den getönten Scheiben und wartete geduldig auf die Rückkehr seines Herrchens. „Wie meine Nägel geworden sind? Ich würde mal sagen: Unbeschreiblich" Sie kicherte ins Telefon. „Bis gleich"

Wenig später sah sie MM am Ende der Straße auf sie zukommen. Damit die Überraschung perfekt würde, steckte sie ihre Hände in die Manteltaschen.

„Yvonne, lass sehen!"

Mit einem „Tata" holte sie die Hände aus den Taschen und schaute in das ungläubige Gesicht von MM.

„Nimm dir eine Schere und schneide die sofort wieder ab. Das sieht ja widerlich aus. Oder besser, du gehst sofort zu diesem Typen zurück und lässt dir das wieder entfernen!"

„Reg' dich nicht so auf. Bevor ich irgendetwas mache, würde ich dir erstmal die Lektüre dieses Briefes empfehlen." Sie reichte ihm den Umschlag. „Den hat mir Detlef gegeben."

„Wer ist Detlef?" Sein Gesicht drohte rot anzulaufen.

„Der Nageldesigner, dem ich diese wunderbaren Nägel zu verdanken habe."

„Jetzt sag mir bitte nicht, dass du die auch noch gut findest!"

Yvonne schaute sich die Nägel nochmals an „Doch, hat was. Ist vor allem nicht das langweilige French Design, das alle haben."

„Das was?"

„Das kennst du doch. Die Spitzen weiß und der Rest mehr oder minder in seiner natürlichen Farbe."

„So heißt das?", nickte MM während er mit einer missmutigen Bewegung den Brief entgegennahm. „Den hätte er mir doch eben auch direkt geben können."

„Hätte er nicht MM. Der ist doch der Meinung, dass das alles nur ein Spiel für reiche Leute ist, die sonst nichts mit ihrer Zeit anzufangen wissen. Da wird er sich doch nicht über die Anweisungen hinwegsetzen, die man ihm gegeben hat."

Während MM schon den Brief las, stimmte er ihr erst halbherzig zu und starrte sie dann entgeistert an.

„Was ist? Was steht drin?" Sie nahm ihm das Papier aus der Hand und las selber.

„Da Yvonne jetzt so wunderbare Nägel hat, sollst auch du, lieber MM nicht zu kurz kommen. Du wirst um 15Uhr in der Rathausstraße 15 erwartet. Das ist gut zu schaffen. Ich weiß natürlich, dass du mit Überraschungen nicht so souverän umgehen kannst. Deshalb verrate ich dir schon jetzt, dass ich dich zu einer Warmwachsepilation deiner gesamten Körperbehaarung angemeldet habe. Natürlich nur der Teil des Körpers, der sich unterhalb des Kopfes befindet. Mach mir die Freude dich ein wenig leidend zu wissen.

Ich melde mich dann in den nächsten Tagen wieder.

PS.: Yvonne, lass die Nägel bitte so, wie sie sind. Ist besser so für alle Beteiligten."

Yvonne konnte sich ein leises Kichern nicht verkneifen, was ihr einen entsetzten Blick von MM bescherte.

„Findest du das jetzt auch noch lustig? Bin ich hier nur noch von Idioten umgeben? Wenn ich eines nicht machen werde dann ist das definitiv dieser Termin. Wie käme ich dazu, mir meine Haare rausreißen zu lassen?"

„Weil der Erpresser das will?"

„Weil der Erpresser das will", äffte er Yvonne nach. „Das ist für mich noch lange kein Grund, das dann auch zu machen."

„Dein Problem MM. Zumindest, wenn der Erpresser ein Problem draus macht. Dann ist es aber auch dein Problem und nicht meins. Zumindest hoffe ich, dass der Erpresser das auch so sieht."

MM schaute sie verwirrt an. „Meist du das jetzt ernst oder was? Wo soll der kleine Wicht mir denn ein Problem machen? Der wird doch jetzt observiert und danach auf dem goldenen Tablett ausgeliefert."

„Wie du meinst."

Nach einer Stunde auf der Autobahn hielten sie an einer Raststätte, um sich den Magen für die restliche Heimfahrt zu füllen. Als sie gerade saßen, klingelte das Handy.

„Wer ist es Triebel?"

Während sich MM die Antwort anhörte, konnte Yvonne an seiner Gesichtsfarbe erkennen, dass die Antwort nicht nach MMs Geschmack war.

„Wollen Sie mich verarschen oder was soll das geben?" MM machte sich nicht die Mühe seine Stimme zu senken, was ihm die volle Aufmerksamkeit der Nachbartische sicherte „Mit was für grenzenlosen Versagern arbeiten Sie denn da zusammen? Der soll bloß nicht auf die Idee kommen, mir eine Rechnung zu stellen!"

Er ließ Triebel nur wenige Sekunden zu Wort kommen, bevor er wieder lospolterte „Ich erwarte Sie um punkt 20Uhr bei mir zuhause. Das Gespräch ist beendet!"

MM drückte mit aller Kraft auf die Taste mit der er die Verbindung unterbrach.

Yvonne hatte während des Gespräches entspannt in ihrem Stuhl gesessen „Ach, was waren das noch für schöne Zeiten, als man das Telefon auf die Gabel pfeffern konnte."

Sie erntete einen aggressiven Blick von MM. „Was soll das denn jetzt wieder?"

„Na, so wie du auf die Taste gedrückt hast, liegt die Vermutung doch nahe, dass du lieber ein richtiges Telefon mit richtiger Telefonhörergabel gehabt hättest."

Er schaute sie lange an, wobei sich seine Gesichtszüge langsam entspannten. „Wie kannst du nur immer so ruhig bleiben?"

„Es bringt mich nicht weiter, wenn ich mich aufrege. Ganz einfach."

„Ganz einfach. Super. Ich finde das gar nicht einfach. Wenn ich ein Ventil brauche, dann kann ich nicht anfangen mir zu erzählen, dass Aufregen nichts bringt"

Yvonne bemerkte, dass sich die um sie herum sitzenden Personen wieder ihren eigenen Gesprächen zuwendeten.

„Was hat Triebel dir denn erzählt?"

„Der Mitarbeiter von seinem Freund. Der, der die Fotos machen sollte. Ihm ist das Auto geklaut worden. Alles ist weg."

„Was ist in dem Fall ‚alles'?"

„Was meinst du wohl, was ich unter ‚alles' verstehe? Die Fotos, die Ausrüstung, einfach alles! Der Idiot war um die Ecke zum Pinkeln. Als er zurückkam, war das Auto weg."

„Na, dann wärst du wohl doch besser zum Waxing gegangen?"

„Da kriegt der mich niemals hin. Ich bin doch keine Tussi!"

„Wäre aber trotzdem mal eine Überlegung wert. Dein Rücken sieht schon ziemlich affenmäßig aus."

MM starrte sie mit offenem Mund an. „Steckst du mit dem Typen etwa unter einer Decke? Du gehst mir schon seit einiger Zeit mit deinen Haarentfernungsbemerkungen auf den Zeiger. Ist das jetzt die Methode mich irgendwie rumzukriegen?"

„Klar und so ganz nebenbei klaue ich dann auch noch ein Auto, von dem ich gar nicht weiß, welches das ist. Ich bin schon eine echte Heldin."

„Da hast du auch wieder recht. Dann steckst du eben nicht mit dem unter einer Decke."

Yvonne lächelte ihn an „Wenn das so etwas wie eine Entschuldigung sein sollte, dann nehme ich die an."

Wie immer bei solchen Dingen, schien MM nicht zu verstehen, was sie meinte. „Ich habe nur einen naheliegenden Gedanken ausgesprochen. Das ist alles."

Am Abend wurden sie bereits von Triebel erwartet.

„Mein Kollege hat das Auto mit einem Ortungssystem ausgestattet. Es stand auf einem städtischen Parkplatz. Der Dieb hat es vor der Polizei im absoluten Halteverbot geparkt. Die haben es dann abschleppen lassen. Er hat es eben freigekauft. Natürlich sind alle Wertgegenstände weg."

MM schlug mit der Faust auf den Tisch „Mit was für Deppen arbeiten Sie denn da zusammen? Lässt sich das Auto klauen. Hat er denn wenigstens in seinem nutzlosen Hirn irgendwelche Bilder abgespeichert, die uns weiterbringen?"

„Nein. Keine Auffälligkeiten."

„Sie wollen mir sagen, dass wir noch immer ganz am Anfang stehen?"

Triebel hielt dem Blick nur mit Mühe stand. „So ist es leider MM."

„Dann will ich hoffen, dass Sie jetzt einen vernünftigen Plan B in der Tasche haben. Ansonsten suche ich mir einen fähigeren Detektiv!"

„Wir können der Polizei in Erfurt reinen Wein einschenken. Die können mit Sicherheit DNA-Spuren feststellen. Dann sitzt er in der Falle."

„Das kann ja wohl nicht Ihr ernst sein. Alleine die Dreistigkeit, mir so einen Schwachsinn vorzuschlagen."

MM wollte den Rest des Gedankens eigentlich in der Luft hängen lassen, entschied sich dann aber doch dagegen.

„Dann kann ich denen auch gleich erzählen, weswegen der Mann da observiert hat."

„Wir müssen uns eben eine Geschichte einfallen lassen." schlug Triebel vor.

MM wischte den Vorschlag mit einer einzigen Handbewegung weg. „Vergessen Sie es. Die Bullen hören jeden Tag irgendwelche Lügengeschichten. Jeder, der meint, er könnte die ohne ihr Wissen für seine Zwecke ausnutzten, hat schon so gut wie verloren."

Als Triebel schwieg, stand MM auf. „Für heute ist Ende. Sie setzen sich mit ihrem Team zusammen. Morgen erwarte ich einen vernünftigen Plan von Ihnen. Auf Wiedersehen."

Mittwoch 4.5.

„Hallo MM. Die Post war gerade da. Ich möchte wetten, dass einer der Briefe von dem Erpresser ist. Soll ich ihn öffnen?"

Sie konnte durch die Telefonleitung hören, wie ein schwerer Gegenstand zerschellte. Danach ging die Bürotüre auf. Sicherlich war gerade Frau Schütich in sein Büro gekommen, um nach dem Rechten zu sehen. Yvonne hörte, wie er seine Sekretärin anwies, sich später um die Scherben zu kümmern. Dann teilte er Yvonne mit, dass er in wenigen Minuten zuhause sein werde.

Yvonne betrachtete ihre Fingernägel. In dem Kunstband über Dali hatte sie die Bilder nicht wiedergefunden. Trotzdem war sie in ihrem Gefühl bestätigt, dass die eigentlich von Dali hätten sein können. Sie vermittelten das Gefühl, als kleiner Mensch gigantischen Ungeheuern schutzlos ausgeliefert zu sein.

Wenig später wurde die Haustüre aufgerissen und MM stürmte ins Haus. „Wo ist der Brief?"

Im Schlepptau kam Triebel ebenfalls in den Raum. Er hatte schon sein Skalpell gezückt und machte sich an das Öffnen des Kuverts.

In dem Kuvert befanden sich zwei Fotos. Eines zeigte eine Art Siegessäule und das andere einen Palast irgendwo in einer Innenstadt.

„Zuerst möchte ich euren Besuch in Erfurt kurz Revue passieren lassen. Yvonne, du hast dich hervorragend benommen. Ich gratuliere dir.

MM, du machst mir wirklich Sorge. Es war alles arrangiert und du kleiner Schisser ziehst den Schwanz ein. Das hat mir nicht gefallen. Außerdem hast du, obwohl ich es dir verboten habe, einen Amateurschnüffler beauftragt Fotos zu machen. Habt ihr etwas geglaubt, ich gehe da hoch und runter um zu posieren? Als der dann pinkeln gehen musste - du solltest ihn einmal darauf hinweisen, dass Wildpinkeln eine Ordnungswidrigkeit darstellt - habe ich das Auto umgeparkt. War ein erfrischender kleiner Spaß. Dafür sollte ich dir eigentlich danken.

Damit zur nächsten Aufgabe. Ich empfehle übrigens in dieser Stadt nach Erledigung eurer Pflichttermine noch ein wenig zu verweilen. Lohnt sich.

Findet eine Stadt, in der ihr die Fotos nachstellen könnt, die diesem Brief beiliegen. Achtet bitte darauf, dass eure Kleidung dem Vorbild auf dem Foto nachempfunden ist.
Liebe Yvonne, da du dich in Erfurt brav benommen hast, genügt es mir, wenn du in einem angemessenen Kleid mit dem Kranz vor der Säule zu sehen bist. Auf die Farbe darfst du verzichten.
Lieber MM, da du in Erfurt so rumgezickt hast, darfst du die Rolle der Person in schwarz übernehmen, die auf dem anderen Foto abgelichtet ist. Es wäre schön, wenn dein Kopf auf dem Foto gut zu erkennen ist.
Wenn ihr dann die Güte hättet, mir die Fotos in digitaler Form übermorgen Abend zukommen zu lassen? Die Mail-Adresse bekommt ihr per E-Mail.
Viel Spaß beim Shopping und natürlich beim Shooting.

Als <u>letzte</u> Erinnerung möchte ich nicht versäumen hinzuzufügen, dass ich nicht möchte, dass du dir fremde Hilfe holst, um mich zu finden oder um auf andere Weise aus der Situation zu entkommen. Wäre wirklich gut, wenn du das endlich verstehen würdest, MM."

MM starrte ungläubig auf das Bild. Die beschriebene Person die er darstellen sollte, war ganz in schwarz gekleidet. Sie trug Stiefel mit Blockabsatz, eine enge glänzende Hose, einen kurzen Rock, der merkwürdig abstand, ein ebenfalls glänzendes enges Oberteil und um den Hals noch ein breites Lederband mit einem dicken Ring.

„Das glaubt der doch wohl nicht wirklich?" Er pfefferte das Foto auf den Tisch und blickte nacheinander Yvonne und Triebel an. „Nein, auf keinen Fall mache ich bei so einem Schwachsinn mit. Wann und wie schnappen Sie den endlich?"

„Wir müssen in langwierige Recherchen einsteigen. Und wir müssen Ihre nächste Aktion aufmerksam observieren. Es liegt ein Haufen Arbeit vor uns."

„Was meinen Sie mit ‚Ihre nächsten Aktion'? Sind Sie irgendwie der Meinung, dass ich bei dem Scheiß mitmache oder was? Ich habe wahrlich besseres zu tun als das."

Triebel versuchte ihn mit einer beschwichtigen Geste zum Zuhören zu bewegen.

„Wir kommen in Zeitnot. Für mich sieht es so aus, als ob der Erpresser einen sehr großen Vorsprung hat, den wir erstmal aufholen müssen. Nur brauchen wir dazu Zeit. Das wiederum weiß er, denn er hält das Tempo hoch und hofft damit, dass wir auch weiterhin nur zum Reagieren, nicht aber zum Agieren kommen. Es ist also umso wichtiger jetzt alle Kräfte daran zu setzen, dass diese Rechnung des Erpressers nicht aufgeht. Was wir also brauchen ist Zeit. Und die gewinnen wir am leichtesten, wenn Sie auf seine nächste Forderung eingehen. Tun Sie das aber nicht, dann hat er mit Sicherheit die Möglichkeit die Zügel straffer anzuziehen und es uns damit noch schwerer zu machen, eine Spur von ihm aufzunehmen."

Triebel machte eine kleine Kunstpause.

„Die Frage, die wir nicht beantworten können lautet: Wie weit ist er bereit zu gehen und wieviel Spaß will er mit der ganzen Geschichte haben. Oder anders formuliert: Wann wird er die Unterlagen den Behörden geben und sich damit aus dem ganzen Spiel abmelden?"

„Haben Sie gerade ‚Spiel' gesagt? Das ist doch kein Spiel!" war die aufgebrachte Reaktion von MM.

„Der Erpresser nennt es so, also ist es das erstmal. Bis zu einem gewissen Grad muss man immer auch versuchen in die Gedankenwelt des Gegners einzutauchen. Alleine die Tatsache, dass er das als Spiel bezeichnet, bedeutet, dass er die ganze Aktion nicht schnell beenden wird. Trotzdem sollten wir ihn nicht ohne vernünftigen Plan provozieren."

„Was schlagen Sie also vor?" In MMs Stimme lag ein leichter Klang von Frustration.

„Was ich gerade gesagt habe. Die Aktion mitmachen und gleichzeitig unsere alten Fälle durchforsten. Ich bin mir sicher, dass wir dort einen Ansatz finden werden."

Um das Signal für das Ende der Besprechung zu geben, schlug sich MM auf die Schenkel. „Wir werden den Erpresser hinhalten, indem ich zum Schein darauf eingehe. Das bedeutet, wir werden zu dieser Stadt fahren, damit er glaubt, dass wir mitspielen, die Fotos aber, zumindest meines, machen wir garantiert nicht. Er bekommt eine Fotomontage."

„In dem ersten Brief hat der Erpresser uns aber davor gewarnt ihn zu linken. Hast du keine Angst, dass er beim nächsten Mal richtigen Stress macht?" gab Yvonne zu bedenken.

MM machte eine wegwerfende Handbewegung. „Wenn du dein Foto unbedingt machen willst, dann machen wir das. Zu mehr reicht es bei dir schließlich nicht. Immer schön sein und immer brav sein. Das ist alles was du kannst. Aber mich bekommt dieser Mensch nicht in solche Klamotten rein. Das Foto vor dem Schloss findet ohne mich statt."

Nachdenklich fasste er sich ans Kinn.

„Pass auf. Wir machen das so: Du besorgst diese Klamotten. Wir machen ein Foto von mir hier im Garten und das montierst du dann in das Bild von dem Schloss rein. Das kannst du doch oder?"

Yvonne nickte.

„Ja, aber wenn der ein Profi ist, merkt der das. Das ist unvermeidlich."

„Yvonne, du bist gigantisch. Der wird sich viel zu sehr darüber freuen, dass er mich in diesem ekelhaften Zeug auf dem Platz sieht, als das er prüft, ob das Foto echt ist." Er gab ihr einen schmatzenden Kuss auf den Mund.

„Und Sie Triebel, fahren gefälligst auch in die Stadt und erwischen den Kerl, falls er sich da rum treibt. Diesmal rufen Sie keine befreundeten Stümper an. Klar?"

„Dann werde ich mich mal im Internet umtun und rausfinden, wo das ist." Yvonne nahm die Bilder und verschwand in Richtung Computer.

„MM?" Triebel hatte seinen Notizblock gezückt. „Haben Sie in der letzten Zeit Übernahmen getätigt von denen ich nichts weiß?"

Nach kurzem Nachdenken nannte MM vier Namen. „Alles Stümper, die ihr Geschäft nicht verstanden haben. Es ist eigentlich ganz einfach. Vergebe einen Auftrag, der eine Nummer zu groß für die Firma ist und sei gnadenlos, wenn es zu Terminüberschreitungen kommt. Fertig."

Er umriss die einzelnen Fälle in kurzen Worten bis Yvonne zurückkam.

„War wieder ziemlich leicht." Sie zeigte auf das erste Foto. „Hier weht die Luxemburger Fahne. Also habe ich mal geschaut, was es in Luxemburg für Sehenswürdigkeiten gibt. Auf der Säule steht die ‚gelle fra'." Yvonne schaute die beiden Männer an „‚Goldene Frau' heißt das. Das zweite Foto zeigt den ‚großherzoglichen Palais'. Der steht mitten in der Stadt."

Sie lehnte sich zufrieden zurück und lächelte die beiden an.

„Dann geht es also übermorgen nach Luxemburg. Und danach ist Schluss mit dem Zauber", stellte MM fest und schaute dabei an Yvonne vorbei auf Triebel.

Donnerstag 5.5.

„Yvonne, reichst du mir bitte noch ein Brötchen?"

Sie hielt ihm den Korb hin. „Was war eigentlich sonst noch in dem Tresor MM?"

Er schaute sie eine Weile an „Wie kommst du darauf, dass da mehr drinnen war. Eine Millionen bar ist doch genug oder? Wieso fragst du das überhaupt? Du warst doch gestern dabei, als ich mit Triebel darüber geredet habe."

Yvonne nickte zustimmend. „Klar, aber ich glaube, dass du mit ihm noch ein paar andere Sachen beredet hast als ich nicht im Raum war."

MM lächelte sie an. „Du kannst ja manchmal doch nachdenken. Okay, es war mehr drin. Papiere, die nicht in falsche Hände geraten dürfen." Mit ernstem Gesicht fügte er hinzu.

„Wenn er die Bedeutung der Unterlagen erkennt, hat er mich in der Hand."

„Wie meinst du das?"

„Manche Unterlagen bewart man eben lieber außerhalb des Geschäftes auf. Wenn man so erfolgreich ist wie ich, dann muss man eben auch manchmal neue Wege gehen. Wege, auf denen man sich nicht so gerne sehen lassen will."

„Ich fahre dann gleich los, um mein Outfit für die Fotos zu besorgen", wechselte sie das Thema. „Ich nehme an, dass du deins selber holen möchtest?"

Kurz bevor er rot anlief, bemerkte er ihr unschuldiges Lächeln und verschwand in Richtung Firma. Für deine Mitarbeiter bricht wieder ein harter Tag an, dachte sie, als sie ihn über die Auffahrt wegfahren sah.

***

Triebel hatte sich bereits den gesamten Vormittag in den alten Unterlagen vergraben. Bei jedem Fall waren sie dem gleichen Muster gefolgt. Umfeld des Opfers erfassen, soweit dies möglich war. Geschäftsbeziehungen, familiäre Situation, Treue zum Ehepartner usw.

Meistens hatten sie darüber einen Punkt gefunden, an dem sie ansetzen konnten. So, wie Ihnen damals diese Unterlagen von Nutzen waren, so waren sie auch jetzt hilfreich, um damit einen Hinweis auf den Erpresser zu finden. Nach einiger Zeit hatte er einen engeren Kreis von drei Opfern ausgemacht, denen er die Erpressung zutrauen würde. Den Rest des Tages verbrachte er damit für alle drei die Daten zu aktualisieren. Im Zeitalter des Internets war diese Arbeit um vieles einfacher als noch vor Jahren, als Adressbücher gewälzt werden mussten und Freunde an entsprechenden Stellen gerne für die ein oder andere Gefälligkeit die Hand aufgehalten hatten. Jetzt war solch eine Hilfe erst in einem viel späteren Ermittlungsstadium nötig.

Am Abend waren die Akten so weit aufgefrischt, dass Triebel in der Lage war, sich ein klares Bild zu machen.

***

Yvonne begann die Shoppingtour mit der Suche nach ihrem Kleid. Die Verkäuferin war von der Idee begeistert, die ‚gelle fra' nachzustellen. Mit Hilfe des Fotos hatten sie nach kurzer Zeit das richtige Kleid gefunden. In einem der vielen Kramläden kaufte sie den Lorbeerkranz und war damit für sich fertig.

Fest entschlossen suchte sie danach einen Erotikladen auf, um die Stücke für MM zu kaufen. Zu ihrer Freude war man dort mindestens ebenso hilfsbereit, wie zuvor bei dem Kleid. Sie hielt der Bedienung das Foto hin „Genau das brauche ich für meinen Mann. Können Sie mir da weiterhelfen?"

Die Bedienung warf einen Blick auf das Foto „Wow. Wo haben Sie sich denn die machen lassen?"

Yvonne schaute die Verkäuferin ratlos an.

„Na, die Nägel. Sind die verchromt?"

„Nein, das ist irgend so ein Speziallack und viel Polieren."

„Jeden Morgen?"

‚Warum nicht?' fragte Yvonne sich. „Ja, natürlich jeden Morgen. Sonst werden die stumpf." Ihr Blick glitt auf das Namensschild der jungen Frau. „Darf ich Sie Beatrice nennen?"

„Selbstverständlich."

„Gut Beatrice, was meinen Sie denn zu dem Foto. Ich brauche das komplette Outfit."

Beatrice nahm das Bild in die Hand.

„Ich kann nicht genau erkennen, ob das Lack oder Latex ist. Ich würde aber, da Sie ihren Mann nicht dabeihaben, in jedem Fall Latex empfehlen. Das ist wesentlich dehnungsfähiger. Eigentlich empfehle ich bei der Erstausstattung immer, die Sachen anzuprobieren aber das geht ja jetzt nicht. Das ist doch eine Erstausstattung oder?"

Yvonne nickte zustimmend und nannte MMs Größen. Beatrice zog mit sicherer Hand eine Leggings und ein Kurzarmshirt aus dem Regal.

„Dann brauchen Sie noch die Stiefel. Da hätten wir auch genau das richtige Modell mit 10cm Absatz. Das bekommen eigentlich alle Einsteiger gut gehandelt. Die Schäfte sind ebenfalls aus Latex. Das wird ihrem Mann sicherlich gefallen."

Sie zog einen Riemen aus dem benachbarten Regal. „Wenn Sie ihn in die Stiefel einschließen wollen?"

Yvonne konnte sich ein Lachen nicht verkneifen. MM würde ohnehin eine riesige Nummer aus dem Foto machen. Ein Schloss um die Füße würde ihm vermutlich den Rest geben. „Nein, darauf verzichte ich besser. Ich will ihn ja nicht überfordern." Sie schaute sich suchend im Laden um. „Dann würde ja nur noch das Halsband fehlen."

Beatrice ging zielstrebig zu dem entsprechenden Regal. „Abschließbar oder nicht abschließbar?"

Ein zweites Mal konnte Yvonne nicht widerstehen. Sie nahm das mit Schloss. Es musste ja nicht notwendigerweise abgeschlossen werden. Vielleicht hatte der Erpresser ja ohnehin noch etwas in der Art im Sinn. Dann hätte sie zumindest diesen Einkauf schon erledigt. Solange sich MM weigerte seinen Anweisungen Folge zu leisten, war die Chance zumindest da, dass er sich in seinen Ansprüchen noch weiter steigern würde.

Beatrice schaute sie erwartungsvoll an. „Kann ich sonst noch etwas für Sie tun?"

„Nein danke Beatrice. Mal sehen, vielleicht komme ich ja schon bald wieder."

Beatrice schaute nochmals auf das Bild

„Wir hätten ja fast das absolute Highlight vergessen. Der Rock."

„Richtig", pflichtete ihr Yvonne bei. „Haben Sie so etwas auch?"

Beatrice zog eine Packung aus dem Regal. „Ich würde so einen Faltenrock empfehlen. Der ist allerdings aus etwas steiferem Lack. Sie bekommen das sonst nicht hin, dass der so schön absteht. Normalerweise macht man das ja mit einem oder zwei Petticoats. Nur die sind zu sehen und würden das Gesamtbild stören."

Das hörte sich für Yvonne überzeugend an. „Okay, dann habe ich jetzt aber wirklich alles?"

Nach einem prüfenden Blick auf das Foto gingen die beiden zur Kasse.

„Ich wünsche Ihnen dann viel Erfolg. Würde mich freuen, wenn ich Sie bald wieder begrüßen dürfte."

„Kommt ganz auf den heutigen Abend an."

„Warten Sie" Beatrice reichte ihr eine kleine Sprühflasche. „Glanz-Spray. Damit bringen Sie ihn zum Glänzen. Wie der Name schon sagt."

Yvonne verließ den Laden mit dem sicheren Gefühl, dass Beatrice heute Abend gerne mit ihr getauscht hätte. Auf diese Weise konnte sie sich wenigstens etwas auf den Zirkus freuen, den MM sicherlich veranstalten würde.

„Yvonne, ich schaffe es nicht zum Abendessen. Mir ist noch eine unaufschiebbare Besprechung dazwischengekommen."

„Was ist mit dem Foto MM? Ich dachte wir machen das noch heute. Dafür brauchen wir aber Tageslicht."

Nach einigen schweren Atemzügen informierte er Yvonne darüber, dass dafür auch noch am nächsten Tag nach dem unsinnigen Luxemburgtrip Zeit wäre. Danach beendete er das Gespräch.

Yvonnes Blick ging zu den Einkäufen, die sie ausgepackt auf dem Sofa drapiert hatte. Beatrice hatte sogar einen Katalog mit eingepackt, aus dem als erstes ihre Visitenkarte herausgefallen war. Warum eigentlich nicht? Sicher würden ihr die Klamotten wesentlich besser stehen als MM. Schließlich hatte sie auch die bedeutend cooleren Fingernägel. MM war zwar insgesamt kräftiger gebaut als sie, aber von der Körpergröße her gab es kaum einen Unterschied.

Wenig später stand sie ganz in schwarz vor dem großen Spiegel im Schlafzimmer. Sie musste dem Erpresser zugestehen, dass die Kombination eine gewisse Ausstrahlung hatte.

Zwar wirkte sie an ihrem Körper mit Sicherheit besser, als an MM, aber sie war gut. Das Gefühl sich im Spiegel zu betrachten, während sie mit den langen Fingernägeln über ihren Körper strich, war nahezu unbeschreiblich. Bevor sie sich aber selbst vergaß, zog sie die Sachen wieder aus. Als sie das Halsband öffnen wollte, fiel ihr zu ihrem Entsetzen ein, dass sie in der Verpackung gar keinen Schlüssel gesehen hatte. Sie suchte hektisch nochmals alles durch, war aber erfolglos. Sie konnte unmöglich mit dem Halsband auf MM warten und ihn bitten, das irgendwie abzubekommen. Der würde wahrscheinlich erstmal wieder ausrasten und sich dann, wie so häufig bei handwerklichen Tätigkeiten als absoluter Tollpatsch erweisen. Ihr Blick fiel auf die Visitenkarte von Beatrice.

„Kein Problem. Kommen Sie einfach vorbei", war deren erlösende Antwort.

Später im Laden konnte sich Beatrice das Lachen nicht verkneifen als Yvonne trotz der sommerlichen Temperaturen mit einem Rollkragenpullover vor ihr stand.

„Sie müssen das einfach nur so tragen, als ob diejenigen, die kein Halsband haben zu den Außenseitern der Gesellschaft gehören", erklärte Beatrice ihr.

„Sie haben gut reden Beatrice. Schließlich laufen Sie ja auch nicht mit einem Halsband herum, dessen Schlüssel nirgendwo zu finden ist." konterte Yvonne.

„Ne, aber mit Schlössern um meine Stiefel, die bei meinem Freund zuhause liegen. Das ist zwar nicht ganz so auffällig, aber bringt mir außerhalb dieses Ladens auch einige Blicke."

Sie hob zum Beweis einen ihrer Füße hoch. Yvonne waren die Stiefel vorher gar nicht aufgefallen. „Das sind ja Mörderabsätze. Wie hoch sind die?"

„Die sind mal gerade 10 cm. Daran bin ich inzwischen gewöhnt. Trotzdem ist das schon anstrengend, wenn man den halben Tag auf solchen Stilettos herumstolzieren muss. Aber meinem Freund und mir macht dieses kleine Spielchen Spaß. Also ist es in Ordnung."

Yvonne betrachtete weiter die Schuhe. „Wieso ist mir das denn heute Vormittag nicht aufgefallen?"

„Machen Sie sich da nichts draus." Beatrice lächelte sie an. „Bei manchen Kunden sehe ich das ziemlich genau, wenn sie das erste Mal in einen Laden wie diesen gehen. Die geben sich immer betont locker, aber in Wirklichkeit sind die so aufgeregt, dass sie kaum klar denken können. Sie gehören auch dazu."

„Wirkte ich wirklich so aufgeregt?" Nach einer kurzen Pause fügte sie hinzu. „Ich bin übrigens Yvonne. Bei der Befreiungsaktion, die wir jetzt noch vor uns haben ist das ,Du' glaube ich angebrachter."

„Gerne. Ich bin Beatrice, aber das weist du ja schon." Sie zeigte auf einen Hocker neben ihr. „Dann setz dich mal hin. Ich hole eben den Notfallschlüsselbund."

Als sie zurückkam, hatte sie einen riesigen Schlüsselbund dabei, der jedem Gefängnisschließer zur Ehre gereicht hätte. „Du hast zum Glück ein preiswertes Einsteigermodell gekauft. Da sind immer nur Billigschlösser dran. Ich bin mir sicher, dass ich den richtigen Schlüssel nicht lange suchen muss."

Tatsächlich war schon der zehnte Versuch von Erfolg gekrönt.

„Jetzt musst du mir aber erzählen, wie es dazu gekommen ist. Ich dachte, du wolltest deinen Mann einkleiden und nicht umgekehrt."

Yvonne machte eine wegwerfende Handbewegung. „Der kommt heute erst viel später als angekündigt. Und als ich die Sachen da so hab' liegen sehen, dachte ich mir, dass ich die eigentlich auch mal anprobieren könnte."

Beatrice bekam große Augen „Und?"

„Wie und? Ich hab' sie angezogen und dann das Problem mit dem Halsband bekommen. Den Rest der Geschichte kennst du."

„So ein Glück, dass dir das nicht mit den Stiefeln passiert ist."

„Wieso?"

„Weil dein Pullover nicht lang genug ist, um die zu verdecken."

„Da wäre ein noch größeres Problem gewesen", erklärte Yvonne lachend. „Die sind mir nämlich ein paar Nummern zu groß. Du hättest mal sehen sollen, wie ich da drin rumgeeiert bin."

„Hast du Lust die mal in der passenden Größe anzuziehen?"

Yvonne musste nicht lange nachdenken. Da sie jetzt von dem Halsband befreit war, hatte sie die nächsten Stunden nichts Wichtiges mehr zu erledigen. „Klar, warum nicht?"

Am Ende verließ Yvonne den Laden mit einem Paar Overknees, die über einen zwölf Zentimeter hohen Stilettoabsatz verfügten. Sie hatte sich vorgenommen damit jeden Morgen zuhause zu üben. Der Anblick ihrer Beine in diesen Stiefeln hatte es ihr vom ersten Augenblick an angetan.

***

Es war bemerkenswert einfach, in das kleine Einfamilienhaus einzusteigen. Die Fronttür war ordentlich abgeschlossen, aber die Kellertüre war nur zugezogen und hatte zudem noch ein Billigschloss. Sehr nachlässig. Da er nun einmal im Keller war, begann er dort auch mit der Suche. Ihm war zwar nicht klar, was er suchte, aber gerade das war ja das Interessante daran.

Wie immer teilte er seinen Besuch in zwei Teile auf. Zunächst ging es um einen groben Überblick. Hier und da mal etwas anheben, mehr nicht. Nach einer Viertelstunde hatte er sich einmal durch das ganze Haus gearbeitet. Der attraktivste Raum war ohne Zweifel das Arbeitszimmer, das direkt an das Wohnzimmer angrenzte. Von hier aus konnte er den Eingangsbereich gut im Blick halten und war gleichzeitig vor neugierigen Blicken der Nachbarn geschützt.

Die Nachlässigkeit des Hauseigentümers setzte sich im Arbeitszimmer lückenlos fort. Hatten denn die Menschen gar kein Unrechtsbewusstsein mehr? Solche brisanten Unterlagen konnte doch kein vernünftiger Mensch so leicht zugänglich aufbewahren. Er hatte sich extra Zeit genommen, um vor der Rückkehr des Hauseigentümers in Ruhe alles durchsuchen zu können und musste jetzt feststellen, dass er nach noch nicht einmal einer Stunde bereits fertig war. Er wählte die interessantesten Akten aus und schob sie in seine Aktentasche. Jetzt hatte er mehrere Stunden tatenlosen Wartens vor sich. Nur weil alle Akten so leicht zugänglich aufbewahrt waren.

Endlich, nach viel zu langer Zeit ging die Haustüre auf. Er ergriff das Wort, als die Person ins Wohnzimmer trat.

„Guten Abend, Herr Triebel."

Der Angesprochene drehte sich zu dem unerwarteten Gast um. „Wie sind Sie denn in mein Haus gekommen?"

„Respekt. Die meisten anderen hätten jetzt erstmal gar nichts gesagt oder hätten versucht fluchtartig das Haus zu verlassen." Er machte eine elegante Verbeugung. „Chapeau!"

Triebel versuchte unauffällig an das Handy in seiner Jackentasche zu kommen.

„Was wollen Sie hier? Wo soll das hinführen?"

„Ich beantworte Ihnen diese Frage gerne, möchte Sie aber zuvor bitten, ihre Hände ruhig zu halten." Als Triebel in seiner Bewegung innehielt, fuhr er fort. „Ich möchte eigentlich nicht viel. Sie sollen nur einfach meine Bekanntschaft machen. Ich bin der, den Sie im Auftrag eines gewissen MM suchen sollen. Oder um präzise zu sein, ich bin eigentlich nur das ausführende Organ von dem eigentlichen Auftraggeber. Obwohl diese Beschreibung es eigentlich auch nicht so richtig trifft, da ich wohl eher als die dunkle Seite des Auftraggebers zu beschreiben bin. Also in so etwas, wie einem metaphysischen Sinn. Wirklich nicht ganz einfach, das präzise zu beschreiben. Tun Sie mir den Gefallen und setzten Sie sich irgendwo hin? Wir können dann gerne ein intensives Gespräch darüber führen."

Triebel bewegte sich langsam in Richtung des Mannes. „Ich verstehe nichts von dem wirren Zeug, das Sie da reden.

Ich fordere Sie auf, mein Haus zu verlassen." Zur Bekräftigung zeigte er auf die Ausgangstür.

„Nun gut, dann gehe ich eben wieder. Ich wollte ihnen nur erklären wo Sie dran sind."

Triebel verstand nicht, wie es dem Mann gelungen war, so plötzlich eine Waffe mit der typischen Verlängerung durch einen Schalldämpfer in der Hand zu haben, er hatte auch keine Zeit mehr länger darüber nachzudenken, da er bereits tot war, als er auf dem Boden aufschlug.

„Wirres Gefasel. Was bilden Sie sich ein? Sie waren eindeutig nicht in der Position, in der man sein Gegenüber leichtfertig reizt. Nicht, dass das etwas an dem Schicksal geändert hätte, das Sie nun ereilt hat, aber trotzdem bleibt ein unangenehmer Nachgeschmack."

Er steckte die Waffe ein und verließ das Haus durch die Kellertüre, die er sorgsam hinter sich zuzog. „Ich habe ganz vergessen ihm zu sagen, dass man wichtige belastende Unterlagen nicht so offen aufbewahren sollte", murmelte er, als er das Grundstück gemächlichen Schrittes verließ.

Freitag 6.5.

MM hatte sich zwar bemüht, seine Termine möglichst stark zu straffen, war dann aber doch erst kurz nach Mitternacht nach hause gekommen. Beim Frühstück zeigte Yvonne ihm mit stolzer Miene ihre Einkäufe.

„Du siehst so aus, als ob du dich über die Sachen freuen würdest, die du da zusammengekauft hast. Falls das tatsächlich der Fall sein sollte, muss ich dich dringend ersuchen deine Einstellung dazu zu revidieren. Wir sind die Opfer einer dreckigen schäbigen Erpressung und sobald das hinter uns liegt, wandert dieser ganze Dreck in den Mülleimer."

„Du solltest das vielleicht mal ein kleines bisschen entspannter sehen MM. Noch ist ja nichts Schlimmes passiert und vermutlich wird dein Herr Triebel bald herausbekommen, wer dahinter steckt. Also versuche den Ausflug nach Luxemburg doch einfach mal zu genießen."

MM schaute Yvonne mit einer gewissen Ratlosigkeit an.

„Sag' mir jetzt sofort, ob du diese Klamotten wirklich gut findest!"

„Die haben was. Ja. Man muss nur einfach mal den Mut haben, sich darauf einzulassen."

Die Fahrt nach Luxemburg brachten sie schweigend hinter sich. Sie hatte bereits zuhause das Kleid der ‚gelle fra' angezogen. Er hatte nochmals verkündet, dass er die Latexklamotten nur im eigenen Garten und auch nur für ein einziges Foto anziehen würde.

So stellte sich Yvonne also mit Lorbeerkranz vor die Säule der ‚gelle fra' und lächelte in die Kamera, während MM reichlich Fotos schoss.

Danach gingen sie zum Palais und fotografierten den Platz mit Palais im Hintergrund aus allen möglichen Perspektiven.

„Ich würde mich gerne in eines der Cafes setzen MM. Was meinst du?"

„Gerne Yvonne. gerne" Sie setzten sich in die warme Sonne.

„MM?" sie schaute ihn unschuldig an. „Du hast heute noch gar nicht mit Triebel gesprochen. Ich hätte eigentlich gedacht, dass der hier irgendwo rumlungert."

MM lehnte sich genüsslich lächelnd in dem Stuhl zurück. „Das tut der auch. Wir haben aber absolute Funkstille vereinbart. Wir wissen schließlich nicht, ob der uns irgendwie abhört oder versucht die Handys zu orten."

„Ah. Das heißt, wir erwarten heute Abend Besuch von Triebel?"

„So ist es. Ich bin fest davon überzeugt, dass wir endlich einen Schritt vorwärts kommen werden. Deshalb können wir uns auch leider nicht an den Hinweis von diesem elenden Menschen halten und uns noch ausgiebig in Luxemburg umschauen."

„Das würde ohnehin knapp werden. So schnell bekomme ich die Fotomontage auch nicht hin. Soll ja schließlich nicht auffallen."

MM schaute sie verständnislos an „Hast du nicht zugehört? Wir werden uns heute mit Triebel treffen und dann ist die Sache geritzt."

„Dann will ich mal hoffen, dass nicht wieder irgendwelche Autodiebe unterwegs sind."

„Wenn der sich auch so dämlich anstellt, werde ich mit Karlsson weiterarbeiten und Triebel kann in Zukunft schauen, wo er Aufträge bekommt."

Sie waren bereits am frühen Nachmittag zurück. Der Computer hatte eine E-Mail empfangen. Der Erpresser gab ihnen bis 20Uhr Zeit, um die beiden Beweisfotos zu schicken. Es dauerte nicht lange und MM wählte die Nummer von Triebel. „Ich dachte, ihr habt Funkstille" gab Yvonne zu bedenken.

„Ja schon, aber wenn dieser Idiot nicht kommt, dann bin ich wohl gezwungen nachzufassen. Außerdem bin ich ja wieder zuhause und nicht mehr in Luxemburg." Bevor Yvonne antworten konnte, brüllte er bereits ins Telefon „Wo bleiben Sie Triebel?" Danach wurde MM zusehends blasser. Schließlich beendete er das Gespräch ohne ein weiters Wort gesagt zu haben.

„Was ist los MM?"

„Ich mache mit Karlsson weiter."

„Warum? Hat Triebel den Job bei dir gekündigt oder was?"

„So könnte man es auch ausdrücken."

Yvonne betrachtete ihn skeptisch „Du lässt dir das einfach so gefallen, dass Triebel dich hängen lässt?"

„Ich habe meine Gründe! Und jetzt ist Schluss mit dem Thema. Nach vorne schauen ist das Gebot der Stunde."

Yvonne betrachtete ihn skeptisch, entschied sich dann aber dafür nicht weiter nachzufragen, weshalb Triebel aus dem Rennen war.

„Wie du willst. Dann würde ich vorschlagen, dass wir es hinter uns bringen. Zieh dich schnell um. In einer Viertelstunde hast du schon wieder deine normalen Klamotten an.

Und, je länger wir es herauszögern, desto schlechter wird die Fotomontage."

Als MM schließlich vollständig in schwarz vor ihr stand, war ihr klar, das MM keinen Sinn für das unbeschreibliche Gefühl hatte, dass die Sachen bei ihr ausgelöst hatten. Vermutlich lag das auch gar nicht im Interesse des Erpressers.

„Du musst in den Garten gehen. Wenn ich dich hier fotografiere, fällt das sofort auf."

Er setze sich missmutig in Bewegung

„Du sollst nicht so gehen, als ob du ein Dutzend rohe Eier unter deinen Füßen hast! Rücken gerade und die Ferse zuerst aufsetzen. Das kann ja wohl nicht so schwer sein."

Unverdrossen wackelte MM weiter. „Wenn du mir das direkt gesagt hättest, dann hätte ich die erst im Garten angezogen. Aber du willst mich ja leiden sehen!"

„Ich habe von Anfang an nichts anderes gesagt liebster MM", erwiderte sie ihm lächelnd, „nur hast du kein Interesse gehabt, mir zuzuhören."

Als er sich schließlich mit möglichst viel Theater im Garten postiert hatte, fotografierte sie ihn einige Male mit unterschiedlich eingestellten Zoomfaktoren. Danach ließ er sich fallen und riss sich die Stiefel von den Füßen.

Sobald er wieder in seinen Anzug gestiegen war, nahm er die Sachen und trug sie Richtung Ausgang.

„Was hast du vor, MM?"

„In den Müll schmeißen natürlich! Was denkst du denn?"

„Ich denke, dass das eine schlechte Idee ist, denn wenn du ganz viel Pech hast, dann kann ich die Fotos nicht gebrauchen und du müsstest die Sachen nochmals anziehen."

Er ließ alles fallen und stapfte Richtung Arbeitszimmer.

„Yvonne, tu dein Bestes. Ich will da nicht noch mal rein!"

Danach knallte die Türe zu.

„Manchmal ist mein MM ja doch ein bisschen kindisch", kommentierte Yvonne, während sie mit einem kleinen Lächeln in ihr Arbeitszimmer ging, um sich mit der Fotomontage zu beschäftigen.

Nach einigen Mühen hatte sie ihn in eine der Aufnahmen des Palais hineinkopiert. Bei ihrem ersten Versuch hatte sie mit Schrecken festgestellt, dass MM die einzige Person war, die keinen Schatten warf. Da sie kein Pogramm kannte, mit dem sie einen glaubwürdigen Schatten hätte kreieren können, suchte sie sich eine einzeln stehende Person auf dem Platz aus und ersetzte diese durch den entsprechend gezoomten MM. In dem von ihr gewählten Format verschwammen die Farbgrenzen immer ein wenig und so fügte er sich schließlich ganz gut in das Bild ein.

MM warf nur einen kurzen Blick auf ihr Werk, gab ihr zum Dank einen flüchtigen Kuss und bat sie das Bild an die angegeben Mail-Adresse zu schicken. In der Zwischenzeit hatte sie das Lackoutfit weggeräumt. Sie spielte mit dem Gedanken ihre täglichen Putz- und Bügelstunden ein wenig aufregender zu gestalten, indem sie diese wunderbaren Sachen trug.

Kurz nach dem Abendessen kam die Antwortmail des Erpressers.

„Gut gemacht Yvonne. Mehr wollte ich auch gar nicht sehen.

MM, ich glaube so langsam, du musst mich für völlig trottelig halten. Die Fotomontage ist zwar nicht schlecht gemacht, aber es bleibt doch eine Montage. Wenn du so freundlich wärest das Foto aus dem Anhang zu betrachten?"

Die beiden öffneten den Anhang und sahen sich selber, als sie die Fotos von dem Palais nahmen. Damit war klar, dass sich MM niemals in dem geforderten Outfit auf dem Platz befunden haben konnte.

„Du wirst Verständnis dafür haben, dass ich mit dem Foto nicht viel anfangen konnte. Ich habe mich deshalb entschlossen, es der Allgemeinheit zur Verfügung zu stellen. Geh mal ins Netz und suche Bilder zur Suchanfrage: „Männer Lack Palast".

Wenn du so freundlich wärest, das korrekte Bild nachzureichen? Gleiche Adresse. Du hast 24 Stunden Zeit. Damit du nicht auf die Idee kommst, nochmals zu betrügen, (ich kann selber leider nicht anwesend sein, um dich zu kontrollieren) wäre es nett, wenn Yvonne dich auf dem Weg vom Parkhaus am „Place du theatre" zu dem Palais fotografiert. Immer schön von vorne. Ich denke, dass so 10 Fotos reichen sollten.

Dann möchte ich gerne noch etwas anderes ansprechen. Ich habe endlich einmal Zeit gefunden, die Papiere durchzusehen, die ich aus deinem Safe genommen habe. Einige davon konnte ich natürlich sofort als Geldscheine identifizieren. (Ich hoffe, du siehst es mir in deiner, mit unendlich kaum zu beschreibenden Großzügigkeit nach, dass ich an dieser Stelle einen Scherz habe einfließen lassen. Das lockert, gerade in schwierigen Situationen, oftmals die Fronten) Die anderen Papiere jedoch haben mir doch etwas Kopfzerbrechen gemacht. Ich möchte fast glauben, dass das Belege für einige ziemlich große steuerfreie Geschäfte sind. So etwas darf man doch nicht. Außerdem bin ich mir auch nicht ganz sicher, ob deine Geschäftspartner immer so völlig freiwillig in die Geschäfte eingewilligt haben. Weißt du denn nicht, dass man dafür ins Gefängnis kommen kann? Was, wenn ich durch Unaufmerksamkeit die Papiere z.B. an die bösen Menschen vom Finanzamt verliere. Nicht auszudenken.

Noch ein kurzer Nachtrag. Ich mag es wirklich nicht, wenn du fremde Menschen mit deinen lächerlichen Problemen behelligst. Solltest du also einen neuen Schnüffler damit beauftragen, dann kann ich nicht ausschließen, dass der sich bald mit Triebel zusammentut und sich ebenfalls jeder weiteren Zusammenarbeit mit dir verweigert."

MM sagte lange Zeit nichts. Yvonne hatte einen kurzen Moment lang die Vorstellung, er würde im nächsten Moment leblos vom Sofa kippen.
„MM?"
„Er hat mich völlig in der Hand. Wenn er die Unterlagen weitergibt, bin ich erledigt."
„Und was ist jetzt mit deinem neuen Detektiv? Ist er schon auf dem Weg hierhin? Kennt er jemanden, der die Adresse herausbekommen kann, die hinter der E-Mail steckt? Oder kann er das sogar selber rausfinden?"

Er schaute sie verständnislos an. „Du weißt doch, dass ich von solchen Dingen keine Ahnung habe. Was meinst du überhaupt? Ich sehe hier keine Adresse!"

„Eigentlich ganz einfach. Der Computer, von dem die Mail abgeschickt wurde, hat eine unverwechselbare Identität im Netz. Das heißt, es gibt einen Weg an die Adresse von dem zu kommen, auf den der Computer angemeldet ist. Soweit zumindest verstehe ich das. Das Problem ist, dass nur die Staatsanwaltschaft die Möglichkeit hat, dies zu machen."

MM sprang auf und verschwand in sein Arbeitszimmer.

„Was machen wir denn mit den neuen Fotos?" rief ihm Yvonne hinterher.

„Machen! Wir müssen sie machen!" MM schien es darauf anzulegen, seine Stimmbänder zusammen mit der Antwort herauszuschleudern.

Samstag 7.5.

Um sich nicht in Luxemburg umziehen zu müssen, trug MM die Klamotten unter einer Jeans und einem Shirt. Der Plan war möglichst schnell die geforderten Fotos zu machen und am Palais wieder die normale Kleidung überzustreifen. MM hatte am Vortag einen alten Kontakt wiederbelebt und gegen eine entsprechende Erfolgsprämie die Zusage bekommen, die Adresse, die zu der E-Mail gehört, innerhalb von 48 Stunden zu bekommen. Er hatte nicht viel von dem verstanden, was ihm von dem Hacker zu dem Auftrag erzählt wurde. Dies war ihm letztlich auch völlig egal. Es ging nur darum den Horror endlich zu beenden und den Erpresser dingfest machen zu können.

Im Parkhaus machte Yvonne das erste Foto beim Aussteigen aus dem Wagen. Auf dem Weg zum Palais schoss sie weiter Fotos. Wie Yvonne erwartet hatte, bekamen sie zwar einen Haufen Blicke, aber niemand nahm wirklich Anstoß an der Aktion. MM war zwar sichtlich angespannt, aber auch er realisierte, dass in ein paar Minuten alles vorbei sein würde. Er gab sich sogar sichtbar Mühe trotz der hohen Absätze vernünftig zu gehen.

Kurz vor dem Ziel passierte es dann.

„Take a picture?" Die Stimme kam aus einer Gruppe junger japanischer Touristen. Sekunden später war MM von kreischenden Japanern umringt. Jeder wollte ein Foto zusammen mit ihm machen. Durch die hohen Stiefelabsätze blockiert, hatte MM keine Chance ihnen zu entkommen. Sein, „No, no it's private", fand kein Gehör. Schließlich blieb ihm nichts anderes mehr übrig, als stillzustehen. Jeder aus der Gruppe posierte mit ihm. Einige zogen sogar an dem Ring seines Halsbandes. Die Touristenführerin hatte sich mit einem breiten Lächeln an eine Hauswand zurückgezogen. Zu MMs Entsetzen machte sie sogar Gesten, die ihre Gruppe dazu aufmunterte noch mehr Fotos zu machen. Hilfesuchend schaute sich MM nach Yvonne um, die er aber nirgendwo erkennen konnte.

Schließlich war er so weit zurückgewichen, dass er mit dem Rücken zu einer Hauswand stand, was von der Touristengruppe mit lautem Kreischen bedacht wurde. Bevor er sich fragen konnte weshalb, merke er, wie ein Strick durch seinen Ring gezogen und mit einem Ring an der Hauswand verknotet wurde. Jetzt scharten sich noch mehr um ihn, um noch mehr Fotos zu machen.

Dann endlich ließ das Interesse an seiner Person nach und die Gruppe setzte sich wieder in Bewegung. Einer der Japaner kam noch einmal kurz zurück und überreichte ihm mit freundlichem Lächeln einen 10€ Schein, den MM automatisch entgegennahm.

Es war keine Spur von Yvonne zu sehen. Ihm wurde schlagartig klar, dass er keine Papiere, keine Autoschlüssel, kein Geld und keine andere Kleidung dabei hatte. Yvonne zu verlieren war in keiner Weise Teil seines Planes gewesen.

„You need help Mister?" fragte eine vertraute Stimme von hinten.

„Yvonne, bist du jetzt völlig durchgedreht? Kapierst du eigentlich nicht, was das hier alles für ein riesiger Mist ist?"

MM hätte sie am liebsten gepackt und geschüttelt.

„Ich musste neue Batterien kaufen. Gegen die Japaner konnte ich dir ohnehin nicht helfen. Als dann die Kamera von selber ausgegangen ist dachte ich mir, dass ich die Zeit zumindest nutze, damit wir das letzte Foto auf dem Platz noch machen können."

Nur mühsam fand er seine Beherrschung wieder. „Hast du gesehen, was diese Idioten mit mir gemacht haben? Ein paar von denen hätten mich am liebsten an dem Ring durch die ganze Stadt gezogen."

Yvonne machte ihn auf die Leute aufmerksam, die in der Gasse stehen geblieben waren um den Aufruhr mit den Japanern zu beobachten und jetzt gespannt waren, ob die Show noch weiter ging.

„Ich würde vorschlagen, dass wir jetzt schnell zum Palais gehen und dann ziehst du dein Shirt und deine Hose an. Wenn wir hier noch lange stehen bleiben, kann es eigentlich nur noch schlimmer werden."

Ihm blieb nichts anderes übrig, als ihr zuzustimmen. Wenig später hatte sie tatsächlich das letzte Foto gemacht und MM ging in Zivil mit ihr zusammen zurück zum Auto.

„Niemals mehr in meinem Leben werde ich auch nur einen einzigen Fuß in diese verfluchte Stadt setzen. Stell dir mal vor was passiert wäre, wenn ich dich verloren hätte. Ich hatte ja gar nichts dabei. Die hätten mich früher oder später garantiert eingebuchtet."

Yvonne ließ ihn noch eine zeitlang fluchen. Er hatte schließlich einiges hinter sich. Sie hoffte nur, dass er nicht so bald auf die Idee kommen würde, sich zu fragen, was mit den ganzen Bildern passieren würde, die die Japaner von ihm gemacht hatten.

Sonntag 8.5.

„Warum nicht gleich so? Ich melde mich morgen wieder und wünsche einen schönen Sonntag."

Kurze Zeit später ging das Telefon. Der Hacker hatte die Adresse herausbekommen. Wenig später stand Karlsson bei MM und Yvonne vor der Türe. Ähnlich wie Triebel arbeitete auch Karlsson mit sehr wenig Personal und hatte für MM schon einige fragwürdige Aufträge bearbeitet. Im krassen Gegensatz zu Triebel, machte Karlsson auf Yvonne aber den unmissverständlichen Eindruck eines tumben Schlägers. Er machte sich mit MM sofort voller Eifer auf den Weg zu der Adresse unter der sie den Erpresser vermuteten.

Einige Stunden später empfing Yvonne eine weitere Mail

„Lieber MM. Warum musstest du denn jetzt diese arme alte Frau erschrecken?

Nachdem ich dir genügend Chancen gegeben habe, dich nach meinen Regeln zu verhalten, ist jetzt das Ende meiner Geduld erreicht.

Aber eines nach dem anderen:

Zunächst also unsere kleine E-Mail Korrespondenz:
Natürlich bin ich nicht so vermessen mich selber als fehlerlos einzuschätzen, aber dir Mails über meinen eigenen Account zu schicken... Entschuldige bitte, so dämlich bin ich schließlich auch nicht. Ich muss dir allerdings Respekt zollen, dass du die Adresse herausbekommen hast. Auch wenn das vermutlich wieder eine deiner windigen Beziehungen war. Die Dame jedenfalls wusste bis heute gar nicht, dass sie überhaupt eine E-Mail Adresse hat. Jedenfalls vermute ich das, weil diese Adresse monatelang nicht benutzt wurde. Wahrscheinlich hat eines der lieben Kinder den Computer eingerichtet. Sei es wie es ist.

Ich versichere dir, dass diese Spur nicht zu mir führen kann. Übrigens ist das Aufspüren der Adresse, die ich jetzt benutze, ebenfalls vergebliche Mühe.

Das Ende meiner Geduld:
Es ist natürlich ein kleines Problem für mich. Wenn ich die Unterlagen einfach an die Staatsanwaltschaft weiterreiche, bekommst du zwar ziemlich große Probleme, aber andererseits kann ich dich dann nicht mehr ärgern. Ich werde also eine Zwischenlösung wählen. Nicht ganz ungefährlich, aber da letztlich nichts wirklich Schlimmes passieren

kann falls es schief geht (zumindest mir nicht), lasse ich es mal darauf ankommen.

Das nächste Spielchen:
Du hast jetzt vermutlich erst einmal eine Woche frei. Wegen der oben angekündigten Zwischenlösung brauche ich ein wenig zeitlichen Spielraum. Ich hoffe, du bist nicht zu sehr enttäuscht. "

Yvonne las die Mail mehrmals durch. Der Erpresser gab MM eine ganze Woche Zeit, um zu Luft zu kommen und alles in Bewegung zu setzen, was er brauchte, um ihn zu finden. Der Erpresser schien MM zu unterschätzen.

Am späten Nachmittag kam MM mit Karlsson zurück. Nachdem die beiden die Mail gelesen hatten, klatschten sie sich gegenseitig ab und riefen sich nochmals die schönsten Szenen mit der alten Frau in Erinnerung.

Yvonne schaute die beiden entsetzt an. „Habt ihr gar kein Mitleid mit der alten Frau? Was macht ihr denn, wenn die euch anzeigt?"

„Quatsch. Die konnte uns gar nicht erkennen. Wir waren auch nur ganz kurz in der Wohnung. Außerdem hat die dann ja auch nur noch in der Ecke gestanden und die Hände vor das Gesicht gehalten. Als ob wir sie verprügeln wollten." Karlsson strahlte über das ganze Gesicht.

„Warum lässt die auch wildfremde Menschen in ihr Haus? Mach' dir keine Sorgen Yvonne. Selbst wenn sie die Polizei rufen sollte, die können uns gar nichts." MM gab ihr einen Kuss auf die Wange. „Wenn du uns jetzt bitte entschuldigst. Wir dürfen die Woche, die der Trottel uns an Zeit lässt, nicht ungenutzt verstreichen lassen."

Die beiden verschwanden in MMs Arbeitszimmer und ließen die sprachlose Yvonne alleine. Als sie spät abends ins Bett ging, konnte sie die beiden noch immer debattieren hören.

Montag 9.5.

Es war so, wie der Erpresser vermutet hatte. Nachdem die alte Dame sich von dem Schock erholt hatte, den ihr die beiden maskierten Rüpel zugefügt hatten, hatte sie ihre Tochter angerufen. Diese wohnte buchstäblich am anderen Ende der Welt und konnte deshalb nicht selber kommen, um ihrer Mutter beizustehen, aber sie informierte die deutsche Polizei über den Vorfall. Die schickte eine junge Polizistin, die herausfinden sollte, was wirklich passiert war.

Da die Polizistin selber eine Großmutter im Alter des Opfers hatte, fanden die beiden Frauen schnell einen Draht zueinander. Schließlich zeigte die alte Frau ihr ihren Laptop. Er war in einer unteren Schublade im Schrank sicher verstaut und wäre dort vermutlich auch noch lange liegen geblieben, wenn die Sache mit den beiden Rüpeln nicht gewesen wäre.

Als die Polizistin das Postfach öffnete, fand sie eine Mail, die gerade erst vor wenigen Stunden eingegangen war. Der Text war schnell gelesen:

„Viel Erfolg"

Im Anhang fanden sich zwei Fotos. Eines zeigte einen großen Mann vom Typ „Türsteher", der auf das Haus der alten Frau zuging. In der Ecke des Fotos war ein kleiner Teil eines schwarzen Autos zu erkennen. Der Höhe des Kotflügels zu Folge konnte das eigentlich nur ein SUV sein. Das zweite Foto zeigte das komplette SUV mitsamt deutlich zu erkennendem Nummerschild. Das Foto war, wie am Hintergrund einfach zu erkennen, in der gleichen Straße gemacht.

Nachdem die alte Frau ihre Brille geholt hatte, bestätigte sie, dass der abgebildete Mann einer der beiden Rüpel war. Sie wunderte sich allerdings darüber, dass kein Foto des zweiten Mannes dabei war.

„Haben die beiden hier in der Wohnung etwas angepackt?"

„Schon, aber die haben schwarze Handschuhe getragen. Ich glaube nicht, dass sie hier Fingerabdrücke finden können junge Frau."

„Man weiß ja nie. Die Leute hinterlassen oftmals mehr Spuren als sie denken. Ich werde die Fotos gleich meinem Chef zeigen. Wenn das keine Fotomontage ist, dann kriegen wir die."

Inzwischen war der Tisch gedeckt und die beiden fingen an Kaffee und Kuchen zu essen.

„Wie sah der zweite Mann denn aus?"

„Schwer zu sagen. Ich habe ja keine Gesichter gesehen. Er war auf jeden Fall nicht so breit und groß wie der erste Mann. Er war eher schmal. Er schien auch lange Haare zu haben. Heute tragen ja manche Männer einen Pferdeschwanz."

„Weswegen meinen Sie, dass er einen Pferdeschwanz hatte?"

„Hinten an seiner Mütze schaute ein Büschel Haare heraus, das so aussah wie das Ende von einem Pferdeschwanz."

„Das haben Sie sehr gut beobachtet. Vielleicht hilft das ja weiter." Sie nahm noch ein Stück von dem Kuchen. „Wirklich sehr lecker."

„Dankeschön. Ich habe immer etwas Kuchen im Haus. Man weiß ja nie, ob überraschender Besuch kommt." Erschreckt nahm sie die Hand vor den Mund. „Natürlich meinte ich damit nicht so einen Besuch, wie den von den beiden Rüpeln."

„Ist mir schon klar", beruhigte die Polizistin sie. „Wie ist das eigentlich genau abgelaufen als die beiden in Ihre Wohnung gekommen sind?"

„Ganz einfach. Die haben geklingelt und sind dann, ohne um Erlaubnis zu bitten, einfach reingekommen. Der Stämmige hat mich in die Ecke dort geschoben und dann fingen die an zu fragen, wo mein Computer wäre."

„Und? Haben sie denen den Laptop gezeigt?"

„Nein. Ich war viel zu aufgeregt, um an den Laptop zu denken. Außerdem haben die ja ,Computer' gesagt. Ich glaube, die haben dann auch ziemlich schnell gemerkt, dass sie bei mir falsch sind."

„Das heißt, die haben gar nicht erst versucht irgendwelche Wertgegenstände mitzunehmen? Geld? Schmuck? Irgendwas in der Art?"

„Nein. Nichts. Die fingen direkt mit der Fragerei nach dem Computer an und irgendwelchen mäls, die ich geschickt haben soll."

„E-Mails. Das ist der Begriff für die elektronische Post, die man damit verschicken kann", erklärte die Polizisten. „Ich werde nachfragen, zu wem das Auto gehört. Danach wird der betreffende Herr Besuch von uns bekommen."

„Das heißt, sie werden die Rüpel bald haben?" In der Stimme der alten Frau schwang ein wenig Hoffnung mit.

„Sieht so aus."

Ungefähr zur gleichen Zeit schaute Karlsson ungläubig auf seinen Bildschirm.

„Sehr geehrter Herr Karlsson,
ich habe mir erlaubt eine kleine Fotostrecke ins Internet zu stellen. Im Anhang finden Sie eine Auswahl der Bilder. Ich möchte nicht den Eindruck der Selbstverliebtheit erwecken, komme aber nicht umhin, die Bilder in Qualität und Detailreichtum als kleine Meisterwerke zu betrachten. Auch, wenn dies formal nicht haltbar ist, da ich mich nicht rühmen kann den Titel „Meister des Fotohandwerkes" von irgendeiner Kammer verliehen bekommen zu haben. Aber ich entferne mich vom Thema und begebe mich in die Abgründe der Schwafelei, was zwar, wie ich meine, für jeden Kopf eine befreiende Wirkung hat, aber auch dazu führen kann, dass man wertvolle Zeit verschwendet. In diesem Fall ist das Ihre Zeit mein sehr geschätzter Herr Karlsson.

‚Warum meine Zeit?' werden Sie jetzt vielleicht genervt fragen, schließlich hat mich nur jemand beim Besuch einer alten Dame fotografiert und versucht jetzt in stümperhafter Weise eine Erpressung aufzuziehen. Weit und breit keine Spur von Zeitnot.

Nun, geschätzter Herr Karlsson. Zwei der Bilder habe ich auch der alten Dame gemailt. Nicht, dass ich glaube, sie würde ihren Laptop jetzt auspacken und ihr Postfach öffnen. Nein, das wird sie sicherlich nicht machen. Aber ich bin recht überzeugt davon, dass dies die Polizeibeamtin gemacht hat, die gestern relativ bald nach Ihnen und Ihrem

Freund, dem geschätzten MM, sich die Ehre gab, die alte Dame zu besuchen.

In seiner grenzenlosen Ich-Bezogenheit wird MM versäumt haben, Sie darauf hinzuweisen, dass ich kein Freund davon bin, wenn MM sich Hilfe holt, um gegen mich zu ermitteln. Seinen Sie also bitte so freundlich und stellen Sie Ihrer Tätigkeit in den Diensten von MM ein."

„Der Typ ist ja völlig durchgeknallt. Der ist krank im Kopf. Gegen solche Leute sind vernünftig denkende Menschen immer im Nachteil!"

„Willst du jetzt den Schwanz einziehen, nur weil der ein paar Fotos von dir ins Netz gestellt hat?" MM war aus allen Wolken gefallen, als sich Karlsson auf einmal bei ihm gemeldet hatte.

„Natürlich ziehe ich den Schwanz nicht ein, aber es wäre durchaus ratsam gewesen, wenn du mich ein bisschen besser über den Typen aufgeklärt hättest. Trotzdem wirst du jetzt erst einmal ein paar Tage ohne mich auskommen müssen."

MM konnte nicht glauben, was er da hörte. „Du bekommst gutes Geld von mir! Was meist du eigentlich wer du bist? Du wirst dich um die Erpressung kümmern und sonst nichts. Ist das klar?"

„Vergiss es." Karlsson war ungerührt. „Wenn ich bei meiner Arbeit so dilettantisch in eine Falle tappe, und dann auch noch mit dem Besuch der Polizei rechnen muss, dann mache ich mit dem Fall immer erstmal eine kleine Pause. Abstand bekommen ist dann oberstes Gebot."

„Ich verdopple deine Provision. Jetzt mach dich gefälligst an die Arbeit. Wir sprechen uns, wie vereinbart heute Abend." MM wendete sich von Karlsson ab.

„Alles klar MM. Du hast Geld ohne Ende und du bist der Meinung, dass du dir davon alles kaufen kannst. Aber so Typen wie ich, wir haben Grundsätze. Ich mache das so, wie ich dir gerade gesagt habe. Danach arbeite ich gerne auch für eine erhöhte Provision weiter."

Dienstag 10.5.

„Wie geht es voran MM?"

„Alles im Griff. Der Spuk hat bald ein Ende" MM war bemüht, sicher und souverän zu klingen. Es fiel ihm zwar schwerer als gedacht, war aber die Mühe wert, da er in Yvonnes Gesicht erkennen konnte, dass sie ihm glaubte.

„Ich hätte gedacht, dass Karlsson gestern zu einer Lagebesprechung kommen würde. In gewisser Weise bin ich ja auch betroffen."

MM streichelte ihr die Wange. „Ich weiß, aber das ist Männersache. Du hängst schon viel zu viel mit in den Problemen."

„Deshalb musst du dir keinen Kopf machen. Ich finde das mal eine ganz interessante Ablenkung von dem Alltagstrott."

„Interessante Ablenkung? Da will mich einer fertig machen und du nennst das eine interessante Ablenkung?"

„Nun reg dich nicht gleich auf. Du hast mir doch gerade noch gesagt, dass du alles im Griff hast. Sonst würde ich doch niemals so darüber denken."

Er schaute auf die Uhr und sie wusste bereits was jetzt kommt „So, ich muss jetzt aber los."

Eine halbe Stunde später hatte Yvonne die Latexklamotten übergestreift und stöckelte mit ihren hohen Stiefeln durch die Wohnung, um ihre Hausarbeit zu erledigen. Den Ausflug zu der alten Frau konnte sie ihm nicht verzeihen. Je mehr sie daran dachte, umso größer wurde die Distanz die sie zwischen sich und MM spürte.

Sie hing den Gedanken noch nach, als es an der Türe klingelte. Da Yvonne gerade in der Diele beschäftigt war, öffnete sie ohne weiter nachzudenken die Türe und sah sich einem großen Mann und einer kleinen Frau gegenüber, die sie bisher noch nicht gesehen hatte. Die überraschten Gesichter der beiden und der frische Luftzug, der über ihren Körper strich, erinnerten Yvonne an die Kleidung, die sie gerade trug.

„Ja bitte?" am besten so tun, als ob nichts Besonderes los ist.

Die Frau hielt, ebenfalls um Routine bemüht, einen Ausweis hoch und stellte sich selber als Kommissarin Smidt und ihren Kollegen als Polizeiobermeister Rednich vor. „Dürfen wir kurz hereinkommen?"

Automatisch trat Yvonne zur Seite und machte eine einladende Geste Richtung Wohnzimmer.

Die Kommissarin eröffnete das Gespräch.

„Ich bin keine Freundin von großen Umschweifen. Wir ermitteln in einem Mordfall."

Sie nahm sich die Zeit, die Reaktion auf Yvonnes Gesicht abzuspeichern. Nachdem Yvonne sich wieder gefangen hatte, hoffte sie, dass die Polizei ihr auf diese Weise sicherlich nicht den Tod ihres eigenen Mannes beibringen würde.

„Wer?"

„Keine Angst, es ist niemand aus Ihrem Familienkreis. Ihr Mann und entsprechend den sichergestellten Unterlagen auch Sie, hatten Kontakt zu einer Detektei Triebel. Ist das richtig?"

„Ja, er hat öfters mal für meinen Mann gearbeitet."

„Sie benutzen die Vergangenheit?"

„Mein Mann erzählt mir nur sehr wenig von seiner Arbeit. Ich weiß nur, dass er jetzt zu einer anderen Detektei gewechselt ist. Außerdem haben Sie mir gerade selber gesagt, dass Sie in einem Mordfall ermitteln. Dann liegt der Schluss nahe, dass es Triebel ist."

„Richtig. Es ist tatsächlich Triebel. Warum hat ihr Mann die Detektei gewechselt?"

„Das fragen Sie am besten meinen Mann. Wie bereits gesagt, erzählt er mir nicht wirklich viel über seine Aktivitäten." Sie holte ihr eine von MMs Visitenkarten aus einer Schublade. „Ich bin nur die Frau an seiner Seite. Mehr nicht."

Die beiden betrachteten automatisch nochmals ihr Outfit und schauten sich danach vielsagend an. „Schwitzen Sie eigentlich nicht in diesen Sachen?"

„Doch, aber es ist trotzdem ein geiles Gefühl. Außerdem ist das für Sie doch eigentlich völlig egal, was ich in meinen vier Wänden trage. Wenn ich sie nackt empfangen hätte, müssten sie das doch wohl genauso hinnehmen, wie jede andere Bekleidung."

„Entschuldigung. Sie haben natürlich recht. Da ist mir eher eine private Frage rausgerutscht." Die Kommissarin merkte, dass ihr das Blut ins Gesicht stieg.

Yvonne merkte, dass sie sich den beiden in gewisser Weise überlegen fühlte, weil sie selber sich so gab, als ob ihre Kleidung etwas ganz normales wäre.

„Ich kann Ihnen einen Laden hier in der Stadt empfehlen, in dem Sie eine wirklich sehr aufmerksame Beratung bekommen können."

„Nein danke", winkte die Kommissarin ab. „Wie gesagt: Die Frage ist mir einfach so rausgerutscht."

Die beiden machten Anstalten sich wieder auf den Weg zu machen. „Vermutlich können Sie uns nicht wirklich weiterhelfen. Danke für die Visitenkarte ihres Mannes. Es sind allerdings bereits Kollegen von uns bei ihm. Vielleicht kann er uns ja mehr Informationen geben."

„Sie haben mir noch nicht gesagt, wie er gestorben ist."

„Er wurde tot in seinem Haus aufgefunden. Mehr dürfen wir Ihnen nicht sagen, auch wenn Sie, wie es scheint, gar nichts mit dem Mord zu tun haben."

Als Yvonne wieder alleine war, merkte sie, wie eine riesige Anspannung von ihr fiel.

Das aschfahle Gesicht von MM bei dem Telefonat mit der Detektei Triebel, die Warnungen, die der Erpresser in die Mails geschrieben hatte. Hätte sie den Polizisten die Mails zeigen müssen? Hatte sie denen etwas verschwiegen? Sie kam zum Schluss, dass einfach nur die Fragen ungünstig gestellt worden waren. Ohne die Polizisten anzulügen, hatte sie das Wesentliche verschwiegen. Wenn sie vorher von dem Besuch gewusst hätte, wäre das Gespräch sicherlich anders gelaufen. Sie hätte andere Kleidung getragen und alleine deshalb wären vermutlich schon andere Fragen gekommen.

Jetzt hatte sie ihre Rolle in der ganzen Erpressungsaffäre auf eine ganz andere Art gespielt, als sie es jemals gedacht hätte.

Sie überlegte, ob es jetzt eigentlich ihre Aufgabe war, MM zu warnen, entschied sich dann aber dagegen. Schließlich hatte er sie über den Tod von Triebel im Unklaren gelassen und zudem schien er ja gerade Besuch von der Polizei zu haben. Wovor sollte sie ihn da noch warnen?

Am Nachmittag beschloss sie einen kleinen Ausflug in die Stadt zu machen. Vielleicht würde es ja helfen auf andere Gedanken zu kommen. Sie ging ziellos durch die Straßen und schaute sich die Auslagen der Geschäfte an. Ohne es direkt gewollt zu haben, stand sie nach einiger Zeit vor dem Geschäft von Beatrice.

„Das freut mich aber, dass du noch mal hierhin kommst." Beatrice kam ihr freudestrahlend entgegen.

„Ich war gerade in der Nähe und dachte mir, ich komme mal kurz rein."

„Freut mich. Wie war denn die Reaktion deines Liebsten?"

Yvonne winkte ab. „Lass uns lieber von etwas anderem reden. Ich kann gar nicht verstehen, wie man so bescheuert reagieren kann. Dabei sind die Sachen so fantastisch."

„Man kann die Leute eben nicht zu ihrem Glück zwingen." Sie schaute Yvonne bedauernd an. „Und? Was machst du jetzt mit den Sachen?"

„Ich habe beschlossen, sie aufzutragen. Morgens bin ich immer alleine und mache dann den ganzen Haushalt. Dabei trage ich die Sachen und natürlich die geilen Stiefel."

Beatrice Augen wurden groß. „Echt? Na, dann will ich aber hoffen, dass du nicht wieder ein Problem mit dem Schloss bekommst." Automatisch suchte Yvonne ihr Gegenüber nach Schlössern ab, konnte aber keins finden.

„Nein heute mal nicht, das wird sonst ja auch langweilig."

Beatrice ließ ihren Blick durch den Laden schweifen. „Was möchtest du denn heute mal anprobieren?"

„Sag du es mir."

„Hast du schon mal über ein Korsett nachgedacht? Du hast genau die richtige Figur dafür."

Yvonne schaute an sich herunter. „Na danke. Bis eben hatte ich geglaubt, dass ich eine gute Figur habe."

„Hast du ja auch. Wenn dicke Leute ein Korsett anziehen, dann glauben die immer sie würden damit aussehen wie Twiggy." Yvonne schaute Beatrice verständnislos an. „Ich meine dieses dürre Modell aus den 60zigern. Das ganze Fett löst sich aber nicht in Luft auf, nur weil man ein Korsett drum herum schnallt. Richtig gut sehen Leute wie du aus, wenn sie so etwas tragen. Komm einfach mal mit. Ich werde es dir zeigen."

Nachdem Beatrice die Verschnürung geschlossen hatte, machte Yvonne einige vorsichtige Bewegungen. „Gar nicht so schlimm, wie ich dachte. Ich glaube, das könnte ich sogar beim Putzen tragen."

Als Antwort öffnete Beatrice die Tür zu einer kleinen Kammer und nahm einen Besen und ein Kehrblech heraus. „Hier. Du kannst es direkt ausprobieren."

Yvonne war so überrascht, dass sie die beiden Teile automatisch in Empfang nahm. „Wo soll ich anfangen?"

„Eigentlich hatte ich das als Scherz gemeint, aber wenn du schon so fragst, dann fege einfach den gesamten Verkaufsraum durch."

Damit ließ Beatrice sie stehen und kümmerte sich um die Kundschaft. Yvonne wendete sich nach kurzem Zögern dem Verkaufsraum zu. Schon nach ein paar Minuten merkte sie, dass das jetzt genau die Aufgabe war, die sie brauchte, um zur Ruhe zu kommen und von dem ganzen Stress mit MM abzuschalten. Als sie mit dem Raum fertig war, war mehr als eine Stunde vergangen. Sie hatte nach dem Kehren automatisch noch angefangen in den Regalen Staub zu wischen.

„Kannst du mir mal sagen, wann hier das letzte Mal gründlich gereinigt wurde Beatrice? Eigentlich könntest du mich direkt für eine ganze Woche buchen, wenn du den Laden mal wirklich sauber haben willst."

„Um ehrlich zu sein. Die bisherige Putzfrau hat letzte Woche gekündigt und bisher habe ich noch nichts Neues gefunden. Ich habe aber ab und zu mal selber durchgewischt."

Yvonne schaute nochmals demonstrativ in den Raum. „Ich will dich jetzt nicht beleidigen, aber wenn ich mich kurz fassen wollte, müsste ich sagen, dass du definitiv keine Begabung für das Putzen hast."

„Ich weiß." Nach einer kleinen Pause fügte Beatrice hinzu: „Meintest du das eigentlich gerade ernst mit deinem Angebot den ganzen Laden wieder auf Vordermann zu bringen? Ich meine putztechnisch?"

Yvonne brauchte nicht lange zu überlegen. „Klar, kann ich machen. So ein Laden muss einfach sauber sein."

„Aber du hast das doch gar nicht nötig. Ich dachte dein Mann verdient ohne Ende Asche?"

„Tut er auch, aber er geht mir in letzter Zeit auch ohne Ende auf den Zeiger. Warum soll ich also nicht einfach mal eine kleine unterbezahlte Nebentätigkeit anfangen?"

„Du musst es wissen." Beatrice nahm aus einer Schublade einen Arbeitsvertrag. „Das Reinigungspersonal bekommt bei mir immer einen Einheitsvertrag", erklärte sie, während sie das Papier zu Yvonne schob. „Lies es dir durch und unterschreibe dann."

Der Vertrag legte in der üblichen gestelzten Sprache die Arbeitszeiten und die Entlohnung fest. Für Yvonne war das Geld nicht weiter wichtig. Die Arbeitskleidung wurde vom Arbeitgeber gestellt. Also musste sie sich keine Schürzen oder dergleichen von zuhause mitnehmen. Sie unterschrieb und schob den Vertag wieder zu Beatrice zurück. „Wann soll ich anfangen?"

Beatrice schaute sie leicht amüsiert an. „So ganz hast du dir das aber dann auch wieder nicht durchgelesen oder? Morgen Nachmittag um zwei Uhr. Du arbeitest dann bis vier. Das gilt im Übrigen für alle Tage von Montag bis Samstag. Wenn du mal nicht kannst, sagst du bescheid und wir verschieben das einfach. Da morgen dein erster Tag ist, wäre es ganz gut, wenn du ausnahmsweise eine Stunde früher kommen kannst."

Kurze Zeit später stand Yvonne mit neuem Korsett auf der Straße. Sie hatte sich erst nicht getraut das Teil direkt anzubehalten, aber Beatrice hatte sie davon überzeugt, dass es am besten ist, wenn man gar nicht erst die Scheu aufbaut, sich darin in der Öffentlichkeit zu zeigen. Außerdem trug sie ja noch die Jacke darüber. Damit war ohnehin das Meiste verdeckt. Yvonne hatte sofort gemerkt, wie sich ihre Haltung änderte. Gleichzeitig mit der Haltung floss auch so etwas wie ein gestärktes Selbstbewusstsein in sie hinein.

Yvonne hatte sich noch zeigen lassen, wie man die Verschnürung am Rücken auch ohne fremde Hilfe zuziehen konnte. In den nächsten Tagen würde sie genügend Gelegenheit haben, das zu üben.

Mittwoch 11.5.

„MM? Ich hatte gestern Besuch von der Polizei."

„Ich auch. Stell dir vor, die kommen einfach so in meine Firma. Als ob ich ein Schwerverbrecher wäre. Ich habe denen natürlich sofort erklärt, dass ich ohne meinen Anwalt keine Aussage zu Triebel machen kann. Ich weiß auch gar nicht, weshalb die bei mir nachfragen, ob ich eine Idee habe, wer Triebel auf dem Gewissen haben könnte."

Und wieder eine Stufe tiefer in der Werteskala, schoss es Yvonne durch den Kopf. MM wollte ihr tatsächlich erzählen, dass er zwischen der Erpressung und Triebels Tod keinen Zusammenhang sah.

„Du erinnerst dich schon daran, dass der Erpresser dich gewarnt hat keine fremden Leute mit in die Sache hereinzuziehen?" versuchte sie es trotzdem.

Die Geringschätzung war in MMs Gesicht abzulesen, noch bevor er den Mund aufmachte. „Mach dich doch nicht immer so lächerlich! Der Erpresser ist ein armer Irrer. Zugegebenermaßen macht er mir mehr Probleme als ich erwartet hätte, aber deshalb ist der doch kein kaltblütiger Mörder. Triebel hatte schließlich auch noch andere Fälle zu betreuen. Soll die Polizei doch da rum stochern. Dann finden die auch ein entsprechende Spur."

Er nahm seine Aktentasche „Ich wünsche dir einen angenehmen Tag und zerbrech' dir dein schönes Köpfchen nicht über Triebel!" Damit verschwand er Richtung Firma.

Später am Vormittag traf wieder eine Mail des Erpressers ein. Nach der Abfuhr, die ihr MM am Morgen verpasst hatte, konnte Yvonne eine gewisse freudige Erwartung beim Öffnen der Mail nicht unterdrücken.

„Ich bin mit meinen kleinen Nebenbeschäftigungen so weit durch, dass ich wieder Zeit für unser kleines Spielchen habe. Früher als gedacht. Sicher freut ihr euch. Nach wie vor kannst du natürlich aussteigen MM, indem du dich selber anzeigst. Ich glaube aber persönlich, dass du noch nicht so weit bist.

Ich wiederhole nochmals, dass ich es nicht mag, wenn du dir fremde Hilfe holst. Lass es also bitte bleiben.

Euer nächstes Ziel solltet ihr mit dem Flieger ansteuern. Sonst dauert die Reise einfach zu lang. Die Stadt ist die größte ihres Landes und ziemlich alt. Ich bin mir zwar nicht sicher, ob der große Julius persönlich da war, aber es gibt Anzeichen dafür. Die Stadt jedenfalls gab es schon, wenn auch unter einem anderen Namen.

Yvonne, wärest du so nett MM zu fotografieren, wenn er in die Straßenbahn, die weit über die Stadtgrenzen bekannt ist, einsteigt? Sein neues Nasenpiercing - ich schlage Septum vor - sollte deutlich zu erkennen sein. Wähle bitte einen Ring mit mindestens einem Zentimeter im Innendurchmesser. Du darfst gerne auch einen größeren wählen MM. Dein geliebtes Lackoutfit darfst du zuhause lassen. Jeanshose und Jeansjacke reichen völlig. Trage aber bitte Sorge, dass deine gesamten Kleidungstücke deutliche Gebrauchsspuren aufweisen. Nach dem Shooting bleibt das Piercing natürlich drin. Wo du dich doch gerade erst daran gewöhnst.

Du darfst dann auch wieder ein Foto von Yvonne machen. Genau genommen zwei. Eins beim Betreten eines Friseurladens mit ihren aktuell blonden Haaren. Ein weiteres beim Verlassen des Salons mit schwarzen Haaren. Die Auswahl des neuen Schnitts, den du dann tragen wirst, Yvonne, überlasse ich dir und der Kreativität des Friseurs.

Ihr habt morgen Zeit, um euch vorzubereiten. Den Flug bucht ihr dann bitte für Freitag früh. Ich schreibe euch morgen dann noch, wie wir dort Kontakt aufnehmen werden. Rückflug nicht vor Sonntagabend."

Yvonne konnte sich ein Lachen nicht verkneifen. Wenn sie ein Glas in der Hand gehabt hätte, hätte sie dem Schreiber damit sicherlich zugeprostet. Ihr MM, der Mann, der seinen Anzug nur zum Schlafen und Duschen auszog. Ihr MM mit deutlich sichtbarem Piercing und gebrauchten Jeans. Hoffentlich kam er nicht auf die Idee eine Bügelfalte an der Hose zu fordern.

Sie griff zum Telefon. „MM, wir haben wieder eine Mail bekommen."

„Ich frage mich, weswegen du immer so gut davonkommst Yvonne. Haare schwarz färben ist ja wohl keine wirkliche Qual. Ich hingegen…" Er griff nach einem Glas Hochprozentigem. „Wenn ich den erwische, dann wird er hoffen, nie geboren worden zu sein."

Yvonne glaubte in MMs Gesicht jede einzelne Qual ablesen zu können, die er dem Erpresser zufügen würde.

„Wie weit seid ihr denn mit euren Recherchen?"

MM schaute an ihr vorbei aus dem Fenster.

„Das klappt alles nicht so, wie ich mir das vorgestellt habe. Karlsson hat den Schwanz eingezogen nachdem der Erpresser ihn bei der Polizei denunziert hat. Ich habe natürlich keine Zahlung für seine bereits geleisteten Dienst vorgenommen, aber es hat nichts genützt."

MM nickte stumm. Dann schlug er sich mit der Faust in die flache Hand

„Aber das wird mich nicht dazu bringen, diesen Menschen einfach machen zu lassen, was er will. Hast du schon herausgefunden, wohin er uns diesmal schicken will?"

Yvonne holte einen Bildband hervor.

„Bei Julius habe ich an Julius Caesar gedacht. Wenn der hätte da sein können, dann kann das eigentlich nur eine Stadt im Mittelmeerraum plus Paris und London sein."

„Bei Straßenbahn hast du dann an Lissabon gedacht?" wollte MM wissen. Inzwischen hatte Yvonne die Seite aufgeschlagen.

„Genau. Lissabon ist Hauptstadt, ist die größte Stadt und hieß zu Julius Zeiten *Felicitas Julia*. Ich denke eigentlich, dass wir die Stadt haben oder fällt dir noch eine andere Hauptstadt mit berühmter Straßenbahn ein?"

„Nein, die einzige andere berühmte Straßenbahn, die mir einfällt, fährt in San Francisco. Das scheidet dann ja wohl aus. Alleine wegen des Alters. Ansonsten sind das eher berühmte U-Bahnen."

Yvonne schaute MM an. „Und jetzt?"

„Was ‚und jetzt'?"

„Was machen wir jetzt? Die geforderten Sachen habe ich schnell besorgt. Und ein paar andere, mit denen du reisen kannst ebenfalls. Was ich meinte ist, ob wir am Freitag nach Lissabon fliegen und ob wir dann das machen, was er möchte oder ob wir hier bleiben und es darauf ankommen lassen, dass du ihn schnell genug bekommst."

MM sagte lange Zeit nichts. Schließlich nahm er Yvonnes Hände in seine Hände. „Ich habe die beiden letzten Tage damit verbracht einigen von denen auf den Zahn zu fühlen, mit denen ich Geschäfte gemacht habe, die von risikoscheuen Menschen schnell als illegal oder zumindest als ‚am Rande der Legalität' bezeichnen würden."

Er machte eine Pause.

„Nichts. Absolut nichts ist dabei herausgekommen, außer ein paar neuen Angeboten für weitere Geschäfte. Keiner von denen hat irgendwie auf die Bemerkungen reagiert, die ich in die Gespräche eingestreut habe. Ich stehe also immer noch ganz am Anfang."

„Nicht ganz" korrigierte Yvonne „Immerhin weißt du jetzt schon mal wer es nicht ist."

MM schaffte ein kurzes Lächeln. „Stimmt. Andererseits habe ich die, denen ich das als erste zutrauen würde damit auch schon durch. Was übrig bleibt sind die harmloseren Fälle."

„Auch Geschäftspartner?"

MM schüttelte den Kopf. „Nein, das sind die, die ich um Firmen oder Firmenanteile erleichtert habe. Die haben nach den Transaktionen allesamt den Kontakt zu mir abgebrochen. Würde mich wundern, wenn es einer von denen ist."

„Immerhin hast du denen Teile von deren Firma weggenommen", wandte Yvonne ein.

Sie erntete einen verständnislosen Blick von MM „Ich habe die vor noch Schlimmerem bewahrt." MM konnte sich ein Lachen nicht verkneifen. „Wenn ich bedenke, dass manche von den Trotteln vermutlich bis heute nicht geschnallt haben, dass ich die Ursache ihrer Probleme gewesen bin...."

Vielleicht, dachte Yvonne, sind das ja genau die, bei denen du suchen solltest mein liebster MM. Sie wollte ihn gerade darauf hinweisen, als er aufstand und ohne weitere Worte in seinem Arbeitszimmer verschwand.

Dann mach mal schön selber MM. Yvonne nahm sich ein paar Frauenzeitschriften und studierte Friseuren. Wieso nicht mal ein peppiger Kurzhaarschnitt? Die ewige Trocknerei der langen Haare hatte sie eigentlich schon lange satt. Schließlich riss sie die Seiten mit zwei Frisuren heraus und packte sie vorsichtshalber in ihre Handtasche.

Pünktlich um ein Uhr stand Yvonne in Beatrices Laden.

„Schön, dass du so pünktlich kommen konntest", wurde sie von Beatrice begrüßt. „Am besten wir gehen direkt nach hinten und schauen, ob dir die Klamotten passen."

Als Yvonne sah, was ihr rausgelegt worden war, sank sie sprachlos auf einen Stuhl und schaute mit großen Augen zwischen Beatrice und den Kleidungsstücken hin und her.

„Ich hatte jetzt eigentlich an einen Kittel und ein paar Handschuhe gedacht."

„Ich verstehe nicht, dass eine intelligente Frau wie du, einen Arbeitsvertrag unterschreiben kann, den sie nicht komplett durchgelesen hat. Aber du hast ihn unterschrieben und jetzt musst du da auch durch", erklärte ihr Beatrice lächelnd. „Immerhin kannst du die Sachen behalten, wenn du lange genug hier gearbeitet hast."

Yvonne gab sich einen Ruck und stand entschlossen auf.

„Wo kann ich mich umziehen?"

„Direkt hier würde ich vorschlagen. Je nach dem muss ich dir den ein oder anderen Tipp geben."

Als Yvonne sich entkleidet hatte und nach den Strümpfen griff, hielt Beatrice sie zurück.

„Am besten, du ziehst erstmal den Stringtanga an."

Danach reichte Beatrice ihr einen länglichen Schlauch, den sie als Kleid anziehen konnte. Dann wurde sie in ein Korsett eingeschnürt, das ihr ähnlich eingeschränkte Bewegungsmöglichkeiten ließ, wie das, das sie am Vortag gekauft hatte.

„Jetzt bist du schon fast fertig. Nur noch die Stümpfe an den Strapsen befestigen." Beatrice reichte ihr das Paar schwarz glänzender Strümpfe. „Setzt dich, ich helfe dir dann noch schnell in die Stiefel. Wir haben doch etwas länger gebraucht, als ich gedacht habe. Dein Dienst fängt in ein paar Minuten an."

Yvonne war von ihrem Outfit noch so überwältigt, dass sie gar nicht mehr darauf achtete, was Beatrice ihr anzog. Erst als sie hörte, wie zwei Schlösser einrasteten, bemerkte sie die extrem hohen Stilettoabsätze. „Ist das jetzt dein ernst? Ich hoffe, du hast auch die passenden Schlüssel dazu?"

„Klar. Habe ich. Das gehört nun mal dazu. Stell dich mal hin", forderte Beatrice sie auf, während sie hinter sich griff. „Jetzt noch die Handschuhe."

Sie zog Yvonne schwarze Latexhandschuhe über, die bis zur Mitte der Oberarme reichten. „Perfekt. Schau dich mal im Spiegel an."

Yvonne war sprachlos. Die Kleidung hatte eine andere Frau aus ihr gemacht.

„Jetzt fehlt eigentlich nur noch das entsprechende Makeup und das ein oder andere Schmuckstück, dann würde mich glaube ich keiner mehr wiedererkennen."

„Stimmt. Da vorne kannst du dich schminken. Danach kommst du zu mir in den Verkaufsraum. Ich gebe dir dann den passenden Schmuck."

Damit ließ Beatrice sie alleine. Ein paar Minuten später kam eine perfekt geschminkte Yvonne zu ihr.

„Gefällt es dir so?"

„Wow. Du verstehst es wirklich mit wenig Aufwand den maximalen Effekt zu erzielen. Vielleicht solltest du dein Geld lieber als Visagistin verdienen, statt bei mir zu putzen."

„Danke. Ich werde es mir überlegen, aber erst mal bin ich bei dir unter Vertrag und wie mir scheint, wird der Job noch einige Überraschungen für mich bereithalten und erstmal nicht langweilig sein. Das ist die Hauptsache."

„Das ist eine vernünftige Einstellung. Beuge dich mal zu mir rüber, ich habe noch den versprochenen Schmuck für dich."

Wieder hörte Yvonne das Einrasten eines Schlosses. Im Spiegel erkannte sie, dass Beatrice ihr ein glänzendes Stahlhalsband umgelegt hatte, dass vorne mit einem großen Ring geschmückt war, den sie automatisch mit Daumen und Zeigefinger anfasste und hoch und runter bewegte.

„Ich denke, du solltest jetzt mal langsam mit dem Putzen anfangen. Eigentlich bist du schon eine halbe Stunde zu spät dran."

„Jetzt wundert es mich eigentlich auch nicht mehr so richtig, dass du Probleme hast, eine neue Reinigungskraft zu finden."

Beatrice winkte ab. „Darüber könne wir uns auch gleich noch unterhalten. Jetzt muss ich erstmal wieder ein bisschen Geld verdienen und du kannst deiner Lieblingstätigkeit nachgehen und meinen Laden putzen."

Als Yvonne sich schon abwandte gab ihr Beatrice noch den Tipp mit, sich von den Sprüchen der Kunden nicht irritieren zu lassen.

Donnerstag 12.5.

„Ich werde heute weiter meine Runde machen. Besorge heute Morgen bitte alles Notwendige und buche ein Tophotel in Lissabon."

Yvonne runzelte die Stirn. „Bist du dir mit dem Tophotel sicher?"

MM warf ihr im Herausgehen einen irritierten Blick zu. „Meinst du etwa, ich wäre schon Pleite? Selbstverständlich buchst du ein Tophotel."

Damit war er auch schon weg. Yvonne führte seinen Wunsch aus. Sie buchte das ‚Real Palacio'. Mal sehen, wie der Meister das mit dem Schmuckstück an seiner Nase und den heruntergekommenen Sachen hinbekommen wollte.

Danach ging es mal wieder shoppen. In Korsett und hohen Schuhen fühlte sie sich wie ein Popstar, der einen relaxten Vormittag genießt. In einem Secondhandgeschäft holte sie die gewünschte Hose, die Jacke und ein paar T-Shirts, die schon bessere Tage gesehen hatten. Danach kaufte sie noch ein paar neue Jeans und Shirts. Damit war MM eigentlich ausreichend ausgestattet.

Nachdem sie ihre Einkäufe im Auto verstaut hatte, wurde es Zeit ihre Putzstelle bei Beatrice zu erledigen. Das Umziehen ging diesmal bedeutend schneller. Das einzige Problem bestand darin, dass der Laden diesmal wesentlich besser besucht war.

Beim Kaffee sprach sie Beatrice darauf an. „Meinst du nicht, es ist besser, wenn ich vor dem Öffnen putze. Heute standen mir andauernd die Kunden im Weg."

„Kommt überhaupt nicht in Frage. Das Geschäft ist heute super gelaufen und was meinst du, was ich heute am besten verkauft habe?"

Yvonne zuckte mit den Schultern „Keine Ahnung"

„Natürlich genau die Klamotten und Accessoires, die du heute angehabt hast."

„Das ist nicht dein ernst oder?"

„Doch. Du bist der absolute Verkaufsschlager. Ich bin mir sicher, meine Kunden fangen jetzt an, Mund zu Mund Propaganda zu machen. Das läuft fantastisch an."

„Dann wird es dich nicht wirklich erfreuen, dass ich mit meinem Mann für ein paar Tage nach Lissabon reisen werde."

„Und was ist mit deiner Putzstelle bei mir? Du hast einen Vertrag unterschrieben!"

„Jetzt reg dich mal nicht auf. Du hast doch heute schon mehr Gewinn gemacht, als du mir an Lohn bezahlst. Außerdem ist das nur für das Wochenende." Nach einer kurzen Pause konkretisierte sie, „langes Wochenende. Also ab morgen. Ich bin dann erst am Montag wieder deine umsatzsteigernde Putzfrau."

„Wie willst du das denn nacharbeiten?" Beatrice hatte eine enttäuschte Tonlage in ihrer Stimme.

„Keine Ahnung. Ich bleibe nächste Woche einfach ein paar Mal länger bis ich die zwei Tage nachgearbeitet habe."

„Wäre eine Möglichkeit. Aber vielleicht fällt mir auch noch etwas anderes ein. Wir werden sehen."

Als Yvonne Anstalten machte zu gehen, kam dann doch noch die Frage, die sie befürchtet hatte. „Hat dein Mann Geschäftstermine in Lissabon bei denen er mit einer schönen Frau an seiner Seite glänzen will?"

„Nein. Er ist in einer recht schwierigen Situation und ich bin quasi verpflichtet ihm zu helfen."

Beatrice schaute Yvonne fragend an „Das muss ich jetzt aber nicht verstehen oder?"

„Nein. Das ist eigentlich auch ziemlich kompliziert. Je weniger Leute davon wissen, umso besser ist das."

Freitag 13.5.

In Lissabon wurden sie von einem strahlend blauen Himmel empfangen. MM hatte während des gesamten Fluges kaum ein Wort mit Yvonne gewechselt. Sie hatte ihrerseits auch kein Interesse ihn auf die bevorstehenden Erlebnisse anzusprechen. Nachdem er am Vorabend mit übelster Laune nach Hause gekommen war, hatten sie sich das erste Mal so gestritten, dass Yvonne am liebsten in einem separaten Zimmer geschlafen hätte. Sie sah überhaupt nicht ein, dass er seine Misserfolge bei der Suche nach dem Erpresser an ihr ausließ. Schließlich war sie völlig unschuldig in die Situation geraten.

Der Erpresser hatte sich nochmals gemeldet und wie angekündigt eine neue Mail-Adresse angegeben. Gleichzeitig hatte er sich mit einer gewohnt gewundenen Formulierung dafür entschuldigt, dass er vergessen hatte MM darauf hinzuweisen, dass er für das Foto die Haare seines geliebten Pferdeschwanzes lösen und mit etwas bunter Farbe versehen sollte. Die verlangten Fotos sollten noch am Freitagabend übermittelt werden. Für Samstag hatte er eine Mail mit weiteren Aufgaben angekündigt. Welche Aufgaben das sein würden, hinge davon ab, wie gut die Fotos würden.

Das Einzige, was Yvonne neugierig auf den Tag machte war, wie MM die Situation lösen wollte.

Yvonne hatte bereits über das Hotel einen Frisör buchen lassen. Ihr Termin war für 3 Uhr am Nachmittag festgelegt. Damit hatten sie genügend Zeit für einen kleinen Bummel durch die Altstadt. MM nutzte das, um in einem Drogeriemarkt grüne Sprühfarbe zu kaufen. Nach einigem Suchen fand er dann auch endlich einen Laden, in dem man Piercingschmuck kaufen konnte, der täuschend echt aussah, aber nur angeklemmt wurde.

Er wollte also wieder einmal den großen Bluff starten. MM sah ihren skeptischen Blick „Meinst du etwa, ich werde jetzt anfangen mich selber zu verstümmeln? Wenn du deine Fingernägel dran behältst ist das deine Sache. Ich jedenfalls spiele das Spiel nach meinen Regeln. Und die sehen nicht vor, dass ich mich piercen lasse."

Sie waren in der Nähe der Straßenbahnlinie angekommen. Er hielt ihr die Sprühdose hin „wenn du so freundlich wärest?"

Wortlos nahm sie die Dose und färbte seine Haare grün. Einige Passanten nahmen das zum Anlass stehen zu bleiben. Allerdings war die Aufmerksamkeit nicht so groß, wie vor ein paar Tagen in Luxemburg. Als eine Straßenbahn anhielt, steckte er sich das Piercing an die Nasenscheidewand und machte Anstalten in die Bahn einzusteigen, während sie Fotos von ihm schoss.

Sie waren gut in der Zeit, um pünktlich zum Friseur zu kommen.

„Wenn du nicht willst, dann kannst du dir auch eine Perücke aufziehen." bot MM ihr an.

„Lass mal. Ich mache das richtig. So wie mit den Fingernägeln. Ich habe keine Ahnung wann du den endlich schnappst und ich habe vor allem keine Ahnung davon, zu was der im Stande ist. Ich glaube nämlich im Gegensatz zu dir, dass er bei dem Tod von Triebel die Finger im Spiel hatte. Deshalb möchte ich nicht in seine Schusslinie geraten. Jedenfalls nicht, solange er nichts Unmögliches von mir verlangt."

„Und was wäre für dich ‚Unmöglich'?" MM studierte den Stadtplan und versuchte die Orientierung zu behalten.

„Keine Ahnung, ich werde es dann ja merken. Soll ich dir jetzt sagen, dass ich keinen umbringen würde, wenn er es von mir verlangen würde?"

Hatte er jetzt die Orientierung verloren? Diese Altstadt war aber auch wirklich viel zu eng. Ein Blick auf die Uhr zeigte ihr, dass sie nur noch 10 Minuten hatten. „Vielleicht ein Taxi?" MM sah sie verwirrt an. „Nein, nein. Ist nicht nötig." Er zeigte ans Ende der Gasse. „Dort hinter der Ecke muss es sein."

Er behielt recht. Um Punkt 3 Uhr ging sie in den Laden. MM hatte das Foto gemacht und ging jetzt runter zum Meer, um sich die Farbe aus dem Haar zu waschen. Sie hatten vereinbart, dass es keinen Sinn machte, wenn er vor 5 Uhr wieder zurückkommen würde.

Nach einigem Suchen fand er eine Stelle, an der er etwas blickgeschützt war. Da er die heruntergekommene Kleidung ohnehin wegschmeißen würde, ging er ein Stück ins Meer, um den Kopf besser untertauchen zu können. Als er merkte, dass jemand hinter ihm stand, wurde ihm auch schon ein langes spitzes Messer vor das Gesicht gehalten. „Don't move!". Diese Aufforderung hätte MM in dem Moment nicht gebraucht, da er vor lauter Schreck ohnehin bewegungsunfähig war. Eine andere Hand hielt ihm eine Sonnenbrille hin „Take this!". Als er die Brille aufgezogen hatte, merkte er, dass die Gläser geschwärzt waren. Instinktiv versuchte er am Rand vorbei zu schauen, musste aber feststellen, dass die Gläser oben und unten dicht an seinem Gesicht anlagen und die Brillenbügel so breit waren, dass auch seitlich nichts zu sehen war. „Come!" Er wurde am Arm genommen und aus dem Wasser geführt. Vermutlich um nicht aufzufallen, wurde ein Arm um seine Schulter gelegt. Dadurch geriet der Weg über den Strand zur Straße ein wenig wackelig. Passanten mussten den Eindruck haben, dass hier ein paar betrunkene Kumpels auf dem Weg zur nächsten Kneipe waren. Als sie die Straße erreicht hatten, wurde er in ein Auto buxiert. Von der Art, wie sie einstiegen, musste das zumindest ein Bulli sein. Nachdem man ihn auf eine Bank gesetzt hatte, wurden seine Hände mit Handschellen gefesselt. Als er endlich wieder anfing zu denken, wurde ihm klar, dass er sich nicht weiter wie ein Lamm zur Schlachtbank führen lassen konnte. Noch konnte er die Aufmerksamkeit von Passanten wecken. Er legte alle Kraft in seine Stimme „Hilf..!" weiter kam er nicht, da ihm etwas großes Rundes in den weit geöffneten Mund gesteckt wurde. Noch ehe er den Kopf schütteln konnte oder den Fremdkörper mit der Zunge heraus stoßen konnte, merkte er, dass das Teil mit einem Riemen verbunden war, der an seinem Hinterkopf fest verschlossen wurde.

Aus zufriedenen kleinen Lachern schloss er, dass seine Entführer sich dazu beglückwünschten, ihn so schnell geknebelt zu haben. In der Hoffnung noch eine letzte Chance zu haben, sprang MM auf und wollte in die Richtung zu fliehen, in der er die Türe vermutete. Sofort drückten und stießen ihn mehrere starke Hände zurück auf die Bank. Danach wurde ihm ein übel riechendes Tuch vor die Nase gehalten. „Chloroform" schoss ihm noch durch den Kopf, dann wurde seine Gegenwehr rasant schwächer.

***

Nach zwei entspannten Stunden im Frisörsalon trat Yvonne wieder auf die Straße. Sie hatte ein bisschen gebraucht, aber schließlich hatte sie sich mit dem Maestro, wie er sich selber nannte, auf einen peppigen Kurzhaarschnitt mit angedeutetem breitem Irokesenstreifen geeinigt. Da die seitlichen Haare nicht raspelkurz waren, wirkte der Schnitt durchaus gesellschaftsfähig. Der Irokese war ihr erst im letzten Moment in den Kopf gekommen, da sie MM ein wenig ärgern wollte.

Jetzt jedoch war keine Spur von MM zu sehen. Sie überlegte, dass er wahrscheinlich nach dem Auswaschen der grünen Farbe erstmal ins Hotel gegangen war, um sich etwas Anständiges anzuziehen. Sein Handy meldete sich mit der Mailbox. Eigentlich seltsam, ging es ihr durch den Kopf, denn wenn er ins Hotel gegangen war, dann wäre das Handy sicherlich das erste Teil, das er wieder an sich genommen hätte. Sie beschloss, ihm noch eine Viertelstunde zu geben und dann selber zum Hotel zurückzukehren. In der Zwischenzeit machte sie noch ein paar Fotos von sich selber mit dem Salon im Hintergrund. Schließlich wollte sie ja nach wie vor möglichst vermeiden, zusätzlichen Stress mit dem Entführer zu bekommen. Er würde vermutlich schon beim genaueren Betrachten des Fotos von MM bemerken, dass er sich mal wieder nicht an die Anweisungen gehalten hatte.

***

MM hatte die letzten Stunden wie durch einen dicken Nebel wahrgenommen. Seine Entführer hatten ihn immer nur so viel schnüffeln lassen, dass er ausgeschaltet, aber nicht völlig weggetreten war. Als schließlich endlich Ruhe eintrat, lag er in der Horizontalen und konnte sich nicht bewegen. Er hatte Kopfschmerzen und wusste nicht, ob er sich übergeben musste. Glücklicherweise war der Knebel herausgenommen worden. Er musste also keine Angst haben elendig am eigenen Erbrochenen ersticken zu müssen.

Da er nichts sehen konnte, versuchte er seine Umgebung zu erlauschen. Er konnte allerdings nichts Besonderes wahrnehmen. Er hatte immer nur davon gehört, dass einem in solchen Situationen das Zeitgefühl verloren gehen konnte. Jetzt stellte er fest, dass dies stimmte. Alleine die Tatsache, dass er Hunger verspürte, war ein Anhaltspunkt dafür, dass der Abend bereits angebrochen sein musste.

***

Im Hotel war keine Spur von MM. An der Rezeption hatte man ihn nicht gesehen und auch in ihren Zimmern fand sich keine Spur von ihm. Normalerweise hätten die kaputten Jeans im Müll oder im Bad liegen müssen. Yvonne wusste nicht, ob sie sich jetzt ernsthafte Sorgen um MM machen sollte oder ob er vielleicht eine heiße Spur gefunden hatte. Es wäre ihm auch zuzutrauen gewesen, dass er wieder irgendwelche Detektive angestellt hatte, die ihn und die Umgebung auf auffällige Personen untersuchen sollten. Nach dem gestrigen Streit wäre sie ihm nicht böse gewesen, wenn er das verschwiegen hätte. Sie beschloss zunächst nichts zu unternehmen. In Portugal würde die Suche nach vermissten erwachsenen Personen vermutlich, ähnlich wie in Deutschland, frühestens 24 Stunden nach deren Verschwinden eingeleitet. Yvonne vermutete, dass diese Frist in ihrem Fall wohl eher noch verlängert werden würde. Sie stellte sich das Gespräch mit der Polizei vor.

„Hat es in der letzten Zeit einen Streit mit ihrem Mann gegeben?"

„Ja klar, gestern Abend wäre ich am liebsten ausgezogen."

Die Polizisten würden sich vielsagend anschauen.

„Was führt Sie denn nach Lissabon?"

„Ach wissen Sie, mein Mann hat massenweise illegale Geschäfte gemacht. Jetzt ist ihm einer auf die Schliche gekommen, der ihn erpresst. Falls die Materialien, die der Erpresser in den Händen hat an die Öffentlichkeit kommen, wandert mein Mann vermutlich für ein paar Jahre in den Knast."

„Wir werden tun, was wir können und natürlich sofort Kontakt zu den deutschen Behörden aufnehmen. Die müssen dann entscheiden, ob sie wegen der Erpressung etwas unternehmen wollen."

So ging es definitiv nicht. Wenn schon, dann musste sie sich eine Geschichte ausdenken, die einigermaßen glaubhaft rüber kam.

„Hat es in der letzten Zeit einen Streit mit ihrem Mann gegeben?"

„Wir sind seit Jahren ein Herz und eine Seele. Er liest mir jeden Wunsch von den Augen ab."

Wenn Yvonne rauchen würde, wäre jetzt der Moment gekommen sich eine Zigarette zu nehmen und den Versuch zu starten mit zittrigen Händen das Feuerzeug zu benutzen. Natürlich würden die Polizisten ihr sofort rettend beispringen und ihr beide mit ruhiger Hand die Flamme ihres Feuerzeuges entgegenhalten.

„Was führt Sie denn nach Lissabon?"

„Das ist unser Jahrestag. Wir fahren immer um diese Zeit nach Portugal. Mal in den Süden, mal in den Norden. Diesmal haben wir uns Lissabon ausgesucht."

„Wie kommt es dann, dass sie erst gestern Abend gebucht haben?"

Tränen würden ihr jetzt vermutlich auch nicht mehr helfen. Ausgedachte Geschichten haben es in der Realität oft schwer.

Schließlich fuhr sie den Laptop hoch und schickte die Fotos an die Adresse, die sie gestern bekommen hatte. Schon nach wenigen Minuten kam die Antwort:

„Danke für die Fotos.

Yvonne, du hast mal wieder genau das gemacht, um das ich dich gebeten habe. MM allerdings meint immer noch, dass meine Anweisungen interpretiert werden dürfen. Du wirst inzwischen gemerkt haben, dass er nicht ins Hotel zurückgekommen ist. Er wird es auch nicht mehr ins Hotel schaffen. Aber ich kann dir versichern, dass er früh genug am Flughafen sein wird, um den Rückflug zusammen mit dir antreten zu können.

Für dich habe ich keine weiteren Aufgaben. Genieße einfach die Zeit in Lissabon. Das ist eine wirklich schöne Stadt."

Samstag 14.5.

Als MM aufwachte, wusste er nicht mehr, wie oft er bereits vorher aus dem Schlaf aufgeschreckt war. Die Kopfschmerzen waren inzwischen weg und er hatte die volle Kontrolle über seinen Verstand. Nur konnte er noch immer nichts sehen, da seine Augen verbunden waren. Fesseln ließen ihm nur einen minimalen Bewegungsspielraum. Er lag in einem Bett. Die Füße und Hände waren mit soliden Fesseln an ihrer jeweiligen Ecke mit dem Bett verbunden. Sogar um den Hals spürte er einen Riemen, der aber scheinbar nirgendwo befestigt war. Hätte auch keinen Nutzen gebracht, da er den Kopf ohnehin nur drehen konnte. Er hatte das Gefühl, dass er wegen der langen Fixierung keinen Muskel im Körper hatte, der nicht schmerzte.

Als die Türe geöffnet wurde, schrak er zusammen. Einerseits würde jetzt etwas passieren, andererseits hatte er Angst vor dem, was die Entführer mit ihm vorhaben würden.

Mehrere Personen schienen sich um sein Bett zu platzieren.

„Don't make wrong"

Gutes Englisch war das nicht, aber immerhin. Er nickte, um zu signalisieren, dass er verstanden hatte. Danach wurde er zur Toilette geführt. Diesmal wurde die Fessel, die er um den Hals trug, ebenfalls benutzt. Scheinbar hatte man eine Stange eingehakt, um ihm nicht die Chance zu geben, irgendwie zu nah an einen der Entführer heranzukommen. Als er kurz vorher vom Bett aufgestanden war und versucht hatte, seine Glieder wieder in Bewegung zu setzen, wurde ihm klar, dass er kein einziges Kleidungsstück am Körper hatte. Der Versuch sich mit den Händen zu bedecken, wurde von seinen Entführern mit viel Gelächter aufgenommen. Kurze Zeit später waren seine Hände hinter dem Rücken gefesselt.

Nach dem Toilettengang wurde ihm Wasser eingeflößt. Er konnte nur hoffen, dass das Wasser keine Zusatzstoffe enthielt, aber ihm war auch klar, dass das Verweigern nichts gebracht hätte, da die Entführer ihn vermutlich auch problemlos verdursten lassen konnten. Außerdem, was sollte er mit gefesselten Händen und verbundenen Augen schon ausrichten, außer die Entführer in schlechte Laune zu versetzen? Ihm blieb nichts anderes, als auf seine Chance zu warten.

Er wurde in einen anderen Raum geführt und auf einen Stuhl gesetzt, der ihn an den Behandlungsstuhl eines Zahnarztes erinnerte. Als seine Hände Beine und Arme an separate Stützen gebunden wurden verwarf er den Zahnarztstuhl und ersetze ihn durch den Stuhl aus der Gynäkologie. Zu seinem Horror konnten die Verbrecher jetzt seine Arme und Beine nach belieben schwenken und arretieren. Als er sich aufrichten wollte, wurde er mit der Halsfessel ebenfalls fixiert. Wie bereits die ganze Nacht zuvor, war er auch jetzt wieder völlig bewegungslos. Nur war er diesmal nicht alleine.

„What do you want from me?" Sprechen sollte in solchen Situationen das Beste sein, was man machen konnte Das hatte er jedenfalls mal gelesen. Wie es schien, wussten die Entführer das wohl auch, denn von ihnen kam nur die Aufforderung „Quiet"

„But I help. I have money!" Diesmal bekam er als Antwort wieder den Knebel in den Mund geschoben. Er hörte wie jemand mit irgendwelchen Sachen hantierte, als ob er irgendeine ärztliche Behandlung vorbereiten würde.

Schließlich nahm jemand sein Gesicht in die Hände und beugte seinen Kopf in Richtung Nacken. „Don't move."

Jemand machte sich an seiner Nase zu schaffen. Nach kurzer Zeit wurde ihm eine Klemme an die Nasenscheidewand gesetzt. Als ihm klar wurde, dass jetzt scheinbar das Piercing gestochen werden sollte, dass der Erpresser von ihm verlangt hatte, versuchte er verzweifelt den Kopf wegzudrehen.

Einer der Entführer brummte missmutig. Ein anderer schien sich zu freuen. Danach wurde sein Kopf mit weiteren Riemen so stark fixiert, dass er keine weiteren Bewegungen mehr machen konnte. Es kam so wie er erwartet hatte. Ein stechender Schmerz schoss durch seinen Körper als die Nadel durchgestoßen wurde. Nach einigem Fummeln kam der Druck durch die Klemme weg und er merkte, dass er einen Ring in der Nase trug, den er problemlos mit der Oberlippe erreichen konnte. Statt die Fixierung dann aber zu lösen machten sie sich an seinem Ohr zu schaffen. Seine Peiniger arbeiteten sich langsam an seinem Ohr hoch. Er zählte zehn Ringe. Danach wurde sein Kopf endlich wieder befreit. MM wurde immer klarer, wie hilflos er den Entführern ausgeliefert war.

Wieder wurden Gerätschaften angerollt. Sein Unterschenkel wurde mit einer angenehm warmen Paste eingestrichen. In dem Moment, in dem ihm klar wurde was das sein konnte, spürte er auch schon den heftigen kurzen Schmerz, der entstand, als der Wachs mitsamt seiner Beinbehaarung ausgerissen wurde. Scheinbar wurde jetzt alles nachgeholt, was er zuvor an Aufgaben verweigert hatte. Die Peiniger arbeiteten sich an seinem gesamten Körper hoch. Bis auf die Schambehaarung ließen sie von seinem Hals abwärts keinen Quadratzentimeter Haut aus. Er hatte kein Gefühl dafür, wie lange die Qual dauerte. Durch die vielen Änderungen der Fesselungen zog sich alles nur noch mehr in die Länge. Irgendwann jedenfalls fand er sich in seiner ursprünglichen Position wieder. Endlich waren sie fertig.

Danach wurde er in Ruhe gelassen. Er konnte hören, dass alle den Raum verlassen hatten. Freundlicherweise hatten sie ihn noch von dem Knebel befreit, nachdem er ihnen auf die Frage „Be quiet now?" bedeutet hatte, dass er nichts sagen würde.

***

Yvonne machte sich, wie empfohlen, einen schönen Tag. Der Rezeption hatte sie mitgeteilt, dass ihr Mann vermutlich nicht mehr zurückkommen werde, da er geschäftlich in den Norden fahren musste. Ob sie ihr das glaubten oder nicht war ihr ziemlich egal. Sie beschloss mit einer geführten Stadttour anzufangen.

***

Nach einiger Zeit bekam MM wieder Besuch von seinen Entführern. Sie machten sich an seiner Augenbinde zu schaffen „Keep close" MM nickte. Er wusste auch gar nicht, ob er wissen wollte, wie die Entführer aussahen. Denn bisher hatte er nicht die geringste Chance, diese durch eine seiner Beobachtungen wiederzufinden. Sobald er aber die Gesichter sehen würde, konnte er sie identifizieren und damit liefen sie Gefahr gefunden zu werden, falls sie ihn irgendwann freilassen sollten.

Sie nahmen die Binde ab und drückten gleich danach eine Art Verband auf seine Augen, den sie mit einem großen

Pflaster fixierten. Er hatte also wieder die Sicherheit keinen zufälligen Blick auf die Entführer werfen zu können.

Wie er schon erwartet hatte, schien jetzt ein Frisör an ihm herumzuwerkeln. Sicher würde er ihm jetzt die zuvor verlangten grünen Haare färben. Tatsächlich wurde sein Kopf bald mit einer Paste eingestrichen, die eine ganze Zeit drinnen blieb, bis sie wieder ausgespült wurde. Aus den Geräuschen konnte er entnehmen, dass das Ergebnis zur allgemeinen Zufriedenheit ausgefallen war. Danach wurden seine Haare geschnitten und im Nacken sogar rasiert. MM hatte keine Vorstellung davon was für eine Frisur, wenn sie den Namen überhaupt verdiente, ihm verpasst wurde.

Als nächstes wurde an seinem Gesicht gearbeitet. Scheinbar wurde irgendetwas aufgetragen. Auch hier hatte er keine Vorstellung, was das sein konnte.

Danach wurde er aus dem Stuhl befreit. Noch immer trug er keine Kleidung. Damit er nicht auskühlte, hatten die Entführer immer wieder Handtücher über ihn gelegt. Er hatte gehofft, jetzt endlich etwas zu Essen zu bekommen und war entsprechend enttäuscht, als er merkte, dass man ihn wieder zu dem Bett geführt hatte. Diesmal wurde er auf den Bauch gelegt und wieder an allen vier Ecken fixiert. Die Augen waren wieder mit der alten Binde bedeckt. Er hatte den ganzen Tag alles über sich ergehen lassen müssen ohne die geringste Chance auf einen Ausbruch.

***

Yvonne ließ den Abend an der Hotelbar ausklingen. Nachdem sie einigen Herren klar gemacht hatte, dass sie nicht auf Gesellschaft aus war, ließ man sie endlich in Ruhe und genau diese genoss sie in vollen Zügen.

Sonntag 15.5.

Der Flug ging erst am Abend. Sie hatte also noch genügend Zeit um einen weiteren kleinen Stadtbummel zu machen. Ihre Gedanken kreisten um MM. Was der Erpresser wohl mit ihm machte? Ob er sich ihm zu Erkennen geben würde? Nein, wahrscheinlich nicht, denn wenn er MM auch nur ein kleines bisschen kannte, wüsste er, dass MM nicht zögen würde Kleinholz aus dessen Existenz zu machen.

Vermutlich würde der Erpresser gar nicht persönlich in Erscheinung treten, sondern sich irgendwelcher Gehilfen bedienen. Geld hatte er aus dem Einbruch schließlich mehr als genug. Die Frage war nur, was er mit MM vorhatte.

***

Einige Kilometer entfernt hätte MM dies Frage gut beantworten können. Nachdem er, wie am Vortag auf die Toilette geführt worden war und etwas zu trinken bekommen hatte, ging es diesmal nicht zu dem Stuhl. Stattdessen wurde er im Stehen gefesselt. Er vermutete, dass er in einer Art Rahmen stand, der über viele Ösen verfügte und es seinen Entführern einfach machen würde, seine Fesseln in jeder gerade passenden Höhe zu befestigen.

MM merkte schnell, dass heute Anziehen von Kleidung angesagt war. Als erstes ließ man ihn in eine Hose steigen, die ihn stark an Luxemburg erinnerte. Was hätte er auch anderes erwarten können. Sie würden ihn zwingen wieder in diese hässliche Latexwäsche zu steigen. Als die Hose komplett hochgezogen war, merkte er, dass die Hose scheinbar über Füße verfügte. Der Bund der Hose ging bis zu seinem Bauchnabel. Scheinbar legte man ihm jetzt noch einen Gürtel um. Er wunderte sich, weshalb es so stark nach Gummi roch. Wahrscheinlich war die Hose gerade aus ihrer Packung genommen worden. Das musste der Grund sein. Man kannte das ja. Selbst eine neue Luftmatratze stank am Anfang eine ganze Zeit erbärmlich nach Gummi.

Das nächste Kleidungsstück waren fingerlose Handschuhe, die ihm bis unter die Achseln gingen. Auch die Handschuhe wurden an ihren Enden mit einem Gürtel verschlossen. Statt des erwarteten Oberteils wurden ihm jetzt Stiefel angezogen.

Wie nicht anders zu erwarten, hatten die natürlich wieder hohe Absätze. Nachdem die Reißverschlüsse zugezogen waren hantierten die Entführer noch eine ganze Weile an den Stiefeln herum. MM hatte keine Idee, was sie machten, war aber inzwischen klug genug, die Beine still zu halten und keine Fragen zu stellen.

Als letztes wurde ihm schließlich noch ein Shirt übergestreift. Es schien kurze Ärmel zu haben, die scheinbar ebenfalls einen eigenen Verschluss hatten. Demzufolge war MM auch nicht verwundert, als er wiederum einen Gürtel umgelegt bekam, dessen Befestigung wiederum einiges an Extrazeit beanspruchte.

Als er fertig angezogen war, ließ man ihn noch eine Zeitlang stehen, bevor man ihn aus dem Raum führte. Er merkte am Luftzug, dass sie das Haus verließen und über eine Art Platz gingen. Wenig später saß er wieder in dem Bulli und die Fahrt ging los.

Als sie stehen blieben, hörte er viele Stimmen. Scheinbar waren viel Menschen da, die geschäftig hin und her liefen. Er hätte sich gerne bemerkbar gemacht. die Entführer hatten ihn aber vorsichtshalber wieder geknebelt. Ihm war nur überhaupt nicht klar, was jetzt passieren sollte. Er selber würde mit den Klamotten vermutlich auffallen wie ein bunter Hund. Damit würde aber die Aufmerksamkeit auch auf die Entführer gelenkt und die hätten damit sicherlich ein Problem.

Die Lösung war einfacher, als er dachte. Die Entführer halfen ihm aus dem Auto, lösten seine Handschellen, stiegen wieder ins das Auto und fuhren weg. Als MM klar wurde, dass er freigelassen worden war, löste er die Augenbinde und fand sich umringt von vielen Touristen vor dem Abflugterminal des Flughafens wieder. Damit wurde ihm auch klar, weshalb einer der Entführer ihm „gate 5" ins Ohr geraunt hatte.

Als MM an sich herunterschaute stellte er fest, dass das gesamte Outfit knatschgrün war. Zudem hatte das Shirt zwar, wie erwartet kurze Ärmel, was er aber nicht erahnt hatte war, dass es Puffärmelchen hatte und nach unten in einem Rock auslief. Es war also eigentlich eher ein Kleid als ein Shirt.

***

Der Check-in für den Flug nach Deutschland blieb nur noch eine halbe Stunde offen. Yvonne hatte, wie von dem Erpresser vorgeschlagen, die Papiere von MM dabei. Das Einzige, was ihr jetzt noch fehlte, war MM. Am anderen Ende der Halle schien wieder eine größere Touristengruppe angekommen zu sein. Ein größerer Pulk lachender Leute schob sich langsam in ihre Richtung. Sie überlegte, was sie machen sollte, wenn MM nicht früh genug ankommen würde. Ihr würde nichts anderes übrig bleiben, als wieder im Hotel einzuchecken. Spätestens morgen müsste sie dann aber doch Kontakt mit der Polizei aufnehmen. Die Touristen kamen immer näher. Sie schienen alle auf einen Punkt in der Mitte der Gruppe fixiert zu sein. Vielleicht hatten sie eine Popstar oder ähnliches entdeckt. Als Yvonne sah, dass einige der Leute Fotoapparate und Handys hochhielten, um Fotos zu schießen, erinnerte sie sich an die Japaner aus Luxemburg.

Sie schaute genauer hin und konnte eine froschgrüne Gestalt ausmachen, um die sich die Touristen gruppiert hatten. Als sie nur noch wenige Meter entfernt waren, wurde die Ahnung zur Gewissheit. MM war da.

Ihre Sorge um ihn switchte auf ein Gefühl der Schadenfreude um. Das hatte er davon, dass er sich permanent weigerte auf die Forderungen des Erpressers einzugehen. Sie entschloss sich dazu ihn zu behandeln, als wäre sein Auftritt das Normalste von der Welt.

„Hi MM, da bist du ja endlich." Sie gab ihm einen Kuss auf die Backe. „Wir müssen schnell einchecken, sonst bleiben wir hier noch länger hängen."

Man schien sich große Mühe gegeben zu haben, dass MM überzeugend aussah. Sie würde im Flieger genug Zeit haben, um ihn genauer zu betrachten. MM war sichtbar erleichtert sie zu sehen. Nach ihrer Begrüßung aber schien sein Blutdruck trotzdem weiter zu steigen. Sie entschloss sich ihm den Tipp weiterzugeben, den ihr wenige Tage zuvor Beatrice gegeben hatte.

„Pass auf MM. Tu so, als ob du oft so rum läufst. Du bist jetzt einfach nur zu spät von einem Event bei Freunden weggekommen, weshalb du keine Zeit mehr zum Umziehen hattest. Versuche einfach den Eindruck zu vermitteln, als ob dein Aufzug etwas völlig Normales ist."

Inzwischen standen sie schon am Schalter und Yvonne legte mit geschäftsmäßigen Gesichtszügen ihre Unterlagen vor. Die Frau hinter dem Schalter tat zu ihrer Freude ebenfalls ihr Bestes, um völlig unbeteiligt auszusehen, konnte aber ihre Augen nicht wirklich von MM lassen. Der machte, obwohl ihm die Blicke natürlich nicht entgingen, erstaunlicherweise noch immer keinen Mucks. Trotzdem war es für Yvonne nur eine Frage der Zeit, bis sich seine Wut entladen würde. Sie war nur gespannt darauf, wen er sich als Opfer aussuchen würde.

Am Zoll wurde es für MM wieder peinlich. Als der Beamte ihn sah, rief er in den Raum hinter ihm „Olhe para os temos de!"

Yvonne wusste nicht, was das bedeutete, konnte es sich aber schnell zusammenreimen, als sich die Kollegen des Beamten sofort einfanden und sich gegenseitig Bemerkungen zuwarfen.

„What ist the problem?"

Mit dieser Bemerkung von MM hatte Yvonne nicht gerechnet. Er hatte sich ihren Ratschlag tatsächlich zu Herzen genommen. Für die Beamten war es allerdings ein Grund in haltloses Gelächter auszubrechen. Yvonne wusste nicht, wo das noch hätte hinführen können, wenn nicht ein weiterer Beamte durch das Lachen angelockt worden wäre. Scheinbar war das der Vorgesetzte, denn nach wenigen Worten im Befehlston verzogen sich alle an ihre Arbeitsplätze.

„I'm so sorry. They are like little kids" versuchte er sich bei MM und Yvonne zu entschuldigen. „Please come here."

Er wies auf die Kontrollanlage für metallische Gegenstände. Kurze Zeit später waren sie durch und konnten ohne weiteres Warten direkt über die bereits geöffnete Gangway in den Flieger.

Yvonne hatte jetzt endlich Zeit, MM genauer zu betrachten. Die rote Gesichtsfarbe war verschwunden. Was sie eben in der Hektik nicht sofort erkannt hatte, waren rote ornamentartige Linien, die sein gesamtes Gesicht bedeckten. MM schaute stier geradeaus auf den Rücksitz des Vordermannes. Yvonne war sich nicht sicher, ob er von dem Hennatattoo in seinem Gesicht wusste. Um unnötigen Aufruhr zu vermeiden, beschloss sie, ihn erstmal nicht darauf hinzuweisen. Bevor sie ihre Betrachtung fortsetzen konnte, war MM aber wieder zu Aktivität erwacht.

„Mach mir mal diese albernen Ringe ab."

Er fing schon selber an, an seinem Ohr herumzufummeln. Grüne Fingernägel waren für ihn sicherlich auch eine neue Erfahrung.

„Wenn du deine hübschen Finger mal wegnimmst, will ich sehen, was sich machen lässt."

Er schaute erst sie und dann seine Finger an.

„Oh Gott. Wenn ich den erwische!"

„Mach jetzt besser keine große Show. Du musst schließlich in diesen Sachen noch ein paar Stunden aushalten. Oder meist du ich habe Ersatzklamotten im Handgepäck?"

Er schaute sie direkt an.

„Wo bist du überhaupt gewesen? Was hast du denn zu meiner Rettung unternommen?"

Yvonne versuchte gar nicht erst an seine Ohrringe ranzukommen „Ich habe nichts unternommen. Was denkst du denn? Meinst du, ich bin irgendso eine Superheldin, die immer genau weiß, wo die Bösen zu suchen sind? Woher sollte ich denn bitte überhaupt wissen was mit dir passiert ist?

„Schon mal was von der Polizei gehört?" MM tippte mit seinen Fingern an ihre Stirn. „Ist da drin irgendetwas vorhanden, was mit einem Gehirn Ähnlichkeit hat?"

Yvonne wischte seine Finger mit einer ärgerlichen Handbewegung weg. „Kein Problem. Wenn du das nächste Mal deinen Gummifetisch ausleben willst, dann gebe ich eine Vermisstenmeldung auf." Sie deutete mit ihren Fingern Anführungszeichen an „Mein Mann wird gerade erpresst, weil er massenweise illegale Geschäfte gemacht hat. Jetzt habe ich Angst, dass der Erpresser ihn auch noch gekidnappt hat. Sagen Sie ihm aber nicht, dass ich das mit den illegalen Geschäften gesagt habe."

MM rang sichtlich um Beherrschung. „Ich meinte natürlich, dass du dir eine entsprechende Geschichte einfallen lassen konntest und dann eine Suchmeldung abgeben konntest."

„Dafür hättest du dir eine andere Ehefrau suchen müssen. Alle Geschichten, die mir eingefallen sind, habe ich mir schon selber widerlegt, bevor ich sie überhaupt fertig hatte. Wenn hier einer am laufenden Band Scheiße baut, dann bist das immer noch du und kein anderer."

Wenn er gewusst hätte, wie sehr seine Gesichtsbemalung seine Autorität untergrub, hätte er sich vermutlich am liebsten im Klo eingeschlossen. Yvonne jedenfalls genoss es, ihn durch ihre Widerworte zu reizen. Sie fühlte sich wie ein starker Baum, der von einem lauen Lüftchen angegriffen wird, dass vor langer Zeit einmal ein mächtiger Sturm war.

„Was denkst du dir Yvonne? Du hast doch wunderbar von meinen Geld gelebt oder? Und jetzt auf einmal, wo es Probleme gibt, bin ich natürlich alles Schuld!"

„Das könntest du mir entgegnen, wenn du mich erstens eingeweiht hättest, das hast du aber nicht, und wenn du zweitens in der aktuellen Sache auch mal auf meine Ratschläge Wert legen würdest. Aber nein, du weißt ja immer was zu tun ist. Nur sieht es im Moment so aus, als ob du deinen Meister gefunden hättest." Sie fuhr mit ihrer Hand durch seine grünen Haare. „Hübscher Pagenschnitt. Mit ausrasiertem Nacken. Mutig."

MM fasste sich an den Kopf und versuchte zu ergründen, wie lang seine Haare noch waren. Yvonne kramte in ihrer Handtasche „Hier" Sie reichte ihm ihren Kosmetikspiegel.

MM starrte ungläubig auf das Hennatattoo. Er versuchte die Linien wegzuwischen. Auch die mit Spuke befeuchteten Finger brachten keinen Erfolg. „Was ist das? Ich bekomme das nicht weg. Yvonne tu was!"

„Beruhige dich. Das sieht aus wie ein Hennatattoo. Nix Schlimmes. Das geht von selber wieder weg."

„Gut. ich muss morgen nämlich unbedingt wieder ins Büro."

„Naja, so schnell auch wieder nicht. Ich denke so 14 Tage braucht das schon." erklärte Yvonne ihm in unbesorgtem Tonfall.

„Was? Spinnst du?" MM hatte alle Zurückhaltung aufgegeben.

„Nun beruhige dich mal. Du willst doch nicht das ganze Flugzeug unterhalten oder?"

Tatsächlich standen immer wieder einzelne Passagiere auf, um einen Blick auf MM zu erhaschen.

„Die Haare brauchen auch einige Zeit, bis genug ungefärbtes Haar nachgewachsen ist."

„Die kann ich ja immer noch abschneiden oder mit einer anderen Farbe drüber färben", versuchte MM ihr zu erklären. „Aber mein Gesicht. Da geht nichts. Wieso dauert das denn so lange?"

„Wenn ich das richtig im Kopf habe, dringt Henna bis in die oberste Hautschicht, die im Durchschnitt etwa alle 14 Tage komplett erneuert ist. Das heißt, wenn die rote Haut abfällt, ist die Farbe weg. So in der Art funktioniert das."

„Da muss es doch ein Gegenmittel geben."

„Nicht, dass ich wüsste, aber du kannst dich ja in einem Kosmetikstudio oder beim Hautarzt erkundigen", schlug Yvonne vor. Ihr MM in einem Kosmetikstudio. Das hätte glatt eine der Aufgaben des Erpressers sein können.

„Das schaust du morgen gefälligst im Internet nach. Und ich will hören, dass es geht! Ist dir das klar?"

„Ja Massa."

„Gut und jetzt nimm diese blöden Ringe aus meinem Ohr!" MM schien über ihre Antwort nicht weiter irritiert. Also beschloss Yvonne die Ringe in seinem Ohr endlich einmal genauer zu betrachten. Es passte gut zu ihrer Wut auf MM, dass sie ihre Vermutung bestätigt fand.

„Die sehen ziemlich endlos aus" teilte sie ihm mit.

„Willst du mich verarschen? Meinst du das Ohr ist da drum herum gewachsen?"

„Möchten Sie etwas trinken?"
Die freundliche Stewardess war bei ihnen angekommen.
„Nein", war MMs Ablehnung. Yvonne bat um ein Wasser.

„Was meinst du mit endlos?"

„Endlos eben. Ich kann keinen Verschluss erkennen. Ich habe mal davon gelesen, dass es solche Ringe gibt, die so gefertigt sind, dass der Verschluss kaum noch zu erkennen ist. Öffnen ist bei dieser Sorte nicht vorgesehen."

MM sah sie verständnislos an.

„Soll das heißen, dass ich die jetzt bis zu meinem Lebensende behalten muss?"

„Nein aber eine dicke Zange wirst du wohl brauchen oder besser einen Bolzenschneider."

Lächelnd fügte sie hinzu, „eine Flex würde es auch tun. Wann hast du die dir denn machen lassen?"

MM konnte sich nur mühsam beherrschen „Ich habe sie mir nicht machen lassen. Man hat das einfach mit mir gemacht ohne mich zu fragen. Wieso willst du das überhaupt wissen?"

„Das Material ist ziemlich dick. Normalerweise ist nur der Bereich des Ringes dick, der aus dem Ohr herausschaut. Bei deinen ist aber alles dick. Die Löcher sind also auch größer als bei normalen Ohrlöchern. Aber egal, im Moment sieht es so aus, als ob du die noch bis morgen behalten musst."

MMs Augen war der Schock deutlich anzusehen.

„Ist halt wegen der Größe von dem Loch ein bisschen blöd." Yvonne bekam immer mehr Spaß an der Sache. „Keine Ahnung, ob die wieder zuwachsen."

MM deutete auf seine Nase „Was ist hiermit?"

Yvonne schaute sich den Ring ebenfalls genauer an. Sie widerstand dem Reiz zur besseren Untersuchung ihren kleinen Finger durch den Ring zu stecken. Stattdessen zog sie ein bedauerndes Gesicht „Ergo."

„Ergo? Wie Ergo? Was soll das denn heißen? Musst du jetzt auch noch Fremdwörter benutzten, die du gar nicht kennst?"

„Ist das Gleiche." Yvonne sprach jedes Wort sehr deutlich aus.

„Ich sage ja, du solltest besser keine Fremdwörter benutzen. ‚Dito' ist das Wort. Von jetzt ab also bitte in Deutsch!"

„Dann eben dito." Sie verdrehte genervt die Augen. „Jedenfalls kann man den auch nicht öffnen."

Danach war erstmal Schweigen.

MM fing an, an dem Reißverschluss seiner Stiefel herumzufummeln.

„Was machst du da?"

„Was meinst du denn wonach es aussieht? Ich öffne diese Stiefel. In Deutschland kann ich ja wohl auch ohne gehen oder?"

„Klar. Ich wundere mich nur, weswegen du den Reißverschluss nicht einfach runter ziehst. Das ist ja wohl nicht so schwer."

Inzwischen zog und zerrte er mit aller Kraft an dem Verschluss. „Diese Schweine haben den … dieses Ding zum Runterziehen abgemacht."

„Zipper ist das Wort MM." Zur Sicherheit wiederholte sie das Wort nochmals betont langsam. „Wobei ich nicht weiß, ob ich dieses Wort benutzten darf. Es könnte eventuell ausländischen Ursprungs sein. Vermutlich ist ‚Ding' wirklich der bessere Begriff."

„Ja dann eben der Zipper. Und jetzt hör endlich mal mit deinem dämlichen Rumgezicke auf."

Er legte das Bein schließlich auf sein Knie, um den Reißverschluss genauer betrachten zu können.

„Wow, MM. Das sind ja mindestens 12 Zentimeter."

Sie strich über die klobigen Absätze.

„Alle Achtung. das traut sich nicht jeder."

Die Gehirnbemerkung von vorhin wollte ihr nicht mehr aus dem Kopf. Was bildete diese kleine Möchtegernmitte des Universums sich eigentlich ein? Meinte der wirklich er hätte als einziger die Weisheit mit Löffeln gefressen? Und jetzt saß dieses superintelligente Lebewesen neben ihr und scheiterte an einem einfachen Reißverschluss.

„Jetzt schau dir das an. Die haben den ganzen Verschluss mit Sekundenkleber verschlossen. Hast du eine Schere dabei?"

Sie strich ihm über die glatten Oberschenkel und gurrte, „sicher mein Liebster", in sein Ohr, „nur ist die nicht im Handgepäck. Wir sitzen hier in einem Flieger. Da darf man das nicht im Handgepäck haben. Wusstest du das nicht?"

„Hör mal endlich mit deinem Sarkasmus auf. Ich bin hier in einer Notsituation. Da vergisst man manchmal solche Details." Er schob ihre Hand weg. „Und hör auf, so über meine Beine zu streicheln. Schau lieber, dass du den Reißverschluss aufbekommst. Vielleicht bist du ja wenigstens dazu in der Lage!"

Yvonne lehnte sich in ihrem Sessel zurück und überkreuzt ihre Arme.

„Du musst irgendeine Aufgabe auch mal selber lösen. Du hast ja noch genug Zeit. Der Flug dauert noch zwei Stunden."

„Dann hilf mir wenigstens diesen breiten Gürtel abzunehmen. Der ist viel zu eng."

„Das ist ein Miedergürtel mein Liebster. Der muss so eng sitzen. Dafür ist er schließlich geschaffen."

Inzwischen hatte sie die Augen geschlossen. Wenn sie jetzt einschlafen könnte, würde er bestimmt komplett durchdrehen.

„Das ist mir völlig egal wie der heißt. Ich will den jedenfalls ausziehen."

Er tastete und zerrte an dem Gürtel ohne einen Verschluss zu finden. Yvonne schaute sich seine Aktionen aus dem Augenwinkel in Ruhe an.

„Wenn ich es genau betrachte, könnte man das auch schon als Korsett bezeichnen. Ich bin mir aber nicht sicher."

Sie legte, um ihren Denkprozess zu unterstreichen ihren Zeigefinger an die Stirn und führte kleine Massagebewegungen aus.

MM funkelte sie an. „Mir ist das scheißegal, wie das heißt! Ich will das ausziehen!"

„Könnten Sie sich bitte etwas rücksichtsvoller verhalten mein Herr?"

Die freundliche Stewardess war wieder da. Als Yvonne zu ihr aufschaute merkte sie, dass MM nach wie vor die volle Aufmerksamkeit aller Passagiere hatte.

„Sie sehen doch, dass ich ein Problem habe. Also lassen Sie mich gefälligst nach einer Lösung suchen."

Wunderbar dachte sich Yvonne, leg dich jetzt mal so richtig mit der Stewardess an.

„Sie haben eine etwas unkonventionelle Kleidung an, mein Herr. Das ist für mich keineswegs ein Problem. Wenn es für Sie ein Problem darstellt, dann hätten Sie sich vor dem Abflug für eine andere Garderobe entscheiden müssen."

MM starrte die Stewardess mit weit geöffneten Augen an. Ungerührt fuhr die Stewardess fort „Mein Problem ist, dass Sie den anderen Fluggästen einen ungestörte Flugreise unmöglich machen. Sollten Sie dies weiter fortsetzen, werden wir zu Ihren Kosten eine Zwischenlandung einschieben und uns zu unserem großen Bedauern von Ihnen trennen müssen."

Ohne eine Antwort von MM abzuwarten wandte sie sich ab und ging Richtung Bordküche. Yvonne meinte ein unkontrolliertes Zucken ihrer Mundwinkel beobachtet zu haben. Gerade dann, wenn man nicht Lachen darf, ist es besonders schwierig ein aufkommendes Lachen zu unterdrücken.

„Was ist jetzt?" raunte MM Yvonne zu „wie geht das Teil auf?"

„Normalerweise hat ein Korsett vorne Metallverschlüsse und hinten eine Verschnürung" flüsterte sie zurück. „Du trägst allerdings ein Modell, bei dem diese Verschlüsse nicht erreichbar sind, da ein mit schicken Ornamenten ausgestatteter Verschluss darüber liegt." Sie zeigte im den Bereich. „Normalerweise würde man darunter einen Klettverschluss erwarten. Hier allerdings ist so etwas nicht zu sehen. Mir will scheinen, dass hier großflächig von einem Kleber Gebrauch gemacht wurde."

Yvonne lehnte sich erneut behaglich in ihren Sessel zurück.

„Was soll das jetzt heißen?" sein Wispern war fast zu einem Schreien geworden.

„Da ich nach wie vor über keine Schere verfüge, wirst du auch dieses hübsche Teil noch eine Weile tragen müssen" Yvonne hatte keine Probleme damit, weiterhin nur zu flüstern.

„Du willst mir auch gar nicht helfen. Das kann doch nicht sein, dass du mir nichts von alledem ausziehen kannst." Seine Stimme war wieder zur alten Lautstärke angeschwollen.

„Guten Tag mein Herr. Ich darf mich vorstellen. Mein Name ist Hase. Ich bin der Kopilot. Sie wurden von der Stewardess bereits ersucht, sich ein wenig unauffälliger zu verhalten. Ich möchte Sie nun ebenfalls ersuchen Ihr Gespräch auf eine geringere Lautstärke herabzufahren." Er wendete sich direkt an Yvonne „Wünschen Sie einen anderen Platz einzunehmen, um den restlichen Flug in Ruhe genießen zu können?"

Yvonne war begeistert.

Sie traf MM erst am Gepäckband wieder. „Möchtest du gleich mit zum Parkhaus gehen oder soll ich das Auto holen und du wartest hier auf mich?"

Mit dem Gedanken schien sich MM noch gar nicht befasst zu haben. „Willst du etwa fahren? Du bist doch noch nie mit dem Bentley gefahren."

Yvonne lächelte ihn an. „Weil dir das nie in den Sinn gekommen ist. Jetzt aber", sie deutete auf seine Schuhe, „stellt sich die Frage wieviel Übung du bereits mit den Absätzen hast. Vielleicht ist Autofahren noch ein bisschen zu früh?"

Wie nicht anders zu erwarten, standen sie wieder im Mittelpunkt des Interesses der Mitreisenden. „Wir gehen zusammen zum Parkhaus. Hinterher findest du mich hier nicht mehr wieder oder machst noch einen Kratzer in mein Auto, weil du dich beim Ausparken zu dämlich anstellst. Besser, wenn ich dabei bin." MM war bemüht leise zu sprechen.

„Wir können auch ein Taxi nehmen", schlug Yvonne deutlich vernehmbar vor. „Dann kannst du das Auto morgen abholen, wenn du dieses wunderbare Outfit wieder gegen deine langweilige Alltagskleidung getauscht hast. Was meinst du?"

MM griff den letzten Koffer auf den sie noch gewartet hatten. „Wir gehen jetzt zum Parkhaus und basta."

„Okay. Du kannst dich ja auch zu den Koffern auf den Trolley setzen, wenn das Gehen zu mühselig wird."

„Jetzt halte endlich deine blöde Klappe. Ich will nichts mehr hören."

Yvonne kniff die Lippen zusammen und nickte brav. Sie nahm den Trolley und ging mit zügigem Schritt los. MM gab sein Bestes, um mit ihr Schritt zu halten. Zu ihrem Erstaunen schaffte er es auch tatsächlich. Am Auto angekommen, beschloss sie ihn dafür zu loben. „Du hast ja schon einen sehr sicheren Gang. Hat man in Portugal mit dir geübt?"

MM packte die Koffer in das Auto, ließ sich die Schlüssel geben und fuhr los. Yvonne blieb im Parkdeck zurück. Als sie nach einiger Zeit am Ausgang ankam, stand MM an der geschlossenen Schranke. Sie hielt das Ticket hoch „Suchst du das?"

„Also gut. Steig ein!"

Sie ging zur Beifahrerseite, die von einem langen Kratzer verziert war. Da sie keine Lust auf einen größeren Unfall hatte, beschloss sie, ihn erst später darauf anzusprechen. Vermutlich hatte er im Parkhaus eine Kurve zu eng genommen.

Als sie endlich wieder zuhause waren, brauchte sie mehrere Stunden, bis sie MM endlich aus allen Sachen herausgeschnitten hatte. Er ließ sich hundemüde ins Bett fallen und war auch schon eingeschlafen. Auf seinem Rücken war, ebenfalls als Hennatattoo, eine Internetadresse angegeben. Der Erpresser wurde ihr langsam wieder sympathisch.

Montag 16.5.

„Morgen Yvonne. Du musst mir heute unbedingt die Farbe aus dem Gesicht machen. Kann ich die Haare überfärben oder schneide ich die besser ab?"

MM hatte, wie immer ein weißes Hemd mit Krawatte angezogen. Mit dem grünen Pagenschnitt und dem Ornamenten im Gesicht wirkte das wenig überzeugend. Gestern hatte er ihr deutlich besser gefallen.

„Ich habe gestern noch ein wenig im Internet gesurft."

„Sehr gut Yvonne. Also dann leg mal los."

„Ich habe mich nicht wegen dem Henna klug gemacht. Ich hab' dir gestern schon erklärt, dass du Henna nicht abwaschen kannst. Aber immerhin wird das in etwa 1 bis 2 Wochen so weit verblasst sein, dass man es kaum noch sieht. Sei froh, dass der Typ dir das nicht tätowiert hat. Ich bin auf einer Internetseite gewesen, die der Erpresser dir auf den Rücken geschrieben hat."

„Mein Rücken?" MM versuchte auf seinen Rücken zu schauen, stellte den Versuch aber sofort wieder ein, da er durch das Hemd ohnehin nichts sehen konnte. „Und? Was gibt es da jetzt wieder?"

„Am besten schaust du mal selber. Aber vorher", sie schob ihm den Kaffee hin, „trinkst du erstmal einen Kaffee."

MM nahm die Kaffeetasse in die Hand und ging zum Laptop.

„Ich sehe nichts. Alles schwarz."

„Du musst nur die Maus bewegen. Ich habe die Seite aufgelassen."

Sie konnte vom Frühstückstisch wunderbar beobachten, wie MMs Gesicht mal wieder alle Farben zwischen kalkweiß und puterrot durchlief.

„Yvonne. Kannst du mir irgendeine hautfarbene Schminke ins Gesicht schmieren, damit ich unter Leute gehen kann ohne direkt wie ein bunter Hund aufzufallen?"

„Klar, muss ich nur erstmal besorgen. Das mit dem bunten Hund finde ich übrigens einen sehr gelungenen Vergleich", lachte Yvonne.

„Ich kann da nichts Lustiges dran finden. Ich muss dich ermahnen, dich mehr im Zaum zu haben. Ist das klar? Du bist mir schon gestern im Flieger erheblich auf den Keks gegangen!"

Die Lautstärke seiner Stimme hatte immer mehr zugenommen. Er versuchte sich wieder ein bisschen zu beruhigen.

„Und wenn du schon einkaufen gehen musst, dann bring direkt einen elektrischen Rasierer mit, mit dem ich mir die Haare abschneiden kann. Alles andere dauert zu lange."

Er zeigte in Richtung Türe. „Schau, dass du los kommst. Ich habe hier erstmal noch zu tun. Aber in spätestens zwei Stunden will ich durch die Türe sein."

„Yes Massa. Deine treue Dienerin ist bereits unterwegs."

Sie war sich nicht sicher, ob er ihre Antwort noch mitbekommen hatte. Das musste sie in Zukunft besser timen.

Als sie mit ihren Einkäufen zurückkam, hing MM am Telefon. Obwohl er in einem anderen Zimmer saß, war sein Gespräch nicht zu überhören.

„Mir ist das völlig egal, was der Typ über dich ins Netz gestellt hat. Du bekommst reichlich Lohn von mir und dafür erwarte ich perfekte Arbeit. Ab sofort arbeitest du die Liste ab und wenn du 24 Stunden am Tag auf den Beinen bist. Ich erwarte Erfolge von dir. Morgen um diese Zeit will ich von dir hören, dass du weiter bist. Und Tschüß."

Bevor Yvonne sich noch vorstellen konnte, mit welchem Schwung er jetzt am liebsten mal wieder den Hörer auf die Gabel geknallt hätte, stand er schon vor ihr.

„Hast du alles bekommen. Ich muss dringend los" Ohne eine Antwort abzuwarten, setzte er sich an den Tisch und erwartete von ihr seine Gesichtsbehandlung.

„Ich würde dir vorschlagen erstmal die Haare abzurasieren. Kann sein, dass die sonst an deiner Schminke hängen bleiben. Wie hast du denn deine Piercings abbekommen"

„Mit dem Bolzenschneider natürlich." Er war sichtlich froh, dass er den Schmuck los war. Es stellte sich nur die Frage, wie der Erpresser das fand, da er auf der Internetseite angekündigt hatte, dass MM in Zukunft immer mit den in Lissabon gemachten Piercings herumlaufen sollte.

„Du hast schon gelesen, dass der Typ mit deinen Papieren da eine andere Meinung zu hat?"

„Pass auf Yvonne, ich sage es dir jetzt zum letzten Mal. In der Hoffnung, dass sogar du das verstehst: Ich lasse mir von diesem kranken Hirn nicht vorschreiben, was ich anzuziehen habe und wie ich auszusehen habe. Hast du das jetzt verstanden?

Yvonne reichte ihm den Rasierer. „Dann leg mal los. Ich schau mal, ob wir neue Mails bekommen haben."

Sie konnte von ihrem Zimmer aus gut hören, wie er im Badezimmer lautstarke Selbstgespräche mit dem Erpresser und dem Rasierer führte. Währenddessen las sie die neue Mail des Erpressers

„Liebe Freunde, wie ich sehen konnte, habt ihr euch die kleine Website bereits intensiv angeschaut. Yvonne, du wirst es nur vermuten können, MM weiß es natürlich. Die Informationen sind nur ein kleiner Teil dessen, was sich in meinem Besitz befindet.

Inzwischen werdet ihr euch von dem aufregenden Trip nach Lissabon hoffentlich ein wenig erholt haben. Dies ist auch gut so, denn getreu dem

Prinzip 'wer rastet der rostet' habe ich bereits eine weitere Reise vorbereitet. Um dich nicht zu überfordern Yvonne, darfst du diese Reise auch gerne aussetzen. MM würde ich allerdings gerne am Zielort sehen. Ich kann es nicht versprechen, aber vielleicht, lieber MM, lernen wir uns dann ja auch mal persönlich kennen.

Vermutlich wirst du bereits alle möglichen Anstrengungen auf dich genommen haben um deine auffällige Haarpracht und deine aufregende Gesichtsbemalung loszuwerden bzw. zu übermalen. Das ist soweit in Ordnung. Ich will allerdings offen, dass du auf das Entfernen deiner Piercings verzichtet hast.

Nun zu dem kleinen Rätsel, das es zu lösen gilt.

Die nächste Reise führt dich, lieber MM, wieder in eine europäische Hauptstadt. Dieses Mal ist sie aber nur die zweitgrößte des Landes. Dort wirst du die „Castrum Puellarum" besuchen. Nimm dir ein Hotel für 5 Tage. Falls du mitkommen möchtest Yvonne, brauchst du eigentlich nur einen Fotoapparat und ein paar gute Bücher. Ich befürchte, dass MM dich nicht auf alle Termine mitnehmen kann.

Abreise ist am Mittwoch, also übermorgen. So ein bisschen Pause sei euch gegönnt.

Seid so nett, mir auf diese Mail kurz zu antworten und das Hotel mitzuteilen. Da ich mich nicht darauf verlassen möchte, mit MM über das Internet zu kommunizieren, würde mir diese Information sehr hilfreich sein."

„Wieder ein Problem weniger" MM kam mit Glatze in den Raum gepoltert. „Jetzt noch das Make-up und ich kann mich endlich auf den Weg machen"

Yvonne schaute kaum zu ihm auf „Du musst dich mit deinen Aktivitäten dann auch wirklich beeilen. Du hast bereits die nächste Einladung für eine Städtetour erhalten." Yvonne zeigte auf den Bildschirm.

„Na super, der Mann zeigt seine erste Schwäche. Wenn ich ihn kennenlerne, dann ist das gleichbedeutend mit seiner endgültigen Niederlage." MM rieb sich die Hände und griff zum Telefon. „Wo geht die Reise hin?" Er schaute Yonne fragend an. Bevor die antworten konnte, meldete sich bereits sein Gesprächspartner „Pass auf. Wir haben den großen

Durchbruch vor uns. Der Erpresser hat sich wieder gemeldet. Diesmal will er mich treffen."

MM hielt seine Hand vor das Telefon und schaute Yvonne an. „Wohin?" Als sie mit den Schultern zuckte, wies er sie an, den Ort zu ermitteln und ihm dann in den nächsten Minuten zu nennen. Danach verließ er den Raum. „Ich habe dir heute Morgen schon gesagt, dass mich deine Einwände nicht interessieren. Wir werden jetzt endgültig Fakten schaffen…" Mehr bekam Yvonne nicht mehr mit.

Sie wendete sich mit einem Seufzer dem Internet zu. Die Eingabe von *Castrum Puellarum* führte sie sofort nach Edinburgh. Ein zweiter Check zeigte ihr, dass Glasgow in der Tat größer war als Edinburgh. Sie drehte sich Richtung Tür und schrie so laut sie konnte „Edinburgh". Umgehend kam als Dank „Wurde auch Zeit. Buche ein Zimmer für mich." zurück.

„Yes Massa, dann fahr mal schön alleine in dein Verderben. Als ob der so blöd ist und sich mit dir in der Hotelbar zu einem kleinen Schwätzchen treffen würde."

Sie buchte ihm ein Einzelzimmer im Holiday Inn, gab dem Erpresser die entsprechende Information und fuhr den Computer runter.

MM stand im Bad vor dem Spiegel und klatschte sich mit kindlichem Eifer Abtönung ins Gesicht. Es funktionierte tatsächlich. Das Gesicht sah zwar etwas unnatürlich aus, aber die Linien des Tattoos waren überdeckt und MM war damit endlich in der Lage das Haus zu verlassen. Yvonne verkniff sich, ihn darauf aufmerksam zu machen, dass er die Abtönung auf seiner neuen kalkweißen Glatze nur sehr unvollständig verteilt hatte.

„Es wird heute sehr spät. Ich habe viel zu erledigen. Warte nicht mit dem Essen auf mich."

Weg war er. Nach zwei Stunden hatte sie das Haus wieder auf Vordermann und machte sich mit ihrem Korsett auf in die Stadt. Sie hoffte, dass sie ihren Frust über MM bei Beatrice abbauen konnte. Sie musste sich bald darüber im Klaren werden, ob sie bereit war, das unverschämte Verhalten von MM bis zum Ende der Erpressung zu ertragen oder ob sie sich Gedanken über einen grundlegenden Schnitt in ihrem Leben machen musste. Selbst, wenn der Erpresser irgendwann identifiziert war, fragte sie sich, ob sie bei dem, was sie bisher über MM erfahren hatte, überhaupt bei ihm bleiben wollte, auch wenn er dann vielleicht wieder der fürsorgliche MM sein würde, der er noch vor drei Wochen war.

Nachdem sie sich einige Stunden in der Stadt herumgetrieben hatte, ging sie zu Beatrice.

„Gut siehst du aus. Wie war es in Lissabon?" Beatrice platzte sofort mit der Frage heraus, die Yvonne eigentlich vermeiden wollte.

„War nichts besonderes", wollte sie zunächst abwiegeln. Andererseits war sie noch immer so sauer auf MM, dass ein paar Informationen mehr an Beatrice auch nicht schaden konnten. „Nein stimmt nicht. Der Besuch war für meinen Mann ein komplettes Desaster. Er ist ein paar Tage in der Gewalt von irgendwelchen Freaks gewesen, die ein paar Sachen mit ihm angestellt haben, die er gar nicht gut fand."

Beatrice nahm Yvonne am Arm. „Wenn du willst, kannst du mir davon erzählen, während du dich umziehst."

Als Yvonne anfing ihr übliches Outfit anzulegen, erzählte sie von der Verwandlung, die MM durchgemacht hatte.

„Wow." Beatrice war beeindruckt. „Und da wolltest du mir erst erzählen, es wäre nichts besonderes passiert? Was hat denn die Polizei dazu gesagt?"

„Polizei wollte mein Mann nicht. Ihm war das alles so peinlich, dass er weitere Aufregung vermeiden wollte." Eigentlich war das noch nicht einmal eine richtige Lüge. Yvonne hatte schließlich nur den wesentlichen Grund weggelassen.

„Um es mal gleich auf den Punkt zu bringen Yvonne. Hat dein Mann schon früher mal einen Hang zu solchen Fetischdingen gehabt? Ich meine, viele Leute verlässt im entscheidenden Moment einfach der Mut und dann lügen die irgendetwas von Gangstern und Überfällen zusammen."

Yvonne konnte sich ein Lachen nicht verkneifen „Nein, ganz bestimmt nicht. Jeder, aber nicht MM. Ich denke schon, dass er das alles ziemlich unfreiwillig gemacht hat."

„Du nennst deinen Mann MM? Trinkt der so gerne Sekt?"

„Nein, das ist eine andere Geschichte."

„Okay, also hat er das unfreiwillig gemacht. Hast du schon im Netz nach dem zugehörigen Video gesucht?"

„Wie Video?" Daran hatte Yvonne noch gar nicht gedacht. „Meinst du, die haben das gefilmt?"

„Klar, wir leben schließlich nicht mehr in der Steinzeit." Beatrice ging in das Büro und bedeutete Yvonne ihr zu folgen. „Es gibt verschiedene Seiten von durchgeknallten Fetischleuten. Wenn es ein Video davon gibt, dann werden wir das auch schnell finden. Wie sahen die Latexklamotten denn aus?"

„Alles war knatschgrün. Er hatte eine enge Hose, Plateaustiefel ein Kleid mit Puffärmelchen und lange Handschuhe an. Das war es eigentlich im Wesentlichen."

Nachdem Beatrice eine zeitlang gesucht hatte, wurde sie tatsächlich fündig. Unter der Überschrift „Latex makeover" fand sie die Piercings und das Aussetzen am Flughafen als Video.

„So, wie das aussieht, scheint er das wirklich nicht ganz freiwillig gemacht zu haben."

„Ich frage mich, weswegen ich da nicht selber drauf gekommen bin. Ist doch klar, dass solche Typen eine Kamera drauf halten, wenn sie so etwas machen."

Beatrice schaute Yvonne eine Weile fragend an „Ich glaube, da läuft wesentlich mehr, als du mir sagst. Ist aber in Ordnung, wenn du mir das nicht erzählen willst. Schließlich kennen wir uns ja auch erst seit ein paar Tagen."

„Du hast recht. Da ist wesentlich mehr."

Yvonne erzählte Beatrice schließlich die ganze Geschichte.

„Wow. Ich muss schon sagen. Da steckt dein MM aber schön in der Scheiße." Sie nahm die Hand vor den Mund „Ups. Ich meinte natürlich in der Klemme."

„Ja. Das tut er und ob du es glaubst oder nicht, er sieht das alles ganz anders. Er glaubt jeden Tag aufs Neue, dass er beim Aufspüren des Erpressers kurz vor dem entscheidenden Durchbruch steht. Heute hat er eine neue Mail bekommen, die ihn nach Edinburgh beordert. Der Entführer hat ihm in Aussicht gestellt, ihn dort eventuell zu treffen. Und mein MM ist bereits Feuer und Flamme dort hinzufliegen, weil er glaubt, dass er ihn jetzt bekommt."

„Und was ist mit dir?"

„Mir hat der Erpresser quasi freigegeben. Ich soll nur dann mitfliegen, wenn ich will."

„Und? Willst du?"

„Du kennst MM nicht. Der hat sofort entschieden, dass ich nicht will. Um ehrlich zu sein: Ich habe eigentlich auch wirklich keine Lust mitzufliegen. MM entscheidet ohnehin alles selber. Er hat kein Interesse, auf meine Ratschläge zu hören."

Beatrice schaute auf die Uhr. „Du musst loslegen" Sie griff in eine Box und zog Arm- und Fußreifen heraus, die ähnlich ihrem Halsband aus Edelstahl gefertigt waren.

„Wir hatten ja gesagt, dass du die beiden Tage, die du dich in Lissabon amüsiert hast, irgendwie wieder gut machen musst", erklärte sie ihr, während sie ihr die Schmuckstücke anlegte. „Damit du nicht zu lange putzen musst, habe ich beschlossen, dein Arbeitsoutfit ein wenig zu erweitern."

Sie befestigte eine Kette an einem der Armreifen, zog sie durch den Ring am Halsreif und ließ dann ein weiteres Schloss an dem anderen Armreif einrasten. Wenn Yvonne jetzt den einen Arm besonders weit ausstrecken wollte, zog sie damit den anderen automatisch in Richtung Hals.

„Ich habe extra eine lange Kette gewählt, damit du nicht zu sehr eingeschränkt bist."

Bevor die überraschte Yvonne regieren konnte, hatte Beatrice sie bereits in den Verkaufsraum gezogen und ihr die Putzutensilien in die Hand gedrückt.

„Wenn du auf die Idee kommen solltest jetzt rumzuzicken, stecke ich dir noch einen Knebel in den Mund", flüsterte sie ihr ins Ohr, bevor sie in einem anderen Teil des Ladens verschwand.

„Was hältst du davon, wenn wir uns heute Abend noch mal treffen?"

Yvonne war bereits wieder umgezogen und saß bei einem gemütlichen Plausch mit Beatrice im Hinterzimmer. Zu ihrem eigenen Erstaunen war sie Beatrice über die verkaufsfördernde Maßnahme mit der Kette keineswegs böse. Sie hatte es ganz im Gegenteil als eine willkommene Herausforderung angesehen, trotz der Einschränkung einen guten Job zu machen.

„Okay, warum nicht?. Gibt es hier in der Nähe eine Kneipe oder ein Restaurant wo wir uns treffen können?"

„Ja schon, aber du kannst mich auch hier abholen und wir fahren zu mir. Mein Freund kann uns etwas Schönes kochen. Danach unterhalten wir uns weiter."

Beatrice schaute Yvonne erwartungsvoll an. Nach kurzem Zögern stimmte sie schließlich zu.

Anders als Yvonne erwartet hatte, wohnte Beatrice nicht in einer Mietwohnung, sondern in einem kleinen Einfamilienhaus in einer ruhigen Wohngegend. Für Beatrice war es nicht schwer, die Gedanken von Yvonne zu erraten. „Bevor du auf die Idee kommst, dass mein Laden oder der Job meines Freundes so viel abwirft. Dieses Haus haben meine Eltern mir vor langer Zeit vererbt."

„Super. Wenn man mehr oder weniger um sonst wohnt, hält einem das den Rücken frei."

Inzwischen waren sie im Haus angekommen und konnten hören, dass in der Küche hantiert wurde. „Kommt rein, ich bin gleich fertig."

In der Küche stand ein 2 Meter Mann, der sie mit einem freundlichen Lachen empfing. „Hallo, ich bin Rondo und du kannst eigentlich nur Yvonne sein."

Er wies zu dem großen Küchentisch. „Setzt euch, der Salat wartet bereits auf euch."

Während des Essens unterhielten sie sich über Gott und die Welt. Erst, als der Tisch abgedeckt war, brachte Beatrice das Gespräch wieder auf MM.

„Rondo hat ziemlich viel Erfahrung in Recherche. Er ist freiberuflicher Journalist. Das ist ein Job, der einem viele Freiräume lässt." Die beiden lachten sich an.

„Insidergag?" wollte Yvonne wissen.

„Ja, aber zu kompliziert, um es dir mal eben zu erklären."

„Beatrice hat mir schon am Telefon von deinem Mann erzählt. Ich war so frei mich schon einmal ein bisschen im Netz umzuschauen." Rondo war jetzt ganz der konzentrierte Ermittler. „Mein Vorschlag ist, dass wir auf eigene Kosten undercover nach Edinburgh fliegen und vor Ort versuchen, herauszubekommen, was mit deinem Mann dort veranstaltet wird."

Yvonne schaute Beatrice an. „Meinst du, dass du mich nicht erstmal hättest fragen sollen, bevor du alles brühwarm an Rondo weitererzählst?"

Beatrice legte ihre Hand auf Yvonnes Arm. „Entschuldige, aber der Gedanke war mir erst gekommen, als du schon weg warst und da ich keine Nummer von dir habe, habe ich das so entschieden, weil ich geglaubt habe, dass du damit einverstanden sein würdest."

„Wäre ich auch, nur entscheidet MM schon permanent alles für mich und ich habe keine Lust darauf, dass du da jetzt nahtlos weitermachst." Sie kramte in ihrer Handtasche und zog schließlich eine Visitenkarte heraus „Bitteschön. Festnetz und Handy"

„Noch mal Entschuldigung, das war dumm von mir."

„Okay. Wir müssen das jetzt auch nicht dramatisieren." Yvonne wendete sich wieder Rondo zu. „Wie willst du das anstellen? Soweit ich weiß, ist eine Personenüberwachung nur in Spielfilmen einfach. Im wirklichen Leben braucht man dafür sicherlich ein eingespieltes und ausreichend großes Team."

„Im Prinzip hast du recht. Wenn wir das zu dritt machen, gehen wir wirklich das Risiko ein, dass wir am Ende der Aktion mit leeren Händen dastehen, aber es kann auch funktionieren."

Yvonne lehnte sich zurück. „Erzähl."

„Also, wenn ich das richtig verstanden habe, ist MM am Computer eine komplette Niete. Deshalb will der Entführer in Edinburgh keinen Kontakt über das Netz mit ihm aufnehmen. Das schränkt seine Möglichkeiten natürlich stark ein, da er jetzt selber oder über einen Mittelsmann Kontakt aufnehmen muss."

„Er kann aber auch einfach eine Information an der Rezeption hinterlassen. Schließlich weiß er, wo MM residiert." warf Yvonne ein.

„Richtig. Auf diese Weise bleibt er selber noch wunderbar aus dem Spiel. Die Frage ist, wie die Nachricht lauten kann."

„Bestimmt nicht: Wir treffen uns um 20Uhr an der Hotelbar. Du erkennst mich an dem grünen Jackett mit der blauen Rose im Knopfloch"

Beatrice fing an zu glucksen. „Nein wohl eher: Komm ganz in Latex, dann werde ich dich erkennen."

„Jetzt bleibt mal ernst. Wir wollen hier schließlich in sehr kurzer Zeit eine sehr schwierige Aktion durchsprechen." Rondo war immer noch ganz der Organisator. „Meine Vermutung ist, dass er dafür sorgen wird, dass MM das Hotel verlässt. Vermutlich wird er ihn mit einem Taxi irgendwohin schicken."

„Und wir fahren dann mit einem anderen Taxi hinterher. ‚Folgen sie diesem Wagen dort'" setzte Beatrice die Geschichte fort. Rondo schaute sie mit gespielt depressivem Gesichtsausdruck an. „So geht das nicht Beatrice. Ich muss doch jetzt wohl nicht den Knebel aus unserem Spielzimmer holen?"

„Nein ist nicht nötig", lachte Beatrice ihn entspannt an. „Ich werde jetzt nur noch produktive Gesprächsbeiträge machen."

Yvonne schaute etwas irritiert zwischen den beiden hin und her.

„Tu mal nicht so überrascht Yvonne." Beatrice zeigte auf ihre Füße. „Du weist doch, dass ich ab und zu Schlösser an meinen Stiefeln trage. Da kann es dich doch nicht wirklich überraschen, wenn wir hier ein kleines Spielzimmer haben."

Yvonne hoffte, dass sie jetzt nicht rot werden würde. „Nein, das hätte ich mir denken können."

Beatrice nahm Yvonne an der Hand „Komm, ich zeige es dir."

„Hier haben wir natürlich erstmal alles Mögliche zum Fesseln. Hier zum Beispiel ein Halsband. So ähnlich wie das, das du beim Putzen trägst." Ohne weiter zu fragen, legte sie das Band um Yvonnes Hals. „Nur ist dieses Band wesentlich breiter. Wie du bereits merkst, bist du damit in deiner Bewegungsfreiheit wesentlich stärker eingeschränkt."

„Du willst mir jetzt aber nicht alles, was ihr hier so habt, anlegen oder?"

„Nein natürlich nicht. Aber das Band steht dir wirklich extrem gut. Schau mal da in den Spiegel."

Yvonne kam sich vor, wie eine stolze Prinzessin, die hoch erhobenen Hauptes vor ihrem Volk steht. „Ja, du hast recht. Das hat etwas ganz besonderes. Nur glaube ich, dass das auf Dauer doch ziemlich nervig ist."

„Probiere es einfach aus. Wir haben schließlich noch einiges zu besprechen."

„Die Zeit bleibt für uns nicht stehen" ermahnte Rondo die beiden, als sie wieder zurück in die Küche kamen „Ich sehe, du probierst eines der Halsbänder aus? Hoffentlich ist das nicht das, bei dem sich das Schloss nicht mehr öffnen lässt."

„Sehr lustig. Du willst mich doch jetzt wohl auf den Arm nehmen oder?" Ganz sicher war sich Yvonne nicht.

„Wird schon irgendwie gehen", war die beschwichtigende Antwort von Beatrice. „Lasst uns weitermachen. Wir waren bei der Verfolgungsjagd. Die machen wir natürlich nicht mit dem Taxi, sondern mit Leihwagen. Am besten, wenn jeder von uns einen zur Verfügung hat. Dann sind wir für alle Fälle gerüstet. Untereinander halten wir über Handy Kontakt."

„Moment, Entschuldigung, das ist MM" Yvonne nahm ihr Handy ans Ohr und ging aus dem Raum. „Was gibt's?"

Als sie wieder zurückkam hatte sich ihr Gesichtsausdruck geändert.

„Was ist passiert Yvonne?" wollte Beatrice wissen. „Du siehst aus, als ob er dir einen riesigen Schrecken eingejagt hätte."

„Das kann man wohl sagen." Sie ließ sich schwer auf den Stuhl fallen. „MM ist auf der Flucht. Er hat von seinem Privatschnüffler die Info bekommen, dass ihm die Polizei auf der Spur ist und ihn wegen einem Mord, den er nicht begangen hat, verhaften will."

Rondo und Beatrice schauten sich betreten an. „Damit können wir die Pläne bezüglich Edinburghs dann wohl in die Tonne kloppen."

Yvonne schien gar nicht zugehört zu haben. „Außerdem hat er gesagt, dass unsere Villa observiert wird. Wenn ich nicht ein längeres Interview mit der Polizei führen wolle, sollte ich am besten woanders schlafen."

„Du kannst natürlich erstmal bei uns unterkommen."

„Und ich soll ihn nicht mehr anrufen, da er sein Handy jetzt in den Müll schmeißen würde. Wenn es so weit wäre, würde er schon Kontakt mit mir aufnehmen."

Yvonne hob die Augen und schaute die beiden an „Was soll ich denn jetzt eigentlich machen?"

Beatrice legte ihr eine Hand auf. „Du bleibst jetzt erstmal hier. Morgen schauen wir weiter. Aber eins kannst du mir bitte schon jetzt erklären. Warum bist du jetzt so geknickt? Vor nicht allzu langer Zeit hast du noch über ihn hergezogen und warst supersauer auf MM."

Yvonne lächelte Beatrice an. „Stimmt. Wahrscheinlich ist das einfach der Unterschied zwischen ‚unglücklich aber wissen was der nächste Tag bringt' und ‚glücklich aber nicht wissen was der nächste Tag bringt'. Das ist alles."

„Wenn das deine ganze Sorge ist, dann bin ich zuversichtlich, dass wir den nächsten Tag mit lauter interessanten Dingen füllen werden."

***

Währenddessen lag MM zusammengerollt im Kofferraum von Karlssons Wagen. Keine halbe Stunde vorher war Karlsson in MM's Büro aufgetaucht und hatte ihm erklärt, dass er die ganze Zeit an dem Fall drangeblieben war und nur für eventuell stattfindende Abhöraktionen die Nummer mit dem ‚Schwanz einziehen' gespielt hatte. Dabei hatte er MM so angeschaut, als ob eigentlich gar keine weitere Erklärung notwendig wäre. MM, der davon völlig überrascht war, wollte sich keine Blöße geben und nahm die Erklärung ohne weiteres hin. Danach zeigte ihm Karlsson einen Wagen vor der Türe, in dem offenbar Zivilbeamten saßen. Zur Bestärkung des Verdachtes zeigte er ihm auch noch ein kleines Video, das er mit seinem Handy aufgenommen hatte. MM konnte deutlich erkennen, dass ihm genau der Wagen, der jetzt vor der Türe stand, durch die halbe Stadt gefolgt war. Als Karlsson dann noch erklärte, ihm habe eine sichere Quelle mitgeteilt, dass MM kurz vor der Verhaftung stünde, war MM schon fast erleichtert, als Karlsson den Plan mit dem Kofferraum erklärte.

Sie fuhren jetzt schon eine ganze Zeit durch die Gegend und MM wusste nicht, ob er sich in der nächsten Zeit übergeben musste oder nicht. Endlich hielt Karlsson an und MM konnte hören, wie er sich dem Kofferraum näherte.

Sie waren auf einer ruhigen Straße in irgendeinem Wald. Karlsson gab ihm einen Schlüssel in die Hand. „Geh in diese Richtung. Nach einem Kilometer wirst du eine Jagdhütte finden. Bleib dort bis ich Kontakt zu dir aufnehmen kann. Der Eigentümer ist gerade in Urlaub auf den Kanaren und kommt erst in zwei Wochen wieder."

Bevor MM ihn zurückhalten konnte, war er schon wieder eingestiegen und mit quietschenden Reifen weitergefahren. MM sah sich hilflos um. Es schien bereits zu dämmern und er hatte nicht die blasseste Ahnung wo er sich befand. Sein Handy hatte er auf Anraten von Karlsson weggeworfen. Sein

Portemonnaie konnte ihm ebenfalls nicht weiterhelfen. Geld und Scheckkarten waren nutzlos. Trotz seines Vermögens hatte er im Moment nicht mehr als die Kleidung auf seinem Leib und den Schlüssel zu der Jagdhütte. Er machte sich unsicher über den Fortgang der Erpressung in die angegebene Richtung auf den Weg. Das teilweise dichte Untergehölz machte ihm mehr zu schaffen als ihm lieb war. Schon nach einer Viertelstunde war seine geliebte Anzughose hoffnungslos beschädigt. Zum Glück hatte er die Richtung nicht verloren Er traf auf einen Waldweg, der für ein Auto gerade breit genug war. Der Weg führte ihn zu der angekündigten Hütte. Alle Fenster waren mit hölzernen Laden verschlossen, er brauchte also keine Bedenken zu haben, dass er vielleicht an der falschen Hütte angekommen war. Der Schlüssel passte hervorragend und wenig später saß er in der geräumigen Stube der Hütte. Als ob jemand erwartet hätte, dass er kommen würde, war der Kühlschrank mit einigen schwer verderblichen Lebensmitteln gefüllt. Er konnte hier problemlos einige Tage durchhalten.

Dienstag 17.5.

Yvonne fingerte geistesabwesend an dem Ring ihres Halsbandes herum.

„Tut mir leid mit dem Schlüssel Yvonne." Beatrice schaute sie entschuldigend an. „Ich habe wirklich nicht gewusst, dass wir bei diesem Halsband ein Problem haben. Wie hast du denn geschlafen?"

„Eigentlich gar nicht so schlecht. Warum auch nicht, schließlich gibt es meines Wissens mindestens zwei Völker auf der Erde, bei denen die Frauen noch viel größere Halsbänder tragen."

„Zwei? Ich dachte das ist nur ein Stamm irgendwo in Afrika."

„Irgendwo in Fernost gibt es das auch. Ich glaube die werden Giraffenfrauen genannt."

„Angeblich sollen die sofort sterben, wenn die die Ringe abgenommen werden. Die haben doch bestimmt völlig zurückentwickelte Muskeln im Halsbereich."

„Würden sie nicht. Es gibt sogar einige, die dauerhaft ohne den Schmuck leben. Nur sehen die dann etwas seltsam aus, weil deren Schlüsselbeine sehr weit runtergedrückt sind. Außerdem sind das keine Ringe. Das ist ein langes Rohr, das um den Hals gewickelt wird."

„Woher weißt du das alles Yvonne?"

„Ist das nicht Allgemeinbildung? Ich glaube das habe ich bei einem dieser Magazine im Fernsehen aufgeschnappt."

„Hast du denn jetzt eine Idee, wie es mit dir weitergehen soll?" mischte sich Rondo in das Gespräch ein.

„Ich denke, ich werde einfach mal in die Villa fahren, mein normales Leben weiterleben und abwarten was der Tag so bringt. Mir kann schließlich nichts Besonderes passieren. Wenn MM sich schuldig gemacht hat, dann ist er es, der etwas befürchten muss. Für mich ist höchstens die Fragerei der Polizei etwas nervig. Aber die werden schon irgendwann kapieren, dass ich denen nicht weiterhelfen kann."

„Was ist mit dem Erpresser?"

„Wenn der sich meldet, schreibe ich dem einfach, was passiert ist und dann schau ich mal. Bisher hatte der an mir kein all zu großes Interesse."

„Okay.", meldete sich Rondo zu Wort. „Aber wenn doch etwas ist, dann sag Beatrice bescheid. Du kommst ja heute Nachmittag ohnehin zum Putzen. Vielleicht bekommt Beatrice dann ja auch dein Halsband auf. Im Laden hat sie schließlich massenweise Ersatzschlüssel. Für den Moment stört dich das doch nicht weiter oder?"

„Um ehrlich zu sein, eigentlich nicht. Hat doch auch etwas Aufregendes, wenn man nicht so genau weiß, ob man das Teil jemals wieder los bekommt oder?"

„Wenn du das so siehst, dann kann ich natürlich auch noch wesentlich mehr an deinem Körper befestigen und die Schlüssel wegwerfen." bot Beatrice ihr an.

„Nein, lass mal stecken. Das eine Teil reicht eigentlich erst mal." gab Yvonne lachend zurück.

Wie nicht anders erwartet, fand Yvonne in der Villa keine Nachricht von MM vor. Dafür hatte sich aber der Erpresser wieder gemeldet.

„Da scheint sich einer aus dem Staub gemacht zu haben. Falls der gute alte MM sich bei dir irgendwie melden sollte, richte ihm bitte aus, dass weitere Aufgaben auf ihn warten. Sehr geduldige Aufgaben. Die können zur Not auch ein ganzes Jahr warten.

Dir wünsche ich derweil viel Spaß bei deinem neuen Job."

In der letzten Zeit waren so viele Dinge passiert, die Yvonne eigentlich nicht für möglich gehalten hätte, dass sie sich jetzt gar nicht erst darüber wunderte, dass der Erpresser von ihrem Putzjob bei Beatrice Kenntnis hatte. Apropos Putzen. Sie schmiss sich in ihr Latex-Outfit und fing an, das saubere Haus noch sauberer zu machen.

***

Etwa zur gleichen Zeit saß MM in der Jagdhütte und war verzweifelt bemüht einen klaren Gedanken bezüglich seiner Situation zu fassen. Als er sich am Morgen im Spiegel betrachtet hatte, konnte er nur Widerwillen für das empfinden, was er da sah. Die Schminke war verschwunden und hatte wieder diese schrecklichen Linien in seinem Gesicht freigegeben. Er hatte noch immer das verschmutzte Hemd und den teilweise zerrissenen Anzug vom Vortag an. In der ganzen Hütte waren keinerlei Kleidungsstücke zu finden. Wenn er von dem absah, was ihm in Lissabon widerfahren war, konnte er sich nicht daran erinnern, wann er das letzte Mal in seinem Leben am Morgen irgendein Kleidungsstück angezogen hatte, dass er bereits am Vortag getragen hatte. Und jetzt hatte er diese stinkenden dreckigen Sachen anziehen müssen, wenn er nicht völlig nackt durch die Gegend laufen wollte. Warum verfügen Jagdhütten bloß über keine Waschmaschinen? Die Jäger machen sich doch auch schmutzig. Erst hatte er geglaubt, er könne seine Sachen wenigstens im Waschbecken notdürftig waschen, aber aus dem Wasserhahn wollte kein einziger müder Tropfen herauskommen.

Schließlich beschloss er die Umgebung zu erkunden. Man konnte ja nie wissen, was noch auf einen zukommen konnte. Eine gewisse Ortskenntnis konnte keinesfalls schaden.

***

„Melden Sie uns bitte bei Herrn Müller an. Wir haben nochmals einige Nachfragen an ihn."

Die blonde Schönheit am Empfang hob bedauernd die Hände. „Herr Müller ist noch nicht im Haus. Ich kann Sie gerne für einen Rückruf vormerken, sobald er da ist."

„Wann erwarten Sie ihn?" Smidt schwante böses.

„Kann ich Ihnen leider nicht sagen. Ich habe heute Morgen nur eine kurze Mail von ihm empfangen, in der er mich darüber in Kenntnis setzt, dass ich seine heutigen Termine verschieben solle." Sie deutete auf das Telefon. „Ich bin gerade mit dem letzten Termin durch."

„Wann hat er die Mail losgeschickt?"

Die junge Frau bediente den Computer mit dienstbeflissener Miene. „Die Mail ist gestern Abend um 17:35 eingegangen. Sie dürfen also davon ausgehen, dass sie weniger als eine Minute früher bei ihm rausgegangen ist."

„Wer war um diese Zeit noch im Haus?"

Wieder setzte sie sich an den Rechner. „Sie haben Glück, dass ich von hier aus Zugriff auf das Zeiterfassungssystem habe", verkündete sie den beiden Polizisten voller Freude.

„Da haben wir es." Nach einem abschließenden Mausklick lächelte sie die beiden wieder an. „Niemand."

„Er war also alleine in der Firma. Ich vermute als Chef wird seine Arbeitszeit nicht erfasst?"

„Korrekt. Er würde sich schließlich nur selber betrügen. Macht keinen Sinn."

„Gibt es sonst noch Mitarbeiter, deren Arbeitszeit nicht erfasst wird? Irgendwelche leitenden Angestellten?"

„Nein. Wenn ich dies so sagen darf: MM setzt große Stücke auf Kontrolle. Er lässt sich sogar manchmal eine Liste aller anwesenden Personen aushändigen, um zu prüfen, ob auch wirklich alle am Arbeitsplatz sind."

„Und?"

Ein fragender Blick der jungen Frau.

„Sind immer alle da?", half Smidt ihr nach.

„Darauf können Sie Gift nehmen. Sobald er mit so einer Liste verschwindet, geht die Info direkt an alle Abteilungen raus." Sie hielt sich erschrocken die Hand vor den Mund. „Oh Gott, wenn er das erfährt, kann ich mir einen neuen Job suchen."

„Dann sollten sie ihre Zunge wohl besser im Zaum halten." Smidt legte ihr ihre Karte auf den Tresen. „Ich erwarte von Ihnen, dass Sie mich unverzüglich informieren, wenn Sie wissen wo MM zu erreichen ist."

„Sie könne sich auf mich verlassen."

Smidt hob warnend den Finger „Und kein Wort darüber zu irgendwem. Auch nicht zu ihren besten Freundinnen."

Als die beiden Polizisten das Foyer verlassen hatten, griff sie zum Telefon. „Du glaubst nicht, was gerade passiert ist…"

„Was meinst du Rednich. Ist er untergetaucht?"

„Sieht im Moment sehr danach aus. Ich bin mir nur nicht sicher, ob Karlsson etwas damit zu tun hat. Schließlich ist er am Abend nicht mehr in der Nähe von MM gewesen."

„Vergiss nicht: Wir wissen nur, dass sein Auto nicht in der Nähe von MMs Auto gewesen ist. Von Karlsson selber wissen wir nichts." Ich schlage vor, wir fahren jetzt erstmal zu MMs Villa. Vielleicht weiß seine Frau ja etwas, das sie uns auch verraten will."

„Was hätte MM eigentlich für einen Grund unterzutauchen?"

„Aus unseren Ermittlungen bezüglich des Mordes an Triebel hat er jedenfalls noch keinen Grund. Es gibt keine Beweise, die einen dringenden Tatverdacht nahelegen."

„Jedenfalls keine, die wir gefunden hätten" präzisierte Rednich.

„Du meinst, er erwartet, dass wir Beweise gegen ihn finden werden und taucht deshalb schon mal vorsichtshalber ab, bevor wir ihm keine Chance mehr dazu lassen?"

„Genau das meine ich. Natürlich muss das nicht so sein, aber es wäre zumindest plausibel."

Als sie vor der Villa hielten, sahen sie bereits das Auto von MMs Frau in der Einfahrt stehen.

„Auf uns Frauen ist doch immer Verlass." Smidt lächelte Rednich an.

„Dann bin ich mal gespannt, ob sie wieder putzt" gab Rednich zurück.

Sie putzte. Nur diesmal waren die beiden Polizisten von ihrem Outfit nicht so überrascht wie beim ersten Mal, auch wenn es um ein Edelstahlhalsband erweitert war.

„Dürfen wir kurz reinkommen?"

Yvonne trat zur Seite „Sie kennen den Weg ja bereits. Womit kann ich Ihnen helfen?"

„Mit einer Auskunft bezüglich Ihres Mannes. Wir wollten ihm noch ein paar Fragen zu dem Mordfall Triebel stellen, können ihn aber nicht erreichen. Das ist sehr unbefriedigend."

Yvonne hatte sich auf die Vorderseite eines Sessels niedergelassen und saß nun mit geschlossenen Beinen und sehr aufrechtem Rücken vor ihnen.

„Mein Mann hat mich gestern Abend kurz darüber informiert, dass er jetzt erstmal abtauchen würde. Ich solle mir keine Sorgen machen, da mein Konto gut ausgestattet sei und er in einiger Zeit, wenn die Wogen sich geglättet hätten und die Polizei hoffentlich den Mörder von Triebel geschnappt habe, wieder zu mir zurückkommen würde."

Sie schaute die beiden Polizisten erwartungsvoll an.

Smidt hatte in ihrer jungen Karriere immer nur zähe Zeugenbefragungen erlebt und war jetzt einigermaßen überrascht, dass Yvonne so freimütig mit ihren Informationen rausrückte.

„Haben Sie eine Idee wo er sich aufhalten könnte?"

„Nein habe ich nicht und wenn ich das hätte, dann würde Ihnen das nur dazu dienen, einige wenige Orte auf dieser Welt abzuhaken ohne dort nachgeschaut zu haben. Schließlich ist mein Mann nicht so bescheuert an einen Ort zu gehen, den ich kenne, da ihm klar sein muss, dass Sie früher oder später bei mir auftauchen und mir genau die Frage stellen."

„Eben darum frage ich ja."

Yvonne lächelte die Kommissarin an. „Gut. Trotzdem, ich kenne keinen Ort an dem ich ihn suchen würde. Aber vielleicht finden Sie ja sein Auto. Das wird er sicherlich nicht alleine lassen."

„Das haben wir bereits."

Yvonne hob die Hände „Na dann…"

„Ich halte also fest, dass Sie angeben, keine Ahnung zu haben, wo sich Ihr Mann aufhalten könnte?"

„Genau so ist es. Er hat keine mir bekannte Verwandtschaft. Er hat schon lange keine mir bekannten Freunde mehr. Von seinem Leben bekomme ich eigentlich seit längerem nur noch mit, dass es entweder in seiner Firma oder hier zuhause stattfindet. Abgesehen davon führt er mich mindestens einmal die Woche zum Essen aus und das war es dann auch schon. Sie sehen also, dass ich Ihnen da wirklich nicht gut weiterhelfen kann."

Nachdem die beiden Polizisten sich verabschiedet hatten, beschloss Yvonne ihnen beim nächsten Besuch von der Erpressung zu erzählen, falls sie endlich mal hinreichend intelligente Fragen stellen würden. Sie machte noch schnell ihren Hausputz fertig. Danach hatte sie keine Zeit mehr, sich umzuziehen. Sie warf sich also schnell einen Mantel über und machte sich auf den Weg zu Beatrice. Schließlich wollte sie die einzige Freundschaft, die ihr seit langer Zeit in den Schoß gefallen war, nicht durch Unpünktlichkeit gefährden.

„Wow. Du bist pünktlich und schon in Arbeitskleidung. Super Yvonne. Was hat dich denn dazu bewogen in der Öffentlichkeit mit solchen Klamotten rumzulaufen?"

„Erstens hatte ich keine Zeit mehr mich umzuziehen, da die Polizei mich mitten im Hausputz gestört hat und zweitens sieht man so viel von den Sachen nun auch wieder nicht."

„Der Mantel geht dir schließlich nur bis knapp über den Hinten. Insofern…"

Yvonne schaute sich im Spiegel an und musste Beatrice zustimmen. Ihr Outfit war wirklich nicht ganz der Durchschnitt. Damit erklärte sich auch, weshalb sie den Eindruck hatte, dass sie übermäßig viele Blicke auf sich gezogen hatte, als sie den kurzen Weg von ihrem Auto bis zu Laden gegangen war.

„Egal. Am besten ich fange sofort an?"

„Moment noch Yvonne. Du hast deine Schuld wegen Lissabon noch nicht komplett abgearbeitet."

„Wieder die Kette?" Yvonne schaute Beatrice fragend an.

„Du hast es erfasst"

Nachdem Beatrice ihr die Kette in gleicher Weise wie am Vortag angelegt hatte, ergänzte sie noch ohne weitere Erklärung eine Kette zwischen den Stahlreifen, die sie ihr um die Knöchel gelegt hatte.

„Wie soll das denn gehen? Die ist doch viel zu kurz!"

„Wenn ich dir eine längere gebe, würdest du nur drüber stolpern. Außerdem sollst du über deine Arbeitskleidung nicht diskutieren."

Wie immer saßen sie zwei Stunden später zusammen in dem kleinen Hinterzimmer. Yvonne war von den Ketten und den Bändern um Knöchel und Handgelenke befreit.

„Ist dein Umsatz an Ketten wieder gestiegen?"

„Ist er. Ich kann dir jetzt schon verraten, dass du die morgen nicht tragen musst, da ich erstmal auf eine neue Lieferung warten muss."

„Oh, ich hatte mich schon so gefreut", flachste Yvonne.

„Kein Angst. Die Lieferung kommt spätestens übermorgen. Du musst also nur einen Tag ohne durchhalten." Mit gespieltem Mitgefühl legte Beatrice ihr die Hand auf den Oberschenkel „Wirst du das schaffen?"

„Muss ich wohl. Schließlich hab ich ja keinen Einfluss auf meine Kleidung. Du hast mich eben freundlicherweise nochmals daran erinnert."

„Du bewegst dich wirklich sehr gut, wenn du meinen Laden reinigst. Das schaffen nicht viele. Fast so, als ob dir die Bewegungseinschränkung richtigen Spaß machen würde."

„Um ehrlich zu sein. Genauso ist es. Ich hätte noch vor ein paar Wochen niemals gedacht, dass ich solche Klamotten so Klasse finde. Und wenn mir einer erzählt hätte, dass es mir Spaß machen würde in dem Aufzug einen Laden wie deinen zu putzen, dann hätte ich den direkt ins Irrenhaus geschickt."

„Ich habe auch den Eindruck, dass sich hier für dich eine unerwartet aufregende Sache aufgetan hat."

Yvonne nippte gedankenverloren an ihrem Kaffee „Ja, wer hätte das gedacht."

Beatrice schaute erschrocken auf die Uhr. „Wir haben schon spät. Ich muss noch die letzte Lieferung ins System eingeben und einsortieren. Trink deinen Kaffee in Ruhe aus. Falls wir uns nicht mehr sehen, dann bis morgen."

Als Yvonne wenig später in ihr Auto stieg, fiel ihr auf, dass Beatrice vergessen hatte, sie von ihrem Halsband zu befreien. Sie überlegte einen kurzen Moment, ob sie zurückgehen sollte, fuhr dann aber doch los. Wahrscheinlich hatte Beatrice gar keine Zeit, um in Ruhe nach dem richtigen Schlüssel zu suchen.

***

Als MM von seinem Erkundungsgang zurückkehrte, stand zu seiner Erleichterung Karlssons Auto vor der Hütte. Von hinten konnte er sehen, dass Karlsson noch im Auto saß.

„Karlsson. Gut, dass du da bist. Ich brauche dringend…" Den Rest des Satzes brachte MM nicht heraus. Aus Karlssons Brust ragte der Knauf eines Messers. Instinktiv fasste MM an den Griff, um das Messer herauszuziehen, musst aber feststellen, dass es feststeckte.

Um einen klaren Gedanken fassen zu können, drückte er sich mit beiden Zeigefingern an die Stirn. Karlsson war tot. Karlsson musste etwas herausbekommen haben, das MM in seinem Problem weitergebracht hätte. Also hatte Karlsson vielleicht Unterlagen bei sich, die MM unbedingt haben musste.

In dem Moment, in dem er den Schalter für den Kofferraum suchte, hörte er ein Motorengeräusch. Ihm blieb nichts anderes übrig, als sich schnellstens von der Hütte zu entfernen und aus sicherer Entfernung zu beobachten, was passieren würde. Geschützt vom Unterholz lief er tief gebückt in den Wald und verkroch sich schließlich hinter einem Holzstapel.

Aus dem Auto stiegen eine Frau und ein Mann, die sich vorsichtig Karlssons Auto näherten. Die Art und Weise, wie sie sich bewegten, konnte eigentlich nur bedeuten, dass es sich um Polizisten oder Profikiller handeln musste. Als die beiden Karlsson entdeckten, prüfte der Mann den Puls, während die Frau ihren Blick in die Umgebung und zur Hütte schweifen ließ, offenbar um zu prüfen, ob noch Gefahr drohte. Einige Minuten später hatten die beiden ihre Waffen weggesteckt. In der Ferne war bereits ein Martinshorn zu hören.

MM entfernte sich erst sehr vorsichtig und dann immer schneller von der Hütte. Er wusste nicht, wohin er laufen sollte. Also lief er einfach immer geradeaus. Um nicht zufällig mit Wanderern zusammenzutreffen, mied er jeden Waldweg, den er fand. Er hatte keine Ahnung, wie lange er gelaufen war, als er endlich den Waldrand erreichte und vor sich die Ausläufer seiner Stadt, MM-Stadt, sah. Er hatte nicht die geringste Idee, was er jetzt tun sollte. Er war nicht in der Situation, die Sache einfach auf sich beruhen zu lassen und er hatte auch keine Fäden in der Hand, an denen er sonst immer so gerne gezogen hatte, um die Dinge in seine Richtung entscheiden zu können.

Er versuchte sich an das zu erinnern, was Yvonne ihm gesagt hatte. Die auffällige Bemalung in seinem Gesicht würde in den nächsten 14 Tagen im Wesentlichen verschwunden sein. Solange er so aussah wie jetzt, konnte er sich nicht sehen lassen. Er musste also erstmal die nächsten zwei Wochen über die Runden bringen. Genaugenommen hatte er eine halbe Woche schon hinter sich, da er die Bemalung bereits am Samstag erhalten hatte.

Für den Moment konnte er nichts anderes machen, als sich weiterhin im Wald abseits von den Wanderwegen aufzuhalten. Bald würden die ersten Jogger kommen. Es war also wichtig, ein vernünftiges Versteck zu finden.

Irgendwo in der Nähe fand scheinbar eine kleine Party im Wald statt. MM konnte zunehmend lauter werdende Musik und das typische Stimmengewirr ausmachen, das immer dann entsteht, wenn viele Menschen an einem Ort sind und sich unterhalten. Tatsächlich konnte er wenig später eine kleine Lichtung ausmachen. Scheinbar hatten Jugendliche dort ein richtiges Lager eingerichtet. Ein Mannschaftszelt und ringsum diverse kleinere Zelte, in denen sie schlafen konnten, wenn sie überhaupt dazu kamen. Das Einzige, was er vermisste, waren die Autos mit denen das alles transportiert worden war. MM schlich mit einigem Abstand um das Lager herum, bis die Zelte den Blick auf einen schmalen, asphaltierten Waldweg freigaben. Dort standen in langer Reihe die Autos. Ein Blick auf das Lager zeigte ihm, dass die Leute dort mit sich selber beschäftigt waren. In einer Gruppe fand die laute Unterhaltung statt, die er schon zuvor gehört hatte. Wenn diese Idioten mal auf die Idee kommen würden, die Musik leiser zu stellen, hätten sie ihre Stimmbänder schonen können. Die Art der Musik, die er hörte war allerdings ganz anders, als er eigentlich erwartet hätte. Sie bestand nur aus einer Folge gleichförmiger Töne. Etwas leiser gedreht, wäre die Musik sicherlich für Meditationen oder ähnliches geeignet gewesen. MM konnte nur den Kopf schütteln.

Im Schatten der Bäume bewegte er sich vorsichtig in Richtung der Autos weiter.

„Hallo lieber Mensch! Fasse Mut und geselle dich zu uns. Habe keine Angst."

MM blieb erschrocken stehen. Ihm war nicht klar, wie er den Mann mit dem weißen Bart und dem wallenden Gewand, der hinter ihm aufgetaucht war, hatte übersehen können. Aber jetzt war er nun einmal erwischt worden und musste das Beste draus machen. Er drehte sich vollends zu dem Mann um.

„Ich wollte Ihr Lager nicht stören."

Der Mann breitete seine Arme in einer Art aus, die in MM die Angst weckte, er würde ihn im nächsten Moment umarmen. Glücklicherweise blieb er aber stehen und erklärte:

„Bei uns ist jeder Reisende ein willkommener Gast. Wenn es dich dürstet, lieber Mensch, dann haben wir Wasser an dem du dich erlaben kannst. Verspürst du Hunger, dann reichen wir dir gerne Brot."

„Das ist wirklich nett von Ihnen, aber ich wollte wirklich nur an Ihrem Lager vorbeigehen und dann Richtung Stadt."

Der Mann hielt seine Arme weiterhin ausgebreitet. „Wir verzichten in unserem Kreis auf die Förmlichkeiten der Welt dort draußen. Wir alle sind Menschen. Nicht mehr und nicht weniger. Deshalb sprechen wir uns auch alle mit dem vertraulichen ‚Du' an. So bleibt jedem bewusst, dass er nur ein Mensch unter Menschen ist. Egal, was er denen dort draußen", er zeigte in Richtung Stadt, „bedeutet oder nicht bedeutet. Hier sind wir alle auf dem gleichen Rang."

Jetzt ging er doch auf MM zu und wies ihm den Weg zum Lager, indem er ihn freundlich lächelnd mit einem Arm sanft in die Richtung schob. Er berührte ihn dabei allerdings nicht, da MM den Wink natürlich verstand und sich freiwillig in Bewegung setzte.

Als die beiden kurze Zeit später das Lager betraten, verstummte, wie auf ein Zeichen, die Musik und alle Blicke wendeten sich zu MM.

„Die anderen Menschen an dieser friedlichen Stätte haben gerade die Freiheit ihres Kopfes erlangt, indem sie laute meditative Musik gehört haben und frei von allen Zwängen alles gesagt haben, was den Weg nach draußen gesucht hat. Jetzt aber ist diese Phase abgeschlossen. Sei bitte nicht irritiert. Die Musik hat nicht deinetwegen aufgehört, sondern weil sie einfach an ihrem Ende angelangt war."

Tatsächlich war schon wieder neue, aber wesentlich leisere Musik zu hören.

Der Mann erhob seine Stimme „Liebe Menschen. Dort drüben am Waldesrand - ich wollte mich eben auf die Suche nach den Früchten des Waldes machen - haben mich meine Füße auf wundersame Weise so geführt, dass ich diesen Menschen hier an meiner Seite gefunden habe."

Beifälliges Murmeln erhob sich und alle schauten kurz zu MM.

„Wir wollen ihn für eine Zeit in unserer Mitte aufnehmen, ihm zu trinken geben, da er dürstet und ihm ein Brot reichen, da es ihm hungert"

‚Da er hungert', oder zumindest ‚ihn' statt ‚ihm', verbesserte MM im Stillen, riss sich aber zusammen und hielt den Mund. Gleichzeitig wurde MM weiter in die Mitte des Platzes geführt, so dass sich die restliche Gruppe schweigend in einem Kreis um ihn schließen konnte.

„Nimm doch bitte Platz, lieber Mensch."

Nachdem MM Folge geleistet hatte, setzten sich auch alle um ihn herum still auf den Boden und schauten erwartungsvoll zu dem Mann mit dem wallenden Haar.

‚Soviel zu: Wir sind alle gleich.' MM stellte fest, dass er dem unangefochtenen Oberguru der Gruppe über den Weg gelaufen war. Ein junger Mann zwängte sich mit einem Glas

Wasser und einem kleinen Laib Brot durch den Kreis der Wartenden und setzte beides vor MM ab.

MMs Gegenüber bedeutete ihm mit einer Geste, das Essen zu sich zu nehmen.

„Ich habe eigentlich keinen Hunger und auch keinen Durst. Es ist sehr freundlich von Ihnen." Der Gesichtsausdruck des Mannes wechselte zu einer enttäuschten Miene und ihm schien, als ob alle um ihn herum den Atem anhielten. Nach einer kleinen Pause korrigierte sich MM und wurde sofort mit einem Lächeln und einem beifälligen Murmeln aus seiner Umgebung belohnt. „Es ist sehr nett von dir, aber ich habe wirklich keinen Hunger."

Unbeirrt deutete der Mann wiederum auf das Essen. Nach einigem Überlegen nahm MM schließlich das Brot in die Hand und brach sich ein Stück davon ab. Vermutlich würde er nicht aus dem Lager gehen können, ohne gegessen und getrunken zu haben. Also versuchte er es möglichst schnell hinter sich zu bringen. Nachdem er den ersten Bissen mit etwas Wasser heruntergespült hatte, spürte er wieder die erwartungsvollen Augen aller auf sich. Also nickte er „Gut. Das Brot ist gut."

„Das freut mich mein lieber Mensch. Wenn du magst, kannst du den Rest während deines weiteren Aufenthalts in unserem Entspannungslager zu dir nehmen."

MM wartete auf eine Fortsetzung, es kam aber nichts mehr. Stattdessen ruhten wieder alle Augen auf ihm. Nach einigem Zögern riss er sich ein weiters Stück vom Brot ab und verspeiste auch das unter beifälligem Gemurmel. MM hatte keine Idee, in was für einen seltsamen Verein er hier geraten war. Da er die ganze Prozedur nicht ewig in die Länge ziehen wollte, aß er auch den Rest des Brotes auf und spülte alles mit dem Wasser herunter.

„Ich danke dir und euch. Das Wasser und das Brot waren wirklich sehr gut."

Als ob alle nur darauf gewartet hatten, erhoben sie sich und verteilten sich im Lager. Nur der Mann blieb vor ihm sitzen und schaute ihn nach wie vor lächelnd an. Er machte nicht den Eindruck, in naher Zukunft irgendetwas sagen zu wollen.

„Was seid ihr für Leute? Irgendeine friedlich Sekte oder so etwas?", versuchte MM sein Glück ein Gespräch zu beginnen, an dessen Ende er endlich das Lager verlassen konnte.

Mit nachsichtigem Gesichtsausdruck erklärte ihm der Mann. „Wenn du so willst, dann sind wir eine kleine Gruppe einer sehr großen, den ganzen Globus umspannenden Sekte. Du kennst den Namen der Sekte, denn auch du gehörst dazu." Nach einer kleinen Kunstpause fuhr er fort. „Wir gehören zu den Menschen."

Er sagte diese Worte mit einer Bedeutungsschwere, die erst einmal wieder einer kleinen Pause bedurfte.

„Dass ihr Menschen seid, wusste ich tatsächlich schon vorher. Nur benehmen sich die Menschen, die ich bisher kannte ganz anders als ihr. Was also ist an euch so Besonderes? Ihr müsst doch eigene Regeln haben nach denen ihr euch richtet."

Der Mann dachte eine Zeit nach. MM war sich sicher, dass er damit nur aus Höflichkeit, der Frage die angemessene Bedeutung geben wollte.

„Wir schweigen beim Essen und wir erfreuen uns daran, wenn ein anderer seinen Hunger stillen kann. Selbst, wenn wir selber Hunger leiden."

Verblüfft gab MM zurück „Du willst mir jetzt aber nicht erzählen, dass ich euer letztes Brot gegessen habe oder?"

„Nein, das hast du nicht", kam lächelnd die Antwort. „Wir haben noch reichlich. Trotzdem geben wir gerne."

„Das wäre mir jetzt auch wirklich unangenehm gewesen."

Der Mann legte seine Hand auf MMs Hand „Sei beruhigt lieber Mensch."

Während MM noch überlegte, wie er sich am besten verabschieden konnte, ohne von der ganzen Gruppe verfolgt zu werden und damit die Aufmerksamkeit der Polizei auf sich zu ziehen, kam einer der anderen und flüsterte dem Mann etwas ins Ohr, worauf dieser sich wieder MM zuwandte.

„Soeben erfahre ich, dass das Bad für dich bereitgestellt wurde. Es ist uns eine Pflicht, jedem Reisenden die Freude eines erlabenden Bades in den erfrischenden Erden unserer Welt anzubieten."

Als MM den Mund öffnen wollte, um dies abzulehnen, ließ ihn der Mann gar nicht erst zu Wort kommen. Während er sich erhob, nahm er MM am Arm.

„Nein, nein, dies wäre nun wirklich Frevel an unserer Gastfreundschaft. Schon eben habe ich sehr nervöse Schwingungen aus der Gruppe aufgenommen. Und da war es nur das bescheidene Brot und das Wasser des Baches, das du verweigern wolltest. Wenn du dich jetzt auch noch dem erlabenden Bad in den Erden der Welt versagst, dann fürchte ich sehr um das Heil der Gruppe."

Tatsächlich waren schon wieder alle zusammengekommen und beobachteten jede Bewegung von MM. Wie konnte er hier nur wieder wegkommen? Hätte er jetzt in seinem Büro gesessen, dann hätte er sicherlich kurzen Prozess mit den Spinnern gemacht. Hier aber, ohne korrekten Anzug mit bemaltem Gesicht und verunstalteten Ohren fühlte er sich ungewohnt schwach.

Schließlich stand er in einem großen Zelt vor einer Badewanne, die gut und gerne auch als Kuhtränke geeignet gewesen wäre. Zu seinem Entsetzen war die Wanne aber nicht mit warmem, dampfendem Wasser, sondern mit einer Art Schlamm gefüllt. Vermutlich handelte es sich um irgend so ein Zeug aus einem der Schönheitstempel, in das sich die Frauen immer für teures Geld legen ließen, um dann hinterher wider besseres Wissen festzustellen, dass die Haut jetzt aber viel glatter geworden sei und sich außerdem auch noch viel frischer anfühle.

„Dies ist das irdene Bad. Es wird Labsal für deinen Körper bringen. Reiche mir jetzt deine Kleider und steige in das Bad ein."

MM schaute den Mann erschrocken an.

„Du glaubst doch nicht ernsthaft, dass ich da reingehe?"

Sofort kamen einige Schluchzlaute aus den Ecken des Zeltes. Die anderen ‚Menschen', wie sie immer wieder genannt wurden, fingen tatsächlich an zu weinen. Das konnte doch alles nicht wahr sein. Warum nur musste der Depp ihn am Waldrand ansprechen? Warum hatte er ihn denn nicht einfach gehen lassen? Auch das Gesicht des Obergurus hatte sich geändert. Es hatte einen ernsten und besorgten Ausdruck angenommen. Da MM keine Ahnung hatte, wozu diese Leute in der Lage waren, wenn die völlig unsinnige Trauer übermächtig würde, blieb ihm zu seinem Ärger nichts anderes übrig, als mitzumachen. Er ließ den Blick nochmals durch das Zelt schweifen.

„Es sind keine Frauen in diesem Zelt anwesend. Dies ist das Zelt der männlichen Menschen. Sei ganz beruhigt."

Schließlich zog sich MM aus und kletterte vorsichtig in das Bad. Die schlammige, leicht rötliche Suppe war erstaunlicherweise angenehm warm.

„Halte am Anfang deinen Kopf noch aus der Erde heraus, bedecke aber alle anderen Körperteile mit der Erde. Dann wird das Bad seine ungeahnten Kräfte entfalten."

Jetzt, wo er einmal saß, beschloss er, konnte er es auch genießen. Also legte er den Kopf vorsichtig auf dem Badewannenrand ab und schloss die Augen.

„Ja, so ist es genau richtig. In diesem irdenen Bad kannst du dich vollständig entspannen. Du wirst dich noch in vielen Tagen daran erinnern."

Es war tatsächlich sehr angenehm. Fast hätte sich MM gedanklich bei all den Schönheitstempeln entschuldigt, die er immer so verachtet hatte.

„Halte die Augen nur weiterhin geschlossen. Ich werde jetzt mit einer aus Holz geformten Kelle deinen Kopf mit dem irdenen Bad benetzen. Es soll dir davon aber nichts in die Augen kommen."

Gleichzeitig hörte MM, wie einen Kelle eingetaucht wurde. Kurz danach ließ er sich den Schlamm über seine stoppelige Glatze kippen.

MM wusste nicht, wie lange das alles gedauert hatte, aber schließlich wurde er aufgefordert aus der Wanne auszusteigen.

„Geh dort in die Ecke. Wir werden die Reste der Erde mit ein paar Eimern voller klarem Wasser von dir abspülen mein lieber Mensch."

Tatsächlich klebte der Schlamm an seinem ganzen Körper. Also ging er in die Ecke, um sich säubern zu lassen, was allerdings alles andere als angenehm war, da kaltes Wasser benutzt wurde.

„Hättest ihr das nicht warm machen können? Oder mich wenigstens vorher warnen?"

Lächelnd erklärte der Mann ihm „Es gehört mit zu dem Ritus. Jeder, der dieses Bad nimmt, wird hinterher mit kaltem Wasser abgespült. Das schließt die Poren. Ich hatte ganz vergessen, dich zu warnen. Hoffentlich bist du bereit, mir zu verzeihen lieber Mensch."

MM wollte zu seinem eigenen Erstaunen keinen Streit.

„Wenn du mir ein Handtuch reichen könntest, wäre ich dir dankbar."

Erst jetzt, als MM sich abtrocknen wollte, viel ihm auf, dass seine gesamte Haut eine bräunlich rote Farbe angenommen hatte. Instinktiv fing er an zu rubbeln, ohne dass sich auch nur der geringste Erfolg einstellen wollte. Er schaute den immer noch milde lächelnden Mann wütend an.

„Sag jetzt nicht, dass ich gerade eine halbe Ewigkeit in Henna gelegen habe!"

„Doch mein lieber Mensch. Das hast du. Wir alle, die wir hier versammelt sind", während er das sagte, zeigte er in die Runde der inzwischen wieder zahlreich versammelten ‚Menschen'. „Wir alle haben diesen Ritus genießen dürfen. Jetzt auch du mein Freund. Doch sei unbesorgt. Wenn dieses Lager in vielen Wochen sein Ende erreicht haben wird, dann wird auch die Tönung deiner Haut ihr Ende erreicht haben."

MM war sprachlos, was der Mann allerdings falsch interpretierte.

„Ja, du durftest ein sehr wichtiges Ritual unserer menschlichen Gemeinschaft an deinem eigenen Körper erfahren: Die Verbindung mit der Erde."

Beifälliges „Ja, ja."

„Du bist ja völlig durchgeknallt. Das Zeug geht erst in zwei Wochen wieder ab. Kannst du mir mal erzählen, was du dir dabei gedacht hast?"

„Beruhige dich mein lieber Mensch. Denke lieber an das Bad zurück. Hast du jemals zuvor ein so ein angenehmes Bad genossen?"

Er schaute MM fragend an und auch die versammelten anderen ‚Menschen' schauten erwartungsvoll in seine Richtung.

„Das ist scheißegal, ob das entspannend war oder nicht!" MM lief auch in der Lautstärke zu alter Form auf. „Für mich steht jetzt erstmal nur fest, dass ich so nicht unter die Leute gehen kann."

„Aber", entgegnete ihm der Mann mit milder Stimme, „du trägst doch schon leicht verblassende Symbole der Erde in deinem Gesicht. Also hast du schon Erfahrung mit dem Gebrauch der Erde. Wie kann es dann sein, dass sich ein Bad darin so negativ auf dein inneres Gleichgewicht auswirkt?"

„Das war… ,, MM konnte sich im letzten Moment bremsen, zu erklären, wie es zu seiner Gesichtsbemalung gekommen war. Voller freundlicher Erwartung wartete sein Gegenüber auf das Ende des angefangenen Satzes.

„… etwas anderes", schloss MM die Erklärung.

Der Mann sah in lächelnd an und nickte dann nach einiger Zeit mit dem Kopf.

„Nun, dann ist genug dazu gesagt. Der Tag will sich schon zum Abend neigen. Ich schlage vor, du bekleidest dich wieder und wir werden uns zum Schlaf zurückziehen. Denn, wenn die Sonne schlafen geht, dann ist es auch für die Menschen an der Zeit sich schlafen zu legen, da sie uns dann nicht mehr mit ihren Strahlen verwöhnen kann."

Er führte ihn in ein anderes Zelt und wies ihm dort eine der Matten zu, die in der Mitte des Zeltes lagen.

„Mir würde auch eine Matte am Rand", MM wies in Richtung Ausgang, „völlig ausreichen."

„Nein, nein. Das kommt überhaupt nicht in Frage. Du wirst natürlich im Zentrum schlafen. Dort wirst du von einem Sicherheitsgefühl der Gemeinschaft umfangen sein."

Seine Hände führten bei der Erklärung ausschweifende Bewegungen aus, mit denen er versuchte, seine Worte zu verbildlichen.

„Dies ist wie ein menschlicher Kokon, der sich um dich legt. Völlige Geborgenheit. Tiefer, erholsamer Schlaf."

MM hatte genug gehört. Er wendete sich dem Ausgang zu und wollte versuchen, so schnell wie möglich das Gelände zu verlassen. Zu seinem Erstaunen stellte sich ihm niemand in den Weg. So, als ob er das schon vor Stunden hätte machen können, lief er unbehelligt in den Wald zurück. Er spürte zwar die Blicke der ‚Menschen' in seinem Nacken, wollte sich aber nicht umdrehen, da er Angst hatte, dass der Oberguru dies als Aufforderung angesehen hätte, ihn wieder einzufangen.

Als er tiefer in den Wald eindringen wollte, bemerkte er, wie er am ganzen Körper von den Tannenzweigen zerkratzt wurde. Erst als er an sich herunterschaute sah er, dass er sich nach dem Bad in der Henna-Pampe noch gar nicht wieder angezogen hatte. Wie hatte es dem Typen bloß gelingen können, ihn so sehr aus der Fassung zu bringen, dass er Tannenzweige brauchte, um festzustellen, dass er nackt war? Er ließ sich an der Stelle, an der er stand, auf die dicke weiche Schicht der Tannennadeln nieder. Was konnte er jetzt noch tun? Ohne jegliche Kleider in der Gegend rumlaufen ging auf keinem Fall. Dann hätte er auch direkt zu der Hütte zurückgehen können, um sich der Polizei zu stellen. Das hätte sogar den Vorteil gehabt, dass er dann ziemlich schnell etwas zum Anziehen bekommen hätte.

Also blieb ihm nur der Rückweg in das Lager zu den Bekloppten. Dort würde er dann durch bestimmtes, unnachgiebiges Auftreten dafür sorgen, dass er seine Sachen zurückbekam, um dann im zweiten Anlauf – und dieses Mal endgültig – das Lager zu verlassen.

„Da bist du ja wieder mein lieber Mensch. Wolltest du das irdene Gefühl an deinem Körper intensivieren?" Der Guru schaute ihn fragend an. Als MM nicht antwortete, fing er an zu lächeln „Vielen von uns ist es so gegangen. Es ist wie eine Sucht, die man zu Beginn gar nicht in Worte fassen kann."

„Eigentlich wollte ich nur noch eben meine Sachen anziehen. Ich mag es nicht, wenn ich hier nackt herumlaufe." MM merkte selber, dass dieser Satz nicht unbedingt dem Idealbild der Unnachgiebigkeit entsprach.

„Ja, auch das kann ich gut verstehen. Früher haben wir uns nach dem Ritus alle entkleidet. Ein Zeichen des Miteinanders. Aber die Zeiten wandeln sich und so machen wir das heute nicht mehr."

Er reichte MM ein weißes Stoffpaket.

„Nimm diese Tunika. Sie wird deine Blößen bedecken. Die Kleider, in denen du zu uns gekommen bist, haben wir gewaschen. Sie sind jetzt rein, wie es sein soll, aber leider sehr nass."

„Weshalb,… warum habt ihr denn…" Die überaus verständnisvollen Augen, in die MM schaute, als er sich beschweren wollte, führten ihn an den Rand seiner Selbstkontrolle. Am liebsten hätte er das gesamte Lager zusammengebrüllt und gleich noch die Zelte dieser so überaus lieben Menschen abgerissen. Gleichzeitig war ihm aber klar, dass er nicht in seiner Firma war, wo er mit dem Druckmittel der Kündigung so gut wie alles durchsetzen konnte. Hier war er von Leuten umgeben, die vermutlich jedes laute Wort von ihm als einen Akt der beginnenden Selbstbefreiung, auch noch mit Applaus belohnen würden. MM ließ resigniert die Schultern hängen.

„Ihr habt also meine Wäsche gewaschen. Das war aber wirklich nicht nötig."

Der Guru erhob seinen Zeigefinger und widersprach ihm „Doch, doch mein lieber Mensch. Es haftete Dreck an deiner Kleidung." Er machte eine Geste mit der er MM aufforderte sich die anderen Menschen in dem Lager anzuschauen. Nach einer Pause fügte er hinzu „Und? Siehst du hier Dreck an der Kleidung von uns Menschen?"

MM musste ihm zustimmen, worauf der Guru wieder freudig die Arme ausbreitete „Siehst du. Und so wirst auch du jetzt reinliche Kleidung tragen dürfen und morgen früh dann wieder in deine eigenen Kleider schlüpfen."

MM schaute sich das Paket genauer an. Die ‚Tunika', wie der Guru es nannte, war mit einem Gürtel aus gleichem Stoff zu einem Paket geschnürt. Er öffnete den Gürtel und hatte jetzt eine Art langes Nachthemd in der Hand, das er bequem über den Kopf streifen konnte. Zu seinem Schrecken ging ihm das Teil aber nur bis zur Mitte der Oberschenkel. Er hatte erwartetet, dass es, wie bei einigen anderen Männern im Lager, bis knapp über die Knie reichen würde. Der Guru folgte seinem Blick und erklärte lächelnd

„Diese Tunika ist leider die einzige, die wir dir anbieten können. Zu meiner großen Scham muss ich gestehen, dass wir den Waschdienst über die Meditation ein wenig vernachlässigt haben."

Als MM den Gürtel straff zog, rutschte der Saum noch ein Stück weiter hoch.

Der Guru trat einen Schritt zurück und betrachtete MM mit dem Blick eines Modeschöpfers, der seine Kollektion das erste Mal am lebenden Modell sieht.

„Nun, es hätte schlechter ausfallen können. Aber das macht alles nichts, denn wichtig ist alleine die Reinlichkeit."

Wieder zeigte er zu dem Schlafzelt „Jetzt ist es aber endgültig an der Zeit. Ich habe nochmals die große Freude, dich zum gemeinsamen Schlaf in unser Zelt einzuladen."

Hinter dem Guru sah MM, wie sich zwei Polizisten dem Lager näherten. Also ging er ohne weiteres Zögern auf das Angebot ein und ging zu dem Zelt. Gerade, als er eintrat, hörte er, wie sich schnelle Schritte näherten. Der Guru blieb vor dem Zelt stehen und sprach ganz gegen die bisher zur

Schau getragene Ruhe und Souveränität hektisch und schnell mit dem Boten.

Schließlich wendete er sich, ohne MM weiter zu informieren, von dem Zelt ab und bewegte sich in Richtung der Polizisten. In der Ferne konnte MM schließlich seine Stimme vernehmen „Ich grüße Euch liebe Menschen. Ihr habt Glück, dass Ihr mich noch erreicht. Ich wollte mich gerade zur Ruhe begeben."

Weiter konnte MM nicht mehr zuhören. Für ihn stand fest, dass die Polizisten niemand anderen als ihn suchten. Möglicherweise gelang es dem Oberguru oder besser Obertrottel, die beiden noch eine Zeit mit seinem furchtbaren Gelaber aufzuhalten, aber früher oder später würde er sie natürlich bereitwillig zu diesem tollen neuen Menschen führen, den er heute kennengelernt hatte.

MM sah sich in dem Zelt, das zu seiner Überraschung leer war, um und stellte schnell fest, dass es außer den Matten auf dem Boden nichts zu sehen gab. Seine Entscheidung fiel schnell. Vorne konnte er nicht raus. Dort würde er in das Blickfeld der Polizisten geraten. Also zwängte er sich an der anderen Seite unter der Plane durch. Er schaute sich in alle Richtungen um, konnte aber nirgendwo eine Bewegung sehen. Wahrscheinlich waren wieder alle zu den beiden neuen Menschen gelaufen, deren Füße sie auf so wundersame Weise in das Lager geführt hatten. MM konnte sich gut vorstellen, was sich die beiden Polizisten im Moment anhören mussten. Ihm konnte das nur nützlich sein, denn es verschaffte ihm einen kleinen Vorsprung.

Er musste nur an ein paar kleineren Zelten vorbei und hatte dann schon mit wenigen Schritten den Waldrand erreicht. Ohne sich umzudrehen, drang er tiefer in den Wald ein. Als er wegen der inzwischen kompletten Dunkelheit nichts mehr sehen konnte, setzte er sich an einen Baum und versuchte seine Gedanken zu ordnen. Er wurde mit Sicherheit polizeilich gesucht. In der Hütte hatte er genügend genetisch verwertbare Proben hinterlassen. Außerdem hatte er auch noch das Messer angefasst, das Karlsson in der Brust steckte. Es war nur eine Frage der Zeit, wann die Zuordnung zu ihm erfolgen würde. Daraus ergab sich als logische Schlussfolgerung, dass er sich weder zuhause, noch in der Firma oder überhaupt in der ganzen Stadt sehen lassen konnte.

An dieser Stelle endeten seine Gedanken. Schon auf dem Weg durch den Wald und im Lager war ihm das klar gewesen. Nur hatte der Oberguru ihm keine Zeit gelassen in Ruhe darüber nachzudenken. Wie aber sollte es weitergehen? Bevor dieser bescheuerte Guru ihn eingesammelt hatte, hatte er wenigstens noch halbwegs vernünftige Klamotten, seine Ausweise und etwas Bargeld. Jetzt saß er hier in einem etwas besseren Krankenhaushemd und hatte rein gar nichts mehr. Zudem war er von Kopf bis Fuß mit Henna zugekleistert. Er würde also nicht nur wegen dieser ‚Tunika' extrem auffällig sein. Es musste ihm dringend irgendetwas einfallen. Ansonsten würde er früher oder später im Gefängnis landen. Wenn er nicht am nächsten Tag irgendwelchen Spaziergängern auflauern wollte… Er stellte sich die Schlagzeilen vor: ‚Heruntergekommener Großunternehmer beraubt, nur mit einem Nachthemd bekleidet, harmlose Spaziergänger'. Darunter ein Foto von ihm. Auf Dauer hätte er keine Chance sich zu verstecken. Er hatte noch nicht einmal die Möglichkeit schnell weit weg zu kommen. Wer würde ihn schon im Auto mitnehmen? Keine Chance.

Oder doch? Klar, so konnte er es machen. Zufrieden legte er sich hin und versuchte in den Schlaf zu finden.

Mittwoch 18.5.

Nach dem Frühstück checkte Yvonne schnell, ob außer Spams auch irgendwelche anderen Mails angekommen waren. Fast wünschte sie, dass der Erpresser sich wieder melden würde. Es war aber nichts im Postfach. Also wendete sie sich, wie schon in den letzten Tagen wieder dem Reinigen des Hauses zu. Die heißen Klamotten und hohen Absätze waren ihr schon fast zur Gewohnheit geworden. Trotzdem erfüllte sie das Leben im Moment nicht gerade mit allzu großer Freude. Zwar, war sie MM und damit dessen Demütigungen erstmal los, aber an dessen Stelle war jetzt eine gewisse Leere getreten, die erst einmal gefüllt werden musste. Insofern war sie froh, dass sie wenigstens den Job bei Beatrice hatte, die sich zudem auch noch zu einer dauerhaften Freundin entwickelte.

Als sie es schließlich im Haus nicht mehr aushielt, fuhr sie in die Stadt, um einen kleinen Schaufensterbummel zu machen und danach vielleicht noch einen Kaffee bei Beatrice zu sich zu nehmen.

***

Zur gleichen Zeit schlich sich MM vorsichtig zu dem Lager zurück. Diesmal schaute er sorgfältig um sich. Auf keinem Fall wollte er wieder dem Guru in die Arme laufen Wer weiß schon, was er diesmal mit ihm anstellen würde und was er gestern der Polizei gesagt hatte. Da er den Weg, den er in der Nacht gelaufen war, nicht kannte, musste er es auf gut Glück versuchen. Er war inzwischen mehrere Stunden unterwegs. Das Einzige, dessen er sich sicher war, war, dass er in der Nacht keine breiten Wanderwege gekreuzt hatte. Demzufolge gelang es ihm nach einiger Zeit den Bereich einzuschränken, in dem sich die Lichtung mit dem Lager befinden musste.

Als er es endlich zwischen den Bäumen erspähte, hätte er fast einen Jubelschrei losgelassen. Jetzt galt es möglichst weiträumig und sehr vorsichtig einen Bogen um das Lager zu schlagen. Er zählte seine Schritte und blieb nach jedem zehnten stehen, um sorgfältig Ausschau zu halten. Ihm war klar, dass er dadurch umso länger in der Gefahrenzone bleiben würde, aber andererseits senkte er damit auch das Risiko irgendeine Person aus dem Lager zu übersehen, die sich vielleicht im Wald aufhielt um irgendwelche neuen Inspirationen aufzufangen.

Nach einer halben Ewigkeit hatte er endlich sein Ziel vor Augen. Die ‚Menschen' waren, wie er gestern schon gesehen hatte, tatsächlich mit etwas so banalem wie Autos zu ihrem Lager gekommen. Dort standen sie alle vereint vor ihm. Alles nur minderwertige Exemplare, aber er hatte auch nichts anderes erwartet. Sogar einen Ente war dabei. Die gehörte doch eigentlich ins Museum. Jetzt kam der riskanteste Teil seines Planes und gleichzeitig auch die Stelle, an der der Plan komplett scheitern konnte, da er sich nicht auf das Aufbrechen von Autos verstand. Er fing an, alle Autos durchzuchecken. Wie er bereits erwartet hatte, war nahezu kein Auto abgeschlossen. Aber es steckte auch kein Schlüssel. Da er einmal von einer Geschichte gehört hatte, bei der ein Autoschlüssel einfach auf einen der Reifen gelegt worden war, checkte er auch das bei jedem der Autos.

Als er fast durch war, hielt er den Schlüssel der Ente in der Hand. Er überlegte nicht lange. Reinstecken und Starten war fast eine einzige Bewegung. Jetzt mit möglichst wenig Motorgeräusch wegfahren. Er machte sich zwar wenig Hoffnung, dass er nicht zu hören war, aber vielleicht schwebten die ja gerade im siebten Himmel der Meditation und nahmen das typische Geräusch einer wegfahren Ente nicht so wichtig. Er konnte nur hoffen. Zu seiner Freude zeigte ihm die Tanknadel, dass der Tank fast komplett gefüllt war. Er wusste zwar nicht, was das umgerechnet in Kilometer bedeutete, aber es war in jedem Fall schon einmal gut. Ohne wirklich Orientierung zu haben, fuhr er aus dem Wald heraus und versuchte sich dann unter häufigem Wechsel der Straßen langsam aber sicher von der Stadt zu entfernen. Nach einer Stunde erreichte er wieder einen Wald, in dem er auf einem einsamen Parkplatz anhielt und sich die Zeit nahm, die Ente zu durchsuchen. Vielleicht lagen ja ein paar Euro oder sogar vernünftige Kleidungsstücke in dem Auto.

Das Handschuhfach war bis auf ein paar Papiere leer. Im Kofferraum schließlich fand er einen gefüllten Rucksack. Er konnte sein Glück kaum fassen, als er aus der Seitentasche ein Handy zog, das eingeschaltet war. Er war damit in der Lage bei Yvonne anzurufen und sie mit einem Satz neuer Anzüge zu sich zu bestellen. Nur musste das noch warten, bis er eine Stelle gefunden hatte, die Yvonne auch finden konnte. Im Hauptfach des Rucksacks waren Kleidungsstücke, die aber zu seiner großen Enttäuschung eindeutig nicht für Männer gemacht waren. Nicht, das er der Meinung war, dass diese alberne Tunika ein Kleidungsstück für Männer war, aber Röcke und Blusen waren sicherlich noch ungeeigneter.

***

Er stellte das Auto in eines der Parkhäuser in der nächsten Großstadt und wählte Yvonnes Nummer. „Hier ist MM. Nimm dir einen Zettel und schreib auf, was ich brauche." Ohne auf ihre Antwort zu warten, gab er ihr eine umfangreiche Liste durch.

„Das ist alles?", wollte Yvonne wissen.

„Ich wüsste nicht, was ich sonst noch brauchen könnte. Schau, dass du das schnell zusammenbekommst und bring mir das dann hierhin. Dafür darfst du ausnahmsweise mein Auto nehmen. Ich erwarte dich in zwei Stunden."

Damit beendete er das Gespräch.

Am anderen Ende der Leitung überlegte Yvonne, ob MM der Meinung war, dass „hierhin" ein Ort war, den das Navi finden würde. Sie machte sich zunächst daran die Koffer herbeizuholen und sie mit Wäsche und den Anzügen zu füllen. Als sie damit fertig war, klingelte das Telefon erneut und MM gab ihr durch, wo er zu finden war.

Sie kam mit einer Stunde Verspätung bei MM an, der mit Lichthupe auf sich aufmerksam machte. „Ist das wirklich so schwer mal einmal pünktlich zu sein? Hast du nicht begriffen, in was für einer komplizierten Situation ich stecke?"

Yvonne hatte eigentlich erwartet, dass er sich zumindest bei ihr bedanken würde. „Hallo MM. Schön dich zu sehen."

Sie beugte sich ein wenig weiter vor, um einen besseren Blick auf ihn werfen zu können.

„Schon wieder eine neue Lage Henna?"

Automatisch versuchte er sich weiter in den Schatten des Autos zurückzuziehen.

„Ja, ja schon gut. Hast du wenigstens alles bekommen?"

„Selbstverständlich. Ich schlage dann mal vor, dass du dich von diesem wunderbaren Auto trennst und bei mir einsteigst."

„Wie kommst du auf die Idee, dass wir zusammen zurückfahren? Ich bin viel zu beschäftigt, um mich auch noch mit dir herumzuplagen."

Als MM aus der Ente ausstieg, trat Yvonne einen Schritt zurück und pfiff anerkennend durch die Zähne

„Heißes Outfit. Mein Respekt."

„Wenn du dir keine fangen willst, dann rate ich dir, den Mund zu halten."

Sein Blick viel auf Yvonnes Hals „Was hast du den da an? Bist du jetzt völlig neben der Spur oder was? Ist das jetzt irgend so eine dämliche Solidaritätskundgebung? Nur weil mir übel mitgespielt wurde, musst du noch lange nicht so einen Mist machen."

Yvonne fasste sich an das Halsband und erklärte ihm lächelnd, dass das der letzte modische Schrei sei.

„Ich habe jetzt keine Zeit für solche Kindereien. Ist alles im Kofferraum?"

„Jawohl. Alles, wie gewünscht erledigt" antwortete Yvonne in militärischem Tonfall. Dabei zog sie ein Handy aus der Tasche. „Und hier ein Prepaid-Handy. Alles freigeschaltet. Der Code lautet 4711"

MM nahm das Handy entgegen „Die Autoschlüssel?"

„Steckt."

„Was ist mit der Ente? Soll ich jetzt damit fahren?"

„Wenn du genug Geld für den Parkschein hast. Nur zu."

Damit stieg er in sein geliebtes Luxusauto und gab Gas.

***

„Du hast es mit MM wirklich nicht leicht. Nun, irgendwann werde ich ihn schon erwischen und ein ernstes Wort mit ihm reden. Schade,

dass er nicht nach Edinburgh fliegen wollte. Ich hatte mir einige schöne Dinge für ihn überlegt. Nun denn, man hört voneinander."

Kaum hatte Yvonne die Mail gelesen, klingelte es an der Türe.

Als sie öffnete, stand wieder die Kommissarin mit ihrem Partner vor der Türe.

„Guten Abend Frau Müller. Ist ihr Mann zugegen?"

„Nein, ist er nicht."

„Sie können uns nicht zufällig sagen, wo wir ihn finden oder wie wir ihn erreichen können?"

„Mein Mann hat mich heute Mittag angerufen und mich gebeten, ihm einige Dinge zu bringen. Das habe ich gemacht und bin eben erst wiedergekommen. Wo er sich jetzt befindet kann ich Ihnen leider nicht sagen. Mir hat er nur anvertraut, dass er von Ihnen gesucht wird und dass ich nicht verpflichtet bin, Ihnen zu helfen. Danach ist er mit dem Auto abgebraust und ich durfte mit der Ente zurückfahren, die er bei irgendwelchen Freunden oder sonst wo aufgegabelt hat."

„Wann haben Sie Ihren Mann getroffen?"

„Heute Nachmittag um 15 Uhr und 55 Minuten."

„Würden Sie uns informieren, wenn Ihr Mann sich wieder bei Ihnen meldet?"

„Ich bin zwar im Moment nicht wirklich gut auf ihn zu sprechen, aber wenn ich Ihnen das zusage, dann würde ich etwas tun, zu dem ich als seine Frau nun wirklich nicht verpflichtet bin. Oder vertue ich mich da?"

Die Kommissarin winkte bereits ab. „Nein, nein, natürlich sind Sie dazu nicht verpflichtet. Wir können Ihnen aber bereits in Aussicht stellen, dass wir sicherlich noch einige Male wiederkommen werden, wenn es noch weitere Fragen gibt, die Sie uns beantworten können."

Die Kommissarin wandte sich zum gehen und musste ihren Kollegen leicht anstupsen, da er seinen Blick nicht von Yvonnes Halsband wegbekam.

„Ach, das Auto von dem Sie gerade gesprochen haben. Das würde ich gerne mal sehen."

Yvonne zeigte auf die andere Straßenseite
„Die Ente."
Während die beiden zu dem Wagen gingen, zog der Assistent sein Handy aus der Tasche.
„Hallo Kollege, ich habe eine Halterabfrage."
Da Yvonne nicht neugierig erscheinen wollte, schloss sie die Türe nur um wenige Minuten später wieder vor den beiden Polizisten zu stehen.
„Das Auto ist als gestohlen gemeldet. Jetzt müssten Sie dann doch mal genauere Angaben machen. Wir dürfen kurz hereinkommen?"
Die Frustration war den beiden schnell anzumerken. Mehr als das Parkhaus benennen, in dem sie das Auto übernommen hatte, konnte Yvonne nicht machen. Sie versicherte den beiden nochmals, dass sie niemals damit gerechnet hätte, dass MM zum Dieb werden könnte.
„Auch wenn im Moment nicht viel dafür spricht. Vielleicht findet sich ja doch noch eine harmlose Begründung?"
Yvonne glaubte selber nicht daran. Bei MM war in den letzten Tagen so viel schief gelaufen. Warum sollte er dann nicht auch noch zum Dieb werden?
Als die beiden statt einer Antwort nur einen bedauernden Gesichtsausdruck auflegten, schob Yvonne die Frage hinterher, was denn jetzt mit dem Auto passieren würde.
„Der Besitzer kommt es selber abholen. Er hat auf eine Anzeige verzichtet, da er davon ausgeht, dass Ihr Mann in einer echten Notsituation gehandelt haben muss."
Auf Yvonnes ungläubiges Schweigen gaben sie keine Antwort. Sie standen einfach auf und verließen kopfschüttelnd das Haus.

***

„Wer ist da?" MM hatte erst gar nicht registriert, dass sein Handy klingelte. Da außer Yvonne keiner seine Nummer haben konnte, und er nicht mit einem Anruf von Yvonne rechnete, hatte er das Handy komplett ausgeblendet.

„Hier ist die Person, die dir in den letzten Tagen so viel Stress gemacht hat."

Damit war MMs Müdigkeit mit einem Schlag weg.

„Dann erzählen Sie mir endlich wer Sie sind und was ich machen soll, damit das alles endlich aufhört. Sie haben mir ja sogar den Mord an Triebel in die Schuhe geschoben und ich bin mir sicher, dass Sie mir Karlsson auch noch anhängen werden. Also reden Sie. Wie kommen wir ins Geschäft?"

Es entstand eine Pause, bis die Stimme antwortete.

„Du bist ein bisschen zu schnell mit deinen Fragen. Ich möchte mich zumindest erstmal vorstellen. Ich bin eine synthetisch erstellte Stimme. Du musst also nicht überlegen, ob du die verzerrte Stimme von irgendjemandem hörst, den du kennst. Da jedes meiner Worte von einem geschriebenen Text erzeugt werden muss, sollten wir unser Gespräch schnell auf den Punkt bringen. Es wird sonst etwas länglich, da ab jetzt keine vorgefertigten Antworten mehr zur Verfügung stehen."

MM hatte in der Tat gehofft, er würde, wenn sie nur lange genug sprachen, irgendeine Stimme erkennen. Dieser Hoffnung war er nun beraubt.

„Also? Was ist der Deal?"

Nach einer längeren Pause kam die Antwort.

„Du zeigst dich an und ich lasse dich augenblicklich in Ruhe."

„Woher haben Sie eigentlich die Nummer? Hat Yvonne die etwa ausgeplappert?"

Wieder kam erst nach einer Pause die Antwort

„Yvonne hat nicht geplappert, aber ich darf in aller Bescheidenheit behaupten, in diesen Dingen ein geschicktes Händchen zu haben."

„Geht es um Geld? Wollen Sie Geld? Nennen Sie mir den Betrag und Sie bekommen ihn, wenn Sie mir vorher versichern, dass Sie der Polizei klar machen, dass ich mit dem Mord an Triebel nichts zu tun habe."

MM zählte bis 30. Dann endlich kam die Antwort

„Du verstehst das Grundproblem noch immer nicht. Geld spielt für mich keine Rolle. Was du allerdings verstanden hast, ist, dass ich in der Lage bin, dich aus der Schussbahn der Polizei zu nehmen. Gratuliere! Wenigstens ein bisschen was hast du verstanden. Nicht jeder sitzt gerne wegen eines Mordes im Gefängnis. Insbesondere dann, wenn er ihn gar nicht begangen hat."

MM musste sehr mit sich ringen bis er die Frage stellte, die der Erpresser offenbar hören wollte.

„Wenn es nicht das Geld ist, was kann ich dann tun, um von dem Mordverdacht reingewaschen zu werden? Es muss doch eine Lösung geben. Sagen Sie es und ich werde es machen, wenn es in meiner Macht steht."

Diesmal musste er fasst eine Minute auf die Antwort warten.

„Nun gut, es gäbe in der Tat eine Alternative…."

***

„Guten Morgen Beatrice. Alles klar?" Eigentlich hatte Yvonne erst am Nachmittag pünktlich zum Putzen erscheinen wollen, aber, nachdem sie zuhause nur kurz gewischt hatte - schließlich machte MM keinen Schmutz und keine Unordnung mehr - hatte sie sich entschlossen schon am Vormittag in den Laden zu fahren. Schließlich musste sie ja noch erklären, warum sie gestern nicht zum Dienst erschienen war.

„Schön, dass du schon so früh kommst. Treibt dich dein schlechtes Gewissen?"

Yvonne winkte ab. „Hör mir bloß auf. Gestern hat mein MM mich mal eben nach Stuttgart beordert, damit ich ihm einen Haufen seiner Klamotten bringe. Darüber habe ich völlig vergessen, dich zu informieren."

„Wäre aber besser gewesen. Schließlich haben wir bei aller Freundschaft auch einen Vertrag, den wir beide einhalten müssen. Ein kurzer Anruf hätte mir völlig gereicht."

„Wie kann ich es wieder gut machen? Wieder mit Ketten putzen oder so?"

„Über das Putzen machen wir uns heute Nachmittag Gedanken. Jetzt geht es erst mal darum, dass du deine Schuld von gestern abarbeitest."

Beatrice ging nach hinten und bedeutete Yvonne mitzukommen. Sie holte einen schwarzen Schlauch mit korsettähnlichen Verschnürungen aus einer Kiste. Nur war dieses Teil viel schmaler geschnitten, als ein Korsett. „Schon mal gesehen?"

Yvonne schüttelte den Kopf.

„Das ist ein Monohandschuh. Den wirst du jetzt bis zu deiner Putzschicht tragen. Danach ist die Sache von gestern abgegolten. Okay?"

Yvonne war sich nicht ganz sicher „Im Prinzip okay, aber wie trägt man den denn?"

„Dreh dich einfach mal mit dem Rücken zu mir und lege deine Hände hinter deinem Rücken aneinander."

Kaum hatte Yvonne sich umgedreht, als sie schon merkte, wie Beatrice den Handschuh an ihren Armen hochzog. Da die Schnürung komplett geöffnet war, ging das sehr leicht und war für Yvonne nicht unangenehm.

„So, jetzt lege ich dir die beiden Riemen über die Schultern und befestige die wieder an dem Handschuh. Wenn ich das nicht machen würde, könnte der Handschuh runterrutschen und das soll er ja nicht." Während Beatrice dies erklärte, schnallte sie die Riemen schon fest. Als Yvonne auf ihre Schultern schaute, fühlte sie sich an Rucksackriemen erinnert. Wenn der Handschuh sie also nerven sollte, hätte sie noch immer die Möglichkeit die Riemen abzustreifen und dann irgendwie dafür zu sorgen, dass der Handschuh an ihrem Arm runterrutschen würde. Gleichzeitig war ihr klar, dass es so weit nicht kommen würde, da sie Beatrice vertraute.

Während Yvonne ihren Befreiungsgedanken nachhing, hatte Beatrice bereits den ersten Durchgang „Verschnürung straffen" erledigt. Wie bei einem Korsett strebten die beiden

Kanten des Handschuhs langsam aufeinander zu und zwangen die Ellenbogen immer näher zusammen. Da Yvonne sich immer ziemlich gelenkig gehalten hatte, war das eine Zeitlang kein richtiges Problem. Erst als Beatrice ankündigte, dass es jetzt nur noch eines Durchgangs bedürfe, bis der Handschuh komplett geschlossen sei, erhob sie Einspruch „Ich glaube nicht, dass ich das lange aushalte, wenn du den noch enger schnürst."

„Ich hatte mich schon gewundert, dass du dich nicht schon früher gemeldet hast. Für das erste Mal ist das schon ziemlich eng. Pass auf. Wenn du merkst, dass deine Hände oder Arme nicht mehr richtig durchblutet werden, dann melde dich bei mir. Ich nehme dir den Handschuh dann sofort wieder ab. Du sollst ja keinen Schaden davon bekommen."

„Alles klar. Was soll ich jetzt machen?"

„Eigentlich ganz einfach Ich zeige es dir."

Sie führte Yvonne zurück in den Laden und ließ sie in einen hohen Käfig einsteigen, der normalerweise unter der Decke hing, aber diesmal bis zum Boden heruntergelassen war.

Beatrice machte eine einladende Geste. „Einmal einsteigen bitte!"

Kaum war Yvonne in dem Käfig, als Beatrice schon die Tür zugeschlossen hatte und per Fernbedienung die Winde aktiviert hatte, bis der Käfig in etwa 3 Meter Höhe schwebte.

„Bleib einfach in dem Käfig, bis ich dich wieder runterhole und erfreue dich an den Blicken der Kunden. Falls dir langweilig wird, kannst du ja die Monohandschuhe zählen, die ich während dessen verkaufe."

Yvonne war noch zu überrascht um ihr eine Antwort geben zu können. Außerdem hatten gerade einige Kunden den Laden betreten und nahmen sie in Augenschein.

„Heute mal nicht putzen?"

So hatte sich Yvonne das nun überhaupt nicht vorgestellt. Eben kam sie noch locker in den Laden, um sich ein wenig mit Beatrice zu unterhalten und jetzt fand sie sich, zumindest für ein paar Stunden, hilflos gefangen in einem Käfig wieder und wurde zudem auch noch von den Kunden angesprochen. Sie blickte hilfesuchend zu Beatrice, die aber nur fröhlich lächelte und ihr bedeutete, dass sie sich ruhig mit dem Kunden, der sie angesprochen hatte, unterhalten konnte. Warum auch nicht? Schließlich vergeht die Zeit schneller, wenn man etwas zu tun hat und wenn es auch nur eine Unterhaltung ist.

Donnerstag 19.5.

Yvonne hatte sich gerade an den Frühstückstisch gesetzt als MM anrief.

„Ich muss dich heute unbedingt treffen. Punkt 13.00Uhr am Waldparkplatz. Du weist schon. Der, den wir immer nehmen."

„Soll ich dir wieder irgendetwas mitbringen?"

Nach kurzem Zögern zählte er ihr ein paar Artikel auf und unterbrach dann unter dem Hinweis, dass er verhindern wolle, dass das Gespräch bis zu ihm zurückverfolgt werden könnte, die Leitung.

Bevor Yvonne den ersten Schluck Kaffee nahm, informierte sie Beatrice, dass sie heute wieder etwas später in den Laden kommen würde. Schließlich hatte sie keine Lust nochmals in dem Käfig rumzuhängen. Nachdem sie aufgelegt hatte, konnte sie sich ein Lächeln über ihren unfreiwilligen Witz nicht verkneifen.

Sie beschloss zeitig genug aufzubrechen, um die Einkäufe für MM zu machen und dann direkt zu dem verabredeten Treffpunkt zu fahren. Im Supermarkt musste sie sich dann allerdings ins Gedächtnis rufen, was er wollte, da sie den Zettel in der Küche hatte liegen lassen. Als sie schließlich alles beisammen hatte, wurde ihr die Zeit langsam knapp. Ihre Einkäufe lagen bereits auf dem Band, als die Kundin vor ihr in aller Ruhe ihre Geldbörse herausholte und anfing, den gewünschten Betrag in kleinen Münzen abzuzählen. Die Kassiererin beobachtete ihr Tun mit großer Geduld. „Jetzt fehlen noch 15 Cent" Darauf schaute die Kundin nochmals nach und schüttelte bedauernd den Kopf. „Die sind jetzt nicht mehr drin. So ein Ärger. Ich wollte doch heute noch keinen frischen Geldschein anbrechen." Sie rieb sich nachdenklich das Kinn. „Ach ich hab' doch immer noch ein paar Münzen in der Manteltasche." Sie schaute die Kassiererin Verständnis heischend an. „Sie wissen schon die ganzen Bettler, die einen auf der Straße immer ansprechen. Da nimmt man ja ungern die ganze Geldbörse raus. Schließlich können das ja auch Ganoven sein, die nur darauf aus sind." Zu Yvonnes Erleichterung kramte die Frau einige Cent aus ihrer Tasche und legte sie zu dem anderen Geld. Als die Kassiererin es schon nehmen wollte wurde sie von der Frau zurückgehalten „Moment. Ich habe jetzt 20 Cent dazugelegt. Also muss ich mir einen 5er wieder herauskriegen."

„Das hätte ich schon gemerkt", wurde ihr versichert.

„Na, wenn man es selber merkt, kann man es ja auch direkt erledigen." Sie nahm sich das Geldstück mit einem zufriedenen „Da haben wir es doch." Yvonne hätte sich nicht gewundert, wenn sie die 5 Cent Münze noch triumphierend hochgehalten hätte.

Als Yvonne dann endlich am Auto war, blieb ihr kaum noch genügend Zeit, um pünktlich zum Waldparkplatz zu kommen. Also trat sie, als sie die Stadt endlich verlassen hatte, kräftig aufs Gas. Leider hatte sie nicht an den Starenkasten gedacht. MM würde deswegen wahrscheinlich wieder ausrasten. Andererseits. Der hatte ganz andere Probleme und im Moment war ihr der Gedanke, sich von ihm zu trennen näher als jemals zuvor. Insofern war das alles kein Problem mehr. Wenn sie genauer darüber nachdachte, wusste sie eigentlich gar nicht, weshalb sie jetzt zu dem Waldparkplatz fuhr. MM würde sich wieder nicht bedanken und ihr stattdessen irgendetwas vorwerfen, das sie seiner Meinung nach wieder mal falsch gemacht hatte. Andererseits war sie jetzt auch fast schon da. Also konnte sie es auch durchziehen.

Die Uhr zeigte ihr an, dass sie nur eine Minute zu spät auf den Parkplatz kam. Außer ihr war nur ein weiteres Auto, ein kleiner Lieferwagen, da. Wahrscheinlich genossen da irgendwelche Arbeiter eine ausgedehnte Mittagspause. Von MM war nichts zu sehen. Sie beschloss eine kleine Runde über den Parkplatz zu drehen. Vielleicht hatte er sich ja irgendwo versteckt. Schließlich war sein ganzer Kopf mit Henna zugekleistert.

Sie hatte keine Ahnung, wo die Hand mit dem Lappen auf einmal herkam und als sie sich dagegen wehren wollte, merkte sie schon, dass ihre Kraft nachließ.

***

„Ich glaube mit dem Käfig und dem Monohandschuh habe ich es gestern übertrieben. Yvonne hat mir heute Morgen erst erzählt, die würde später kommen, weil sie wieder irgendetwas wichtiges für ihren bescheuerten MM erledigen müsste und dann ist sie am Ende gar nicht gekommen."

Wie immer hatte Rondo sie mit dem fertig zubereiteten Abendessen begrüßt. Er sah sie nachdenklich an „Und wieso meist du, dass das an gestern lag? Vielleicht hat MM wieder nur an sich gedacht und jetzt sitzt sie irgendwo in einer fremden Stadt fest."

„Ja, aber dann würde sie doch wenigstens ans Handy gehen. Da geht aber auch nur die Mailbox dran. Glaub mir, die ist bestimmt wegen gestern sauer."

„Du hast nur ein paar Tage gebraucht, um sie für diesen ganzen Kram zu erwärmen, den du verkaufst und sie hat scheinbar nichts dagegen gehabt, als du sie in Ketten zum Putzen geschickt hast. Und das alles, wie ich schon sagte, in kürzester Zeit. Das der Arbeitsvertrag problemlos von jedem Anfänger der Juristerei auseinander genommen werden kann, wird ihr mit Sicherheit klar sein. Ich glaube nicht, dass so eine Person dann einfach von jetzt auf gleich aussteigt und sich noch nicht einmal meldet. Ich glaube, die wird morgen in deinem Laden auftauchen und dir erklären, was MM wieder mal ein paar ungeplante Dinge veranstaltet hat."

Beatrice lächelte „Dann kann ich mir ja schon mal überlegen, was ich ihr morgen an Strafe zumuten werde. Vielleicht lässt sie sich dann beim nächsten Mal nicht mehr so einfach von MM auf der Nase herumtanzen."

„Okay. Lass uns noch eben fertig essen und dann geht es ab ins Spielzimmer."

Freitag 20.5.

Langsam lüftete sich der graue Nebel um sie herum. Die Augen wollten ihr noch nicht so richtig gehorchen. Da sie auf dem Rücken lag, war es für Yvonne völlig logisch, dass die Augen der Schwerkraft folgen mussten und deshalb nur mit äußerster Konzentration genau in der Mitte gehalten werden konnten. Sie hatte ihren alten Physiklehrer vor Augen, der gerade das „labile Gleichgewicht" erklärte. Alles was sie machen musste, war, dafür sorgen, dass der Schwerpunkt weiter nach unten kam. Die Lösung war ganz einfach. Sie musste sich nur auf den Bauch drehen. Dann würden die Augen ganz unten sein und von der Schwerkraft automatisch in eine gerade Blickrichtung gezogen werden. Bei dem Versuch sich umzudrehen fiel sie wieder in den Schlaf.

Als sie das nächste Mal aufwachte, waren die Gedanken an die Augen vergessen. Sie fühlte sich zwar immer noch müde, aber der Nebel vor und in ihrem Kopf hatte sich komplett gelichtet und war höchstens noch als zarter Schleier wahrnehmbar. Stattdessen realisierte sie, dass irgendetwas ganz und gar nicht stimmte. Sie lag in einem Zimmer, von dem sie nicht wusste, wie sie hineingekommen war. Das Letzte an das sie sich erinnerte war, dass MM sie zu einem Treffen gerufen hatte. Mehr fand sie in ihrem Gedächtnis nicht mehr.

Sie schaute sich in dem Zimmer um. Es war geräumig, sauber und geschmackvoll eingerichtet. Das Fenster gab den Blick auf eine grüne Weidenlandschaft mit einigen angrenzenden Waldstücken frei. Jemand hatte ihr ein langes Nachthemd angezogen, das bis zu ihren Füssen reichte. Der

Stoff fiel so weit, dass sie den unteren Teil anheben musste, um nicht versehentlich darüber zu stolpern. Dabei fiel ihr Blick auf ihre Fingernägel. Die vertrauten silberglänzenden Nägel waren verschwunden und durch noch etwas längere Nägel ersetzt, die in der Mitte einen dunkelroten Streifen hatten und nach außen weiß lackiert waren. Noch überraschender waren allerdings die Bemalungen ihrer Hände. Handrücken und die Finger waren von einem kunstvollen Hennatattoo bedeckt.

Automatisch fasste sie sich an die Nase und die Ohren um zu prüfen, ob sie jetzt ebenfalls massenweise Ringe trug. Zu ihrer Erleichterung stellte sie aber fest, dass ihr zumindest das erspart geblieben war. Also setzte sie die Erkundung des Zimmers fort. Als sie den großen Kleiderschrank öffnete, hatte sie das Gefühl in den Kostümfundus eines alten Mantel-und-Degen-Filmes zu schauen. Es war kein einziges normales Kleidungsstück zu sehen. Stattdessen Unterwäsche und lange Röcke aus lange vergangenen Jahrhunderten. Sogar Korsetts waren zu finden.

Wenn ihr jemand gesagt hätte, dass der Erpresser auch sie entführen würde, hätte sie erwartet, dass sie irgendwo in einem Loch aufwachen würde und dass vor allem sofort jemand da wäre, der ihr die Aussichtslosigkeit ihrer Lage erklären würde und dann sofort mit irgendwelchen Quälereien anfangen würde. Stattdessen fand sie sich in diesem sauberen, mit einwandfreien Möbeln ausgestatteten Raum wieder, der mehr nach einer Ferienwohnung als nach einem Gefängnis aussah. Es gab in ihrem Zimmer zwei Türen. Was hatte sie schon zu verlieren? Es gab ohnehin garantiert jemanden, der sie jetzt mit einer verborgenen Kamera beobachtete. Wenn der etwas von ihr wollte, würde er sich schon melden. Sie drückte vorsichtig die Klinke der ersten Türe herunter. Abgeschlossen. Die zweite Türe ließ sich allerdings öffnen. Sie führte in eine kleine Küche und von dort weiter in einen kleinen Wohnraum, der mit einem großen Bücherregal und sogar einem Fernseher ausgestattet war. Lediglich die Fenster fehlten. Stattdessen waren dort helle, von hinten bestrahlte Stoffe angebracht. Als sie einen vorsichtig zur Seite schob, stellte sie fest, dass er eine dicke Scheibe verbarg, hinter der in einem rundum geschlossenen Kasten ein Scheinwerfer angebracht war. Immerhin hatte man sich Mühe gegeben. Besser als eine kahle zugemauerte Fensterfläche.

Hinter einer weiteren Türe fand sie das Bad, das zu ihrer Erleichterung ebenfalls voll ausgestattet war. Sogar alle Kosmetika, die sie für gewöhnlich benutzte, waren vollständig vorhanden. Automatisch nickte sie anerkennend mit dem Kopf. Glücklicherweise war er nicht auf die Idee gekommen, die Ausstattung aus der Zeit aufzufahren, zu der die Kleider in dem Schrank gehörten.

Damit war die Erkundung zunächst abgeschlossen und Yvonne kehrte in das erste Zimmer zurück. Sie konnte sich nicht erinnern, jemals von einer Entführung gehört zu haben, bei der das Opfer in solch einer Wohnung einquartiert war. Ihrem Hungergefühl nach, hatte sie wohl schon länger nichts mehr gegessen. Da sich noch immer niemand um sie zu kümmern schien, beschloss sie, in der Küche zu prüfen, ob sie auch mit Lebensmitteln ausgestattet war. Zu ihrem Erstaunen fand sie nicht nur Schränke die mit Reis, Nudeln und reichlich Gemüsekonserven. Im Kühlschrank wartete sogar ein frischer Salat auf sie. Wirklich kaum zu fassen, aber wenn es so ist, dann ist es eben so. Sie nahm sich Zeit, um in Ruhe ein Essen zuzubereiten. Dabei stellte sie fest, dass ihre Nägel sicherlich einen halben Zentimeter länger geworden waren. Ihr Entführer schien wohl darauf zu stehen.

Nachdem sie gegessen und abgespült hatte, setzte sie sich ins Wohnzimmer, nahm sich wahllos ein Buch aus dem Regal und begann zu lesen. Wenn der Entführer darauf wartete, dass sie anfangen würde, an der verschlossenen Türe zu zerren oder mit den Fäusten dagegen zu schlagen, dann sollte er lange warten. Genauso wenig würde sie anfangen „Hallo, ist da jemand" zu rufen. Sie wusste nicht warum, aber wenn sie so etwas machen würde, dann wäre das eine Demütigung für sie. Solange sie das steuern konnte, würde sie es bleiben lassen.

Samstag 21.5.

Als sie am nächsten Morgen aufwachte, hatte sich an ihrer Situation nichts geändert. Sie hatte weiterhin die Absicht, sich so zu verhalten, als ob alles ganz normal wäre. Also ging sie gemütlich ins Bad, um zu duschen. Wie sie sich eingestehen musste, war das auch mehr als nötig. Nachdem ihr am Abend beim Lesen die Augen immer wieder zu gefallen waren, hatte sie sich nur noch ins Bett geschleppt und war in einen tiefen Schlaf gefallen.

Im Bad zog sie das Nachthemd über den Kopf und stellte bei einem Blick in den Spiegel fest, dass sie komplett haarlos war. Die einzige Erklärung, die sie dafür hatte, dass ihr das gestern nicht aufgefallen war, war die, dass sie nach der Betäubung doch noch wesentlich bematschter war, als sie es sich eingestehen wollte. Sie drehte sich vor dem Spiegel hin und her, konnte aber, abgesehen von den Haaren, die sie auf dem Kopf trug kein einziges Haar mehr finden. Nun denn. Mal sehen, was der Entführer sonst noch an Überraschungen für die bereithielt. Die Hennabemalung ging, wie sie jetzt feststellte, etwas bis zur Hälfte der Unterarme. Auch das war ihr gestern nicht aufgefallen. Nun gut. Jetzt fühlte sie sich völlig fit und war sich sicher ihren gesamten Körper auf Änderungen untersucht zu haben. Es konnten also keine Überraschungen mehr auf sie warten.

Nach der Dusche fiel ihr ein, dass sie sich keine Kleidung mit ins Bad genommen hatte. Da das Nachthemd bereits in den Wäschekorb gewandert war, lief sie nackt zu dem Kleiderschrank. In der Hoffnung, dass ihr hier gestern vielleicht auch etwas entgangen war, z.B. ein Fach mit praktischer normaler Kleidung, öffnete sie die Türen. Sie musste allerdings feststellen, dass sie nichts übersehen hatte. Unterwäsche, die so großzügig geschnitten war, dass man alleine aus einer Unterhose sicherlich ein ganzes Dutzend moderner

Slips hätte schneidern können - an Stringtangas wollte sie gar nicht denken - und massenweise Kleider, die ohne Ausnahme in langen Röcken endeten. Abgesehen von den Korsetts war es das.

Ihr blieb also nur, den ganzen Tag nackt herumzulaufen, das durchgeschwitzte Nachthemd anzuziehen oder eben eines der Kleider auszuprobieren. Warum eigentlich nicht? Es schien sich wieder niemand bei ihr zu melden, also hatte sie einen langen Tag vor sich, der mit Aktivitäten gefüllt werden wollte. Sie nahm sich das erste beste Kleid und eine der bombastischen Unterhosen heraus. Die Unterhose ging ihr fast bis zu den Knien und war so dermaßen daneben, dass sie schon wieder gut war. In der Hoffnung, dass sie von dem Kleid dasselbe denken würde, nahm sie es vom Bügel. Dabei fiel ihr Blick auf einen Zettel, der dort wo sonst die Waschanleitung war, lose am Kragen des Kleides angebracht war.

„Liebe Yvonne, einen solchen Zettel wirst du an jedem dieser wunderbaren Kleider finden. Die Kleider sind recht tailliert geschnitten, deshalb ist es notwendig, dass du sie zusammen mit einem Korsett trägst. Du hast in der letzten Zeit einige Erfahrung mit diesen Kleidungsstücken gemacht. Dies wird dir jetzt zum Vorteil gereichen, da du diese wunderbaren Wäschestücke selber anlegen musst. Du wirst feststellen, dass die Teile im Verschlussbereich einige zusätzliche Metallverschlüsse haben, die automatisch einrasten werden, wenn sie nah genug an ihrem Gegenstück sind. Es ist für dich also ganz einfach zu entscheiden, wann du die Schnürung eng genug gezogen hast. Nämlich dann, wenn alles eingerastet ist. Wenn du dich fragst, wie du sie wieder öffnen kannst. Dies ist eigentlich ganz einfach. Du holst tief Luft und machst die vorderen Schließen des Korsetts auf.

Ich glaube zwar nicht, dass du auf die Idee kommst, dieser Anweisung nicht zu folgen, aber ich möchte dich trotzdem warnen. Solltest du eines dieser wunderbaren Kleider ohne korrekt verschlossenes Korsett tragen, werde ich dich bestrafen müssen.

Aber nun wieder zu den angenehmen Dingen des Lebens. Zu diesem Kleid passt das Korsett mit der Nummer 5 ganz trefflich. Bei den

Schuhen, lasse ich dir freie Wahl. Geh aber bitte nicht barfuss, da du sonst den Saum des Kleides den ganzen Tag über den Boden schleifen würdest.

Jetzt bleibt mir nur noch, dir einen angenehmen Tag zu wünschen."

Der Mensch musste schon eine gehörige Menge Unordnung in seinem Kopf haben. Yvonne überlegte, wie jemand die Motivation aufbringen konnte, dies alles für sie vorzubereiten und sich dann einfach nur daran zu erfreuen, sie hier, wie in einem kleinen Zoo eingesperrt zu sehen. Immerhin hatte er großes Vertrauen in ihr Verhalten. In der Küche lagen genügend Messer herum, um aus dem Inhalt des Kleiderschrankes einen Fall für den Müllcontainer zu machen. Ebenso konnte sie damit versuchen die Türe oder das Fenster aufzubrechen. Trotzdem empfand sie eine Art von Sympathie für ihn. Bisher hatte er ihr noch nichts wirklich Böses getan. Sie war sich sicher, dass er das auch in Zukunft nicht tun würde, solange sie ihm keinen Anlass dazu bieten würde.

Während sie diesen Überlegungen nachhing, hatte sie bereits das bezeichnete Korsett hervorgeholt. Zu ihrer Erleichterung war ihm ein Stück schlauchähnlicher Stoff zugefügt, den sie überziehen konnte, um damit ihre Haut vor dem Korsett zu schützen, dass beim Zusammenziehen sonst sehr unangenehm über die Haut rutschen würde und außerdem durch den Schweiß leiden würde. Danach fing sie an, das Band an ihrem Rücken immer enger und enger zu ziehen. Als schließlich alle Schließen eingerastet waren, fühlte sie zwar die ihr bereits bekannte Enge, war aber nicht über die Maßen eingeschnürt.

Das Kleid, das ebenfalls mit einer Verschürung geschlossen wurde, passte ihr wie angegossen. Allerdings war der Saum tatsächlich zu lang. Als sie Schuhe mit 10cm Absatz angezogen hatte, war das Problem ebenfalls gelöst und sie musste sich überlegen, wie sie den Rest des Tages verbringen wollte.

Eine Inspektion des Wohnzimmers brachte noch ein im Schrank verstecktes Radio zu Tage, das zu ihrer Freude über das volle Senderspektrum verfügte. Sie war sich sicher, dass sie den Tag vernünftig über die Runde bringen würde. Mal sehen, wann sich ihr Entführer melden würde.

***

Nicht zum ersten Mal stand Beatrice vor Yvonnes Türe und klingelte. Es war wieder niemand zuhause. Ein Blick durch das Küchenfenster zeigte ihr, dass die Spülmaschinentüre immer noch im gleichen Winkel geöffnet war wie gestern. Da sie den Aufräum- und Putzwahn von Yvonne inzwischen kennen gelernt hatte, war ihr dies Beweis genug. Yvonne war definitiv nicht zuhause.

Gerade als sie gehen wollte, fuhr ein typischer Polizistenmittelklassewagen in die Einfahrt. Die Person, die ausstieg war die letzte mit der sie hier gerechnet hatte. Offenbar ging es Rednich nicht anders. „Beatrice? Was machst du denn hier?"

„Günther! Wenn ich nicht schon eine Idee hätte, dann könnte ich dich das Gleiche fragen." Freudestrahlend ging sie auf Rednich zu. Während sie sich zur Begrüßung kurz umarmten fing sie bereits an, sich nach seinem Wohlbefinden zu erkundigen.

„Bei mir ist alles klar. Ist halt immer derselbe Trott. Nur immer wieder in anderen Verpackungen. Aber dich hier zu sehen überrascht mich dann doch."

„Na als guter Polizeibeamter wirst du wohl früher oder später rausbekommen, dass Yvonne und ich uns in letzter Zeit ein wenig angefreundet haben. Sie ist eine echt nette Person, aber leider ist sie auch das Klischee der frustrierten Ehefrau eines reichen Mannes, der sie eigentlich nur noch für Haushalt und Repräsentation braucht."

„Und du hast dich ihrer ein wenig angenommen?" Eine strenge Sorgenfalte erschien auf seiner Stirn.

„Nun mach' mal nicht so einen Aufstand draus. Sexy Klamotten und ein bisschen fesseln kann echt Spaß machen. Natürlich nur, wenn man nicht dazu gezwungen wird. Ich hab' damals einfach nur ein bisschen Pech gehabt. Vielleicht habe ich ja auch nur darauf gewartet. Ich weiß es nicht." Nach einer kurzen Pause fügte sie freudestrahlend hinzu „Jedenfalls geht es mir jetzt blendend."

„Na, wenn das so ist, dann ist bei dir ja alles bestens."

„So ist es." Sie blickte zum Haus zurück. „Oder besser gesagt: So wäre es, wenn ich mir nicht um Yvonne Sorgen machen würde. Eigentlich hätte sie sich schon lange melden müssen. Ich habe echt Sorge, dass sie in eine Situation geraten ist, die sie nicht beherrschen kann."

„Seit wann vermisst du sie denn?"

„Sie hat mich am Donnerstag angerufen, dass sie etwas später in meinen Laden kommen würde, weil sie vorher noch etwas für ihren dämlichen Mann erledigen müsste. Seitdem habe ich nichts mehr von ihr gehört."

„Sie hatte also Kontakt zu ihrem Mann?"

„Scheinbar. Zumindest hat sie mir das so gesagt. Aber erzähl du mir bitte mal, was du hier machst."

Rednich fing automatisch an, unbehaglich von einem Fuß auf den anderen zu treten. „Du weißt doch. Die Polizei darf immer alle fragen und alle sollen brav antworten aber andersherum funktioniert das Spiel nur, wenn die Polizei einen besonders clever auf den Leim führen will."

„Ich nehme mal an, dass ihr Yvonnes Mann sucht?"

Augenblicklich hörte er mit seinen Bewegungen auf und wartete gespannt auf ihren nächsten Satz.

„Pass auf. Ich mache mir wirklich Sorgen um Yvonne. Ich weiß natürlich, dass ich nicht nah genug an ihr dran bin, um eine Polizeiaktion auszulösen, aber ich glaube trotzdem, dass ich richtig liege. Wenn ihr ihren Mann sucht, dann solltet ihr endlich mal in dieses Haus hier einsteigen. Hier wohnt nämlich zurzeit keiner. Wenn ich nicht völlig falsch liege, findet ihr dann eine Compi und damit einiges an Ermittlungsmaterial."

„Wenn du etwas zu dem Fall weißt, dann spuck es aus."

„Mein geballtes Wissen ist schon fast erschöpft. Yvonne hat irgendetwas von einer Erpressung angedeutet. Deshalb ist sie mit ihrem Mann in der letzten Zeit in ein paar Städten rumgereist. Mehr weiß ich nicht."

Die beiden schauten sich eine Weile schweigend an bis Rednich wieder das Wort ergriff „Ich habe es wirklich bedauert, dass du damals weggegangen bist. Man hätte eine Lösung finden können."

Beatrice winkte ab. „Lass die alten Sachen ruhen. Wie ich dir eben schon sagte: Ich bin glücklich mit dem Leben, das ich jetzt führe. Und das ist doch schon einiges wert oder?"

Rednich nahm sie nochmals in den Arm. „Das ist allerdings die Hauptsache. Ich will mal hoffen, dass sich deine Sorge um Frau Müller als unbegründet erweist. Wie kann ich dich erreichen, falls ich deine Hilfe brauchen sollte?"

„Ich stehe im Branchenbuch. Als guter Polizist muss dir dieser Hinweis eigentlich reichen", antwortete sie ihm mit einem kleinen Lachen. „Und du? Wie erreiche ich dich?"

„Auf der Arbeit. Solltest du auch rausbekommen. Schließlich hast du mal dazugehört."

Jetzt war es an ihm, zu lachen.

Sonntag 22.5.

„Ich warte schon die ganze Zeit auf Ihren Anruf. Ich habe alles erledigt, was Sie verlangt haben. Was ist jetzt mit Ihrem Versprechen? Kann ich mich wieder sehen lassen oder was? Meine Geschäfte ruhen schon lange genug!"

MM konnte es nicht ertragen, dass nach jedem seiner Sätze erstmal diese unselige Pause entstand, bis die Computerstimme ihm antwortete.

„Lieber MM. Du bist zu ungeduldig. Ich habe alles in die Wege geleitet. Noch eine Nacht und du kannst in deine geliebte Wohnung zurückkehren. Das ist doch was, oder?"

„Warum noch eine Nacht? Hast du... Haben Sie überhaupt eine Ahnung, wie es mir hier geht? Keine frische Kleidung! Kein sauber gedeckter Tisch! Alles muss ich alleine machen!"

Statt Pause mit nachfolgender Antwort hörte er nur, dass die Leitung unterbrochen wurde. Wenn irgendetwas für MM feststand, dann, dass er diesen miesen kleinen Erpresser in die Finger bekomme würde und ihn dann so derartig ruinieren würde, dass er den ganzen Rest seines mickrigen Lebens keinen Fuß mehr auf den Boden bekommen würde.

Er schaute sich mit grimmigem Gesicht in der Hütte um, die er durch Zufall gefunden hatte. Nichts, außer einem Bett, das den Namen eigentlich nicht verdiente, einem Tisch und einem Stuhl. Wenigstens gab es einen Bach mit einigermaßen klarem Wasser und einige Sträucher mit Beeren in der Nähe. Solange er trinken konnte, würde für mehrere Tage nichts Schlimmes passieren. Trotzdem ärgerte es ihn maßlos, dass er gezwungen war, sich über so eine heruntergekommene Hütte zu freuen. Nur wenige Kilometer entfernt wartete ein Haus mit allem Luxus auf ihn. Trotzdem musste er noch eine weitere Nacht in dieser Behausung bleiben.

***

Beatrice saß mit Rondo zusammen im Garten. Da es bisher keine Gelegenheit gegeben hatte, ihm von ihrer Begegnung mit Rednich zu erzählen, hatte sie dies gerade nachgeholt.

Er schaute sie nachdenklich an. „Meinst du, dass die sich wirklich keine Gedanken um Yvonne machen?"

„Ich kann es dir nicht sagen. Rednich war immer ein total fairer Kollege. Aber er war auch immer bekannt dafür, dass er so dicht hielt, wie kein anderer. Ich habe den Eindruck, dass sich das nicht geändert hat."

„Und jetzt?" Rondo schaute sie fragend an. „Was machen wir jetzt?"

„Wenn Rednich oder das Team sich ebenfalls Gedanken über den Verbleib von Yvonne machen, dann kannst du sicher sein, dass Rednich von der Begegnung mit mir erzählt und dass sie versuchen die Spur aufzunehmen. Wenn

Yvonne oder mein Tipp für das Team nicht von Interesse sind, dann werden wir das spätestens morgen wissen."

„Warum? Ich denke Rednich hält dicht. Der wird dich sicherlich nicht anrufen, um dir mitzuteilen, was man in dem Team beschlossen hat."

„Das nicht, aber ich denke, wir machen heute mal einen kleinen Spaziergang mit Picknick in dem Park gegenüber von Yvonnes Haus."

Rondo klatschte einmal kräftig in die Hände und gab damit, wie es seine Art war, das Aufbruchsignal. Wenig später hatten sie alles Notwendige zusammengepackt und machten sich auf den Weg.

Was gab es schöneres, als gemütlich im Schatten eines großen Baumes im Rasen zu liegen. Die Kühltasche war mit Getränken und ein paar Kleinigkeiten zum Essen gefüllt, Beatrice hatte ihren Kopf auf Rondos Oberschenkel abgelegt und ließ sich ausgiebig kraulen. Sie musste nur aufpassen, dass sie nicht einschlief und damit den Einsatz der ehemaligen Kollegen verpassen würde.

„Du kennst doch „Smoke on the water"?" wollte Rondo wissen, „and fire in the sky", setzte Beatrice den Text fort. „Klar kenne ich das. Ist das nicht ein Song über irgendwelche Penner, die irgend so eine Seebühne in der Schweiz angesteckt haben, als gerade Frank Zappa spielte?"

„Fast. Es war wohl eher das Casino von Montreux, das da abgebrannt war. Aber stimmt, dass es bei einem Konzert von Zappa passierte."

„Und warum heißt es dann „smoke on the water"? Ich dachte immer damit wäre der Genfer See gemeint?"

„Ja, aber nur, weil der Rauch über den See gezogen ist."

Beatrice betrachtete weiterhin Yvonnes Haus. „Wie kommst du da jetzt eigentlich drauf?"

„Ich habe zufällig mitbekommen, dass Ritchie Blackmore, der Gittarist von Deep Purple, jetzt mit einer Gruppe namens Blackmore's Night unterwegs ist. So eine Art Renaissance-Rockmusik. Dementsprechend versuchen die auch immer nur in Burgen und ähnlichen Stätten aufzutreten."

Beatrice schaute Rondo fragend an. „Vom Rockmusiker zum Weichspüler?"

Rondo lächelte zurück. „Ich habe einige Stücke von denen auf meinem Player. Willst du mal hören?"

Beatrice hätte sich vorher nie vorstellen können, so in Musik versinken zu können.

Montag 23.5.

Zu seiner Erleichterung waren die Spuren in seinem Gesicht nur noch als eine Art von Unreinheit zu erkennen. Er war im Vertrauen auf das Versprechen des Erpressers am Morgen gegen 7 Uhr nach Hause gekommen und hatte sich mindestens eine halbe Stunde unter die Dusche gestellt. Eigentlich hatte er sich vorgenommen so lange zu duschen, bis der Warmwassertank leer war, aber schon schnell hatte er zu seiner Freude gemerkt, dass er sich immer besser fühlte.

Danach ging er im Bademantel durch das Haus um zu prüfen, ob sich irgendetwas verändert hatte. Dabei wurde er von der Türklingel unterbrochen. Noch ganz im Hochgefühl endlich wieder sauber zu sein, öffnete er die Türe.

„Schön, sie endlich anzutreffen Herr Müller. Wir suchen Sie schon seit einiger Zeit und ich muss sagen, bis gestern hätte das für Sie Untersuchungshaft bedeutet."

Die Zeit, die Smidt brauchte, um die beiden Sätze auszusprechen hatte MM schon genügt, um sich von dem Schreck zu erholen. Er legte den Kopf fragend schief „Darf ich erfahren, wer Sie sind?"

„Ach, ganz vergessen. Mein Name ist Smidt und dies ist mein Kollege Rednich."

Beide holten ihre Ausweise hervor und hielten sie mechanisch für einen kurzen Moment hoch, während Smidt weiterredete.

„Ich bin erstaunt, dass Sie sich nicht schon selber bei uns gemeldet haben. Schließlich sind Sie in eine Morduntersuchung verwickelt."

Sie sah sich um, wie um ihm zu zeigen, dass sie sich noch immer in der Öffentlichkeit befanden.

„Wir möchten Ihnen gerne noch ein paar Fragen stellen. Falls es Ihnen nichts ausmacht uns kurz hereinzubitten, können wir das jetzt direkt hinter uns bringen oder Sie besuchen uns einfach im Präsidium."

Sie zog ein Briefkuvert aus ihrer Aktenmappe und schaute ihn fragend an.

„Ich denke, ich ziehe den Besuch auf dem Präsidium vor. Sie erlauben sicherlich, dass ich dann in anwaltlicher Begleitung erscheine?"

„Selbstverständlich." Sie reichte ihm den Umschlag und hielt ihm ein Formular hin, auf dem er den Erhalt quittierte. „Um unnötig Zeitverschwendung zu vermeiden, möchte ich Ihnen auch schon einmal einen kurzen Blick auf das gewähren, was quasi den Einstieg in unser Gespräch bilden wird."

Sie hielt ihm kurz eines der Bilder entgegen, die in Luxemburg gemacht wurde. Danach wandten sich die beiden der Straße zu. Für MM nicht sichtbar zählte Smidt mit den Fingern die Sekunden. Als sie bei vier angekommen war, bat MM sie ins Haus.

„Was genau wollen Sie denn wissen?"

Sie saßen jetzt in dem gleichen Raum, in dem Yvonne sie empfangen hatte. Auch wenn Rednich die Art von Kleidung, die Yvonne getragen hatte, nicht besonders gefiel, so hatte sie doch einen weitaus besseren Anblick dargestellt als ihr Mann, der unter dem Bademantel keine Kleidung trug und seine Beine achtlos so weit auseinanderhielt, dass man bereits einen ziemlichen umfassenden Einblick in seine intime Region bekam.

„Sie machen nicht den Eindruck, als ob Sie viel Routine hätten. Wie kommt es dazu, dass Sie es trotzdem gemacht haben?"

„Ich wüsste nicht, weshalb ich Ihnen das erzählen sollte."

„Vielleicht, weil der ermordete Herr Triebel gerade mit einem Erpressungsfall betraut war. Wir haben zwar ein bisschen gebraucht, aber letztlich haben wir die losen Enden zusammenbekommen. Der Auftraggeber und gleichzeitig das Erpressungsopfer scheinen Sie zu sein."

MM schaute sie fragend an „und?"

„Am Tatort waren einige Spuren zu finden, die uns in Ihre Richtung gelenkt haben. Allerdings als Tatverdächtigen. Gestern dann haben wir einen riesigen Haufen Fotos und Videos bekommen in denen ausnahmslos Sie der Hauptdarsteller sind. Das, was ich Ihnen eben gezeigt habe, ist nur eines davon. Einiges von dem Material ist gut geeignet, Sie von dem Verdacht auf Mord zum Nachteil von…" Smidt brach ab und schaute leicht amüsiert zu Rednich. „Also, Sie von dem Verdacht freizusprechen, Triebel ermordet zu haben. Einiges von dem Material ist auch einfach nur das, was es ist. Nämlich Fotos von jemandem, der in Klamotten aus Lack und Gummi in der Öffentlichkeit herumläuft. Vielleicht haben Sie sich mit viel Selbstüberwindung zu Ihrer vermutlich schon lange geheim gehaltenen Liebe zu dieser Art von Kleidung bekannt und Ihren ersten öffentlichen Auftritt gemacht?"

Sie hatte MM die ganze Zeit ins Gesicht geschaut und immer wieder ihren Blick über die blassen Muster auf seiner Haut und die frischen Löcher in seinen Ohren schweifen lassen. Dies und die Andeutung, welches Material sie in den Händen hatte, verfehlte seine Wirkung auf MM nicht. Er wurde zusehends rot und sprang schließlich von seinem Sessel auf.

„Machen Sie, dass Sie hier raus kommen. Was fällt Ihnen ein, Ihre Nase in meine privaten Angelegenheiten zu stecken? Wenn Sie jemals etwas Konkretes gegen mich haben sollten, dann dürfen Sie sich wieder melden! Aber keine Minute früher!"

Im Aufstehen fragte Smidt „Wo ist eigentlich Ihrer Frau?"

MM stockte für den Bruchteil einer Sekunde in seiner Bewegung. „Was weiß denn ich? Wahrscheinlich mal wieder bei einer Freundin. Mir hat sie jedenfalls nicht gesagt, wo sie ist. Sie wird schon irgendwann hier reinkommen."

„Seit wann ist sie den weg?"

MM versuchte die beiden in Richtung Türe zu scheuchen. „Was weiß denn ich? Ich war ein paar Tage nicht da und habe auch keinen Kontakt zu ihr gehabt."

„Hat sie denn kein Handy?"

„Hören Sie auf mit dieser Fragerei! Dürfen Sie das überhaupt?"

Inzwischen waren sie an der Türe angekommen. Gerade, als Rednich die Türe öffnen wollte, fiel sein Blick auf seine Schnürriemen, von denen sich einer geöffnet hatte.

„Selbstverständlich darf ich Sie das fragen. Aber eigentlich ist die Frage ja auch überflüssig, weil…" sie zuckte mit den Schultern „wer hat heutzutage schon kein Handy?"

„Millionen und Abermillionen von Chinesen zum Beispiel gute Frau!"

„Schön, dass Sie sich Ihren Humor behalten haben. Es gibt so manchen, der so etwas nicht so leicht wegsteckt."

MM starrte sie schweigend an.

„Ich meine, erst so komische Bilder machen lassen und dann ist auf einmal die Frau auch nicht mehr da."

Immer noch starrte er sie nur an.

„Machen Sie sich keine Sorgen um Ihre Frau?"

„Sie fragen aber auch immer weiter und immer weiter oder was? Ich habe Ihnen doch schon gesagt, dass Sie hier nicht erwünscht sind!" Er schaute Rednich an, der endlich seinen Knoten fertig hatte und die Türe öffnete.

„Was ist eigentlich mit Ihren Ohren passiert? Das sieht ja schrecklich aus." Smidt schaute MM mit echter Besorgnis an. Der packte sich automatisch an seine Ohren und rang sichtlich um eine Antwort.

„Ein Unfall." Als ihm die mitleidigen Blicke der beiden Polizisten klar machten, dass ihm diese Erklärung nicht abgenommen wurde, schickte er „So in der Art" nach.

„Ich würde Ihnen empfehlen, den Piercer zu verklagen. Das kann doch jeder sehen, dass Sie nicht der Typ für solche

Ohrringe sind. Der hätte sich eigentlich weigern sollen. Das Mindeste wäre gewesen, dass er Ihnen einen Termin für den nächsten Tag gegeben hätte. Damit Sie noch ein letztes Mal nachdenken können."

Man konnte MM ansehen, wie unangenehm ihm dieses Thema war. Ungerührt bohrte Smidt weiter. „Darf ich Sie fragen, ob sie irgendwie angetrunken waren, als Sie das haben machen lassen? Die sind ja sogar mit einer richtig dicken Hohlnadel gemacht. Das wächst bestimmt nicht mehr zu. Wenn der Typ wenigstens normale Löcher gemacht hätte, dann wäre das in ein paar Tagen alles Vergangenheit. Aber so…"

MM konnte sich nur noch mühsam zusammenreißen. Es gelang ihm gerade noch zwischen zusammengepressten Zähnen, „Gehen Sie endlich", hervorzustoßen.

Er beobachtete die beiden, bis sie in ihr Auto gestiegen und aus seinem Blickfeld verschwunden waren.

Er brauchte unbedingt einen neuen Privatdetektiv. Karlsson wäre ohnehin kein dauerhafter Ersatz für Triebel gewesen. Er war immer mehr der Mann fürs Grobe gewesen. Jetzt brauchte er unbedingt jemanden mit Grips. Entschlossen nahm er sich das Branchenbuch heraus und schlug die Seite mit den Detekteien auf. Gleich bei der ersten Nummer, die er anrief meldete sich das „kein Anschluss unter diese Nummer" Band. Ein Blick auf die erste Seite zeigte ihm, dass das Buch bereits 10 Jahre alt war. Wie konnte es sein, dass Yvonne zu faul war, die Telefonbücher aktuell zu halten?

Die Antwort stand auf dem Schreibtisch im Büro. Sie hatte ja eine Vorliebe für das Internet. Sicherlich gab es da auch ein Telefonbuch. Zum ersten Mal ärgerte er sich, dass er sich immer standhaft geweigert hatte, zumindest die grundlegenden Dinge im Internet kennen zu lernen. Yvonne hatte es ihm mehr als einmal angeboten und hatte schließlich aufgegeben.

Widerstrebend klappte er das Gerät auf. Glücklicherweise musste er kein Passwort eingeben. Das Aussehen von einem der Internetprogramme hatte er immer wieder aufgeschnappt. Er klickte mutig auf das Symbol. Glücklicherweise meldete sich das Internet sofort mit der Aufforderung den Begriff einzugeben, den er suchte. Gerade, als er „Privatdetektiv" eintippen wollte, erschien eine weitere Information auf dem Bildschirm, die ihm mitteilte, dass er sieben neue E-Mails empfangen hätte.

Nach einem kleinen Moment klickte er auf „Lesen". Was hatte er auch erwartet? Neben ein paar unwichtigen Mails für Yvonne war auch der Erpresser wieder dabei.

„Lieber MM. Ich will mal gar nicht erst den Anschein erwecken, als ob ich auf diesem Wege auch Yvonne begrüßen könnte. Im Moment weiß ich wohl wesentlich besser als du, wo sie sich befindet. Falls dich das interessiert, möchte ich dir miteilen, dass es ihr gut geht.

Dies ist aber nicht der Grund für diese Mail. Als ich zu meiner großen Freude festgestellt habe, dass du dich jetzt entgegen deiner bisherigen Geflogenheit tatsächlich mit einem echten Computer auseinandersetzt, konnte ich natürlich nicht anders, als dir eine Mail zu schicken.

Nun aber hinfort mit den kleinen Scherzen und Neckereien. Kommen wir zum wesentlichen Inhalt meiner Botschaft: Von den beiden netten Personen, die dich eben besucht haben, hast du ja bereits erfahren, dass es umfangreiche Bild- und Tondokumente von deinem Tun gibt. Weit mehr übrigens, wenn ich dir das mit einigem Stolz erklären darf, als die beiden Polizisten in der Hand haben. Einige dieser Dokumente sind mit einem solchen Weitblick gefertigt, dass sie dich ohne jeden Zweifel von dem Verdacht reinwaschen, einen gewissen Herren Triebel, der doch tatsächlich versucht hat, mich aufzuspüren, mit deiner Hände Tatkraft ins Jenseits befördert zu haben .

So weit so gut. Es gibt andere Dokumente, die, wenn ich sie nur hinreichend geschickt aus dem Kontext entferne, durchaus geeignet sind, den ein oder anderen durchschnittlich denkenden Menschen auf die Idee zu bringen, dass du ein Interesse gehabt haben könntest, den Tod von Triebel herbeizuführen. Wie wir als gesetzestreue Bürger alle wissen, ist nicht nur der, der die Tat ausübt, sondern auch der, der die Tat befoh-

len hat, im Sinne unserer Gesetze schuldig zu sprechen. Aber ich möchte gar nicht erst so weit gehen, dir Dinge in die Schuhe zu schieben, für die du nicht verantwortlich bist, wo es doch einen so reichlich sprudelnden Quell von Aktionen gibt, für die du die Verantwortung trägst und die zwar nicht unmittelbar in Morden mündeten, aber doch durchaus bestrafenswürdig sind.

Falls du dich fragst, ob ich gerade bluffe oder nicht, gebe ich dir den Hinweis, dass an Triebel ein vortrefflicher Bürokrat verloren gegangen ist. Eine von vielen Völkern der Welt hoch geschätzte Eigenschaft der Deutschen ist nun mal dieses korrekte Arbeiten und dieser Wahn, alles sauber zu dokumentieren… Nicht, dass ich glaube, jeder in diesem Land wäre so, aber viele Menschen auf der ganzen Welt glauben das. Und Triebel war einer von den aufrechten Bürokraten. Wenn man bedenkt wie viele Verbrecher schon überführt wurden, nur weil sie unbedingt auch noch alles dokumentieren mussten.

Aber ich schweife ab. Eigentlich wollte ich dir nur mitteilen, dass ich mein Versprechen, dich aus dem Mordfall Triebel herauszuholen, eingehalten habe. Ansonsten bleibt meine Forderung, dass du dich selber zu deinen Taten bekennen sollst, natürlich erhalten.

Schau morgen mal wieder nach Mails. Unser Spielchen geht weiter und es wird härter. Schließlich hast du die gute Fee, die das alles für dich organisiert hat, nicht mehr um dich. Heute gebe ich dir frei. Du willst sicherlich auch mal in deiner Firma nach dem Rechten sehen."

MM konnte nicht anders, als die Mail noch mehrere Male durchzulesen. Der Mann hatte ihn tatsächlich gelinkt. Bei dem Telefongespräch hatte er selber dem Erpresser tatsächlich nur eine Gegenleistung angeboten, falls er aus dem Mordverdacht im Fall „Triebel" herauskommen würde. Er hatte tatsächlich nicht daran gedacht, direkt den kompletten Stopp der Erpressung zu fordern.

Zwei Stunden später kam MM von seinen Einkäufen zurück. Er hängte alle Wände mit blickdichten Stoffbahnen ab und stellte im ganzen Haus Radios auf, die alle Gespräche, die er führen würde, mit permanenten Störgeräuschen überdecken würden. Das würde dem Erpresser erstmal genügend Probleme bereiten. Zumindest dann, wenn er im Haus Wanzen und kleine Kameras verborgen hatte. Und davon ging MM inzwischen aus.

Dienstag 24.5.

Yvonne wurde das Leben in dem kleinen Appartement immer langweiliger. Wenn sie es gemütlich angehen ließ, dann brauchte sie morgens vielleicht eine Stunde, um sich anzuziehen. Danach noch gemütlich frühstücken und das war es im Wesentlichen. In der Küche endete eine Art von Rohrpostleitung. Hier hatte sie bislang jeden Morgen frische Brötchen gefunden. Vermutlich würde sie hier auch bald frische Lebensmittel vorfinden.

Insofern ging es ihr dafür, dass sie Gefangene war, eigentlich ziemlich gut. Das Einzige, was sie vermisste, war, dass er endlich Kontakt zu ihr aufnehmen würde. Bis auf die Infozettel und die Brötchen hatte sie noch keine weiteren Zeichen von ihm bekommen. Sie war sich sicher, dass sich das sofort ändern würde, wenn sie z.B. eines der Kleider zerschneiden würde. Sie war sich allerdings auch sicher, dass das nicht gut für sie ausgehen würde. Nach wie vor hatte sie nicht vor, Gespräche mit den Wänden zu beginnen und darauf zu hoffen, dass er dies über die zweifellos installierten Wanzen hören würde. Sie konnte sich aber auch nicht vorstellen, dass dies die Art der Kontaktaufnahme war, die er gut heißen würde.

Andererseits war er in den Mails immer ziemlich kommunikativ. Weshalb jetzt nicht mehr? Vielleicht hatte er ja eines seiner Rätsel für sie installiert.

In den nächsten Stunden suchte sie systematisch alle Schränke und Zimmer nach verborgenen Hinweisen ab. Sie fühlte sich dabei zeitweise wie einer von den genialen Detektiven, die mit dem Hinweis, „Ich durchsuche die Wohnung. Ich weiß zwar nicht, was ich suche, aber in dem Moment, in dem ich es sehe, werde ich es wissen", voller coolem Tatendrang ihre Arbeit beginnen und diese natürlich auch schnell und erfolgreich beenden werden. Nur wollte sich bei ihr das Erfolgserlebnis nicht einstellen.

Tatsächlich gab es nicht besonders viel zu durchsuchen. In den Regalen standen viele Bücher. Sie schaute vorsichtshalber hinter jedes Buch, fand aber keine verborgenen Türen oder Fächer. Einige Schrankfächer waren mit Gesellschaftsspielen gefüllt. So wie bei den Büchern war hier auch nichts verborgen. Zumindest nichts Offensichtliches. Darüber hinaus gab es nichts. Alles, was einen normalen Haushalt ausmachte, also Fotoalben, Reservegeschirr, weggeräumte Winterklamotten, all die Kleinigkeiten, sich im Laufe eines Lebens so anhäufen und nicht weggeschmissen werden, fehlten in der Wohnung.

Schließlich gab sie fürs erste ihre Suche auf. Um sich abzulenken, beschloss sie zum ersten Mal, seit sie in der Wohnung eingesperrt war, den Fernseher einzuschalten. Statt irgendein zufällig gewähltes Programm zu zeigen, sprang eine kleine Comicfigur über den Bildschirm, die mit einer quietschigen Stimme verkündete, wie sehr sie sich freue, dass der hochverehrte Gast „Yvonne von MM-Stadt" sich die Ehre geben würde, sie die nichtsnutzige Quietschieeee zu besuchen. Danach hielt Quietschieeee ein Schild hoch, auf dem Yvonne aufgefordert wurde, den Fernseher entweder mit der Fernbedienung wieder auszuschalten oder auf die Rätselseite zu wechseln.

Auf der Rätselseite empfing Quietschieeee sie mit einer Nickelbrille auf der Nase und versuchte ihrer Stimme einen seriösen Klang zu verleihen.

„Schön, dass du dir die Zeit mit Rätseln vertreiben möchtest. Das erste Rätsel, das es zu lösen gilt, ist das Rätsel des Pincodes für die freie Programmwahl des Fernsehgerätes. Sobald du den Code gefunden hast, kannst du ihn einfach über die Fernbedienung eingeben. Ich werde geduldig warten.

Hier nun ein kleiner Hinweis:

Was du begehrst, ist verborgen in diesem Raum.

Die Ordnung der Schriften ist, man glaubt es kaum,
der Schlüssel zu den Zahlen,
und dem Ende der ersten Rätselqualen

Natürlich hoffe ich sehr, dass das Rätsel dir keine wirklichen Qualen bereitet, aber ich bin nur eine einfache Quietschieeee und deshalb ist mir auf Zahlen kein besserer Reim eingefallen."

Das also hatte der Entführer mit ihr vor. Sie sollte Rätsel lösen und er würde sie vermutlich dabei beobachten. Echt krank. Aber, was sollte sie sonst machen? Die Angst, dass er sie, in welcher Art auch immer bestrafen würde, wenn sie nicht kooperierte, war einfach zu groß. Sie wusste nichts über ihn und konnte demzufolge noch nicht einmal vorhersehen, was er machen würde und über welche Mittel er verfügte, seinen Willen durchzusetzen.

Also begab sie sich an die Lösung des Rätsels. Wenn die Aufgabenstellung nicht über tausend Ecken gedacht war, bedeutete „Raum" zunächst einmal einfach das Zimmer in dem sie sich jetzt befand. Mit „Schriften" dagegen konnte entweder die Bibel gemeint sein oder die Büchersammlung, die hier in den Regalen stand. Da die Rätsel, die sie für MM gelöst hatte immer durch Recherche gelöst werden konnten und in den Regalen keine Bibel enthalten war, entschied sie sich für die zweite Variante. Die Aufgabe war also, der Ordnung der Bücher in den Regalen dieses Raumes die Lösung zu entlocken. Falls ihr das nicht gelingen sollte, musste sie versuchen, den Hinweis selber schon als etwas Verschlüsseltes aufzufassen.

***

MM hatte den ganzen Morgen damit zugebracht, die alten Fälle zusammenzusuchen. Eine Arbeit, mit der Triebel vor dessen Ermordung begonnen hatte und, wie es schien, auch schon einen Erfolg erzielt hatte, den er MM vor seinem Tod noch mitteilen wollte. Für MM erschloss sich allerdings rein gar nichts aus den Fällen. Es war einfach nur eine Anhäufung von unfähigen Geschäftsmännern, die nur darauf gewartet hatten, von einem wie ihm über den Tisch gezogen zu werden. Wie konnte jemand in der Lage sein, daraus irgendwelche Schlussfolgerung zu ziehen?

Immer wieder ging ihm die Mail, die er am Morgen gelesen hatte durch den Kopf. Sie war so ganz anders als er erwartet hatte. Der Erpresser schien wirklich wesentlich mehr Möglichkeiten zu haben, als MM sich bislang vorstellen konnte.

„Lieber MM, schön zu sehen, dass du dich in der Lage siehst auch komplizierte Denkprozesse auszuführen. Das Abhängen der Wohnung mit Stoffen und die permanente Beschallung: Mein Respekt. Ich gebe allerdings zu bedenken, dass du dich dadurch auch selber in eine Situation ständiger Anspannung versetzt. Diese wiederum hat, zumindest nach meiner festen Auffassung zur Folge, dass du nicht in der Lage sein wirst mit dem Vollbesitz deiner geistigen Kapazität gegen mich zu kämpfen. In aller Bescheidenheit glaube ich aber behaupten zu können, dass dies das mindeste ist, was zu deiner Verfügung stehen muss, wenn du unser kleines Duell siegreich beenden willst. Nun denn.

Wenn ich schon das Wort „Duell" erwähne. Nach wie vor hast du nicht die freie Wahl der Waffen oder um es präziser zu formulieren: Wenn du Waffen wählst, die mir missfallen, behalte ich mir das Recht vor, diese aus dem Spiel zu entfernen. Ich will dich natürlich nicht langweilen, aber Privatdetektive gehören zu den verbotenen Waffen. Wobei diese Spezies von Mensch dir inzwischen ausgegangen sein dürften. Zumindest nach meinen Recherchen.

Kommen wir zu deiner nächsten Aufgabe, die ich dir gar nicht erst als eines der kleinen von mir so geliebten Rätsel aufgeben will, da deine begnadete Rätsellöserin ja nicht mehr anwesend ist.

Du darfst von jetzt an bis einschließlich Donnerstag das Haus nicht verlassen, keinen Besuch empfangen und auch keine Kommunikation über das Telefon betreiben. Dies bedeutet auch, dass du das Telefon, so es denn klingeln sollte, gar nicht erst abheben darfst. Wo wir schon beim Klingeln sind: Wenn es an der Türe klingelt, machst du einfach nicht auf.

Ich denke, du hast die Aufgabenstellung erfasst?

Im Wunsch, dass du einige beschauliche Tage der inneren Einkehr vor dir hast, verbleibe ich mit freundlichen Grüßen und der Zusicherung, dass ich mich am Freitag wieder melden werde"

Je öfter er sich die Mail durchlas, desto mehr geriet er in hilflosen Zorn. MM musste sich immer wieder eingestehen, dass er nicht den geringsten Ansatzpunkt fand, um an den Erpresser heranzukommen. Der Mann hatte ohne jegliche Skrupel zwei Menschen umgebracht und er hatte, wie er in der Mail selber zugab, sein komplettes Haus verwanzt und verkabelt. MM konnte sich noch nicht einmal sicher sein, ob er unbeobachtet aufs Klo gehen konnte. Das Einzige, was ihm sofort klar war, war dass er sicherlich nicht bis Donnerstag 24Uhr in seinem Haus sitzen würde. Die einzige Chance sich zu wehren, bestand darin raus zu gehen und unbeobachtet seine Fäden zu spinnen. Nachdem er schon den ganzen Morgen mit alten Akten verplempert hatte, würde genau das seine nächste Aktion sein. Er musste allerdings auf den Schutz der Nacht warten, da die Ausgänge seines Hauses bei Tag einfach zu leicht zu überwachen waren.

Er wünschte sich in einer Stadt wie Oppenheim zu wohnen, wo im Bereich der Altstadt ein sehr umfangreiches System von unterirdischen Gängen bestand. Dort hätte er problemlos untertauchen können um dann durch irgendeine Kneipe, weit weg von seinem Wohnhaus wieder aufzutauchen.

***

Yvonne konnte keine Muster in der Anordnung der Bücher erkennen. Nachdem ihr die Aufgabenstellung klar geworden war, hatte sie vor ihrem geistigen Auge erstmal drei Kreuze gemacht und sich bei sich selbst dafür bedankt, dass sie bei ihrer Suche am Morgen jedes Buch wieder an seinen Platz zurückgestellt hatte und nicht einfach alle auf einem Haufen gestapelt hatte. Es hatte doch immer wieder Vorteile, wenn man einen gut ausgeprägten Sinn für Ordnung hatte. Sie hatte sogar überlegt, ob sie die Bücher nicht besser sortieren sollte. Noch nicht einmal die Bücher vom gleichen Verfasser standen beisammen. Glücklicherweise hatte sie sich aber zügeln können. Schließlich wollte sie ja nicht diesem abgedrehten Fernsehdetektiv nacheifern, der überall immer nur alles in seine Ordnung brachte und darüber sogar manchmal den eigentlichen Fall zu vergessen schien.

Yvonne schaute weiterhin die Regale an. Wie konnte es eigentlich dazu kommen, dass jemand Bücher so chaotisch einräumte? Hatte nicht jeder irgendwie eine Ordnung? Nach Größe, nach Themen, nach Autoren, irgendwas. Vielleicht nach dem Kaufdatum?

Das kleine Gedicht sagte ganz deutlich, dass die Ordnung der Bücher der Schlüssel war. Also konnte die Ordnung oder besser Reihenfolge nicht zufällig gefunden sein. Was war es also? Sie ging die Bücher oben links angefangen der Reihe nach durch.

Schon die beiden ersten Bücher passten überhaupt nicht zusammen „Sherlock Holmes" und die „Gespenster" von Ibsen. Nun gut, je nach Blickwinkel hatte Sherlock Holmes auch etwas Gespenstisches. Aber Ibsen war doch ein großer Literat von einem ganz anderen Kaliber als Doyle. Zumindest nahm sie das an, denn sie hatte noch kein einziges Wort von Ibsen gelesen. Der Buchdeckel gab ihr die Information, dass es sich um ein Familiendrama in drei Akten handelte. Das nächste Buch war der „Name der Rose". Das kannte sie. Immerhin sollte der Autor eigentlich auch eher ein Wissenschaftler sein, wenn sie das richtig in Erinnerung hatte. Insofern passte er vom Anspruch vielleicht eher zu Ibsen. Trotzdem konnte Yvonne nicht erkennen, ob sie beim Lösen des Rätsels auf dem richtigen Pfad war.

Das nächste Buch war von Hakan Nesser. Gut. Also wieder ein Krimi. Davon hatte sie bereits einige gelesen. Direkt daneben aber wieder jemand, von dem sie noch nie gehört hatte. Alfred H. Unger.

Wenn sie wenigstens Internet hätte, dann hätte sie über die einzelnen Autoren recherchieren können. Hatte sie aber nicht. Demzufolge brauchte sie das auch nicht zum Lösen, was sie sich eigentlich eben schon klar gemacht hatte. Es war unbedingt notwendig, dass sie ihre Gedanken unter Kontrolle hielt. Wenn sie jetzt schon nach ein paar Büchern abschweifte, konnte sie niemals ihr Ziel erreichen.

Müller, Dramatiker. Da hatte sie nie irgendeinen Draht zu gefunden obwohl der wohl sehr gut gewesen sein musste. Naja, Krimis waren einfach kurzweiliger. Wie zum Beispiel der nächste: Deon Meyer, Krimis aus Südafrika. Dann wieder etwas Ernstes: Horst Ehmke, der Politiker im Ruhestand. Sicherlich irgendetwas Staatstragendes. Sie zog das Buch heraus und stellte zu ihrer Überraschung fest, dass sie einen Thriller in der Hand hielt. Am Anfang stand der Mord an einer Prostituierten. Respekt. Letztlich müssen sich wohl auch solche Leute einfach mal aus Spaß an der Sache, die Seele mit einem Thema freischreiben, das nicht so direkt mit dem zurückliegenden Berufsleben zu tun hat.

Das nächste Buch erkannte sie schon am Buchrücken. Harry Potter hatte ebenfalls seinen Weg in die Bibliothek gefunden, gefolgt von zwei Krimiautoren Asa Larsson und Adler Olsen.

Wo sollte das alles noch hinführen?

***

Endlich war die Nacht hereingebrochen. MM öffnete die Kellertüre. Es war nichts zu hören. Er schlich vorsichtig die Treppe hoch und horchte wieder in die Nacht. Bevor er den Garten betrat, blieb er noch mal stehen und wartete darauf, dass sich seine Augen an die Dunkelheit gewöhnten. Er gab sich innerlich eine Ohrfeige, dass er das nicht schon im Keller erledigt hatte. Einfach ein paar Minuten ohne Licht und seine Augen wären jetzt bereits auf ihrer maximalen Leistungsstärke. Eine gefühlte Ewigkeit später konnte er endlich die Umrisse der Büsche und Bäume erkennen.

Der schrille Alarm ging ihm durch Mark und Bein. Im ersten Moment glaubte er an die Alarmanlage der Nachbarn. Erst als sich sein Herzschlag wieder beruhigt hatte, merkte er, dass der Lärm aus seinem eigenen Haus kam. Die Alarmanlage hatte er definitiv ausgeschaltet. Trotzdem gab sein Haus Alarm. Wenn er jetzt weglief, würde er bei seiner momentanen Pechsträhne sicherlich noch als Einbrecher festgenommen. Ihm blieb nichts übrig, als die Treppe wieder herab zu laufen. Während er versuchte, sich mit Oberarm und Hand des linken Armes beide Ohren zuzuhalten, suchte er mit der anderen Hand hektisch nach dem Schlüssel, den er irgendwo in seinen Taschen haben musste. In dem Moment, in dem er die Türe aufgerissen hatte und sich auf die Suche nach der Quelle des Alarms machen wollte, war der Spuk vorbei.

Seine Ohren sendeten ihm zwar immer noch einen Dauerton und sein Kopf schien zu brummen, aber der Alarm war verstummt. Nach kurzer Suche fand er einen kleinen Draht, der mit der Türe verbunden war. Scheinbar löste der über einen kleinen Magnetschalter den Alarm aus. Er musste jetzt nur noch den Lautsprecher finden und zerstören, dann könnte er endgültig das Haus verlassen.

Bevor er aber suchen konnte, klingelte es bereits an der Türe. Als er in den Flur trat, nahm er im Augenwinkel eine Schatten war, der sich schnell auf ihn zu bewegte. Er wurde gepackt und an die Wand gedrückt. Ein zweiter Mann hielt ihm einen Dienstausweis vor die Nase „Domus Secur. Wir wurden über die unautorisierte Öffnung einer Türe in diesem Haus informiert. Können Sie sich ausweisen?"

„Ich kann höchstens Euch ausweisen. Und zwar aus Deutschland in das Land aus dem ihr kommt!"

Als Antwort wurden seine Arme, die hinter seinem Rücken verschränkt gehalten wurden, noch ein Stück höher geschoben, so dass er unwillkürlich ins Hohlkreuz gehen musste.

„Auch wenn Ihnen das nicht gefällt, wir sind deutsche Staatsbürger und wir werden Sie jetzt an die deutschen Behörden übergeben. Bis zu deren Eintreffen sind wir dazu ermächtigt, Sie festzuhalten." In das an seiner Schulter angebrachte Gerät gab er die Aufforderung „Team B. Ruft bitte die Polizei dazu. Wir haben einen Einbrecher, der sich nicht ausweisen kann. Zugang über die Kellertüre."

„Jetzt bleiben Sie mal ruhig", versuchte MM die beiden zu beschwichtigen. „Das eben war mir nur so rausgerutscht. Wenn Sie so freundlich wären, in meine linke Gesäßtasche zu greifen. Dort finden Sie meinen Ausweis. Ich weiß zwar nicht, wer Sie angestellt hat, aber ich war es sicherlich nicht. Trotzdem ist dies mein Haus und ich habe demzufolge das Recht hier zu sein."

Der Wortführer nahm den Ausweis in die Hand und verglich das Bild mit MM. „Viel Ähnlichkeit erkenne ich da nicht. Aber ich bin bereit Ihnen eine Chance zu geben. Beschreiben Sie das Lichtbild!"

„Ich weiß. Ich habe da lange Haare und nicht so viele Löcher in den Ohren"

„Und die restlichen Daten? Haben Sie die auch ordentlich auswendig gelernt?"

MM nannte ihm seinen Namen, Geburtsort und die anderen Angaben, die seiner Meinung nach auf einem Personalausweis stehen mussten.

„Das stimmt so weit. Und Sie bleiben dabei, dass Sie Herr Müller sind?"

Er merkte bereits, wie sein Blut wieder in Wallung geriet. „Natürlich bleibe ich dabei und für Sie ist es langsam an der Zeit, mich loszulassen." Zur Bekräftigung ruckelte er mit den Armen, was aber den festen Griff des zweiten Mannes in keiner Weise beeindruckte.

„Können Sie mir bitte erklären, wie es zu der Alarmauslösung kam?"

„Ich habe keine Ahnung. Ich wollte durch den Keller in den Garten und da ging das Ding schon los."

„Haben Sie die Alarmanlage versehentlich nicht ausgeschaltet?"

„Verdammt noch mal! Ich habe das Scheißding ausgeschaltet. Ich habe keine Ahnung, wie ein Alarm losgehen konnte! Außerdem meldet sich meine Alarmanlage ganz anders."

Je länger das Schweigen auf diese Antwort wurde, umso klarer wurde MM, dass er sich heftig verquasselt hatte.

„Sie behaupten also hier zu wohnen und kennen trotzdem die Alarmanlage nicht, die ihre eigene Kellertüre sichert? Habe ich das richtig verstanden?"

MM zog es vor, keine Antwort zu geben.

„Ich will Ihnen sagen, was hier abgelaufen ist Herr Müller. Sie stecken bis zum Hals in ernsthaften Problemen und wollten sich durch Flucht aus Ihrem Hausarrest verabschieden. Wir sind jedoch dafür eingestellt worden genau diesen Hausarrest diskret, aber wenn es Not tut, auch sehr durchsetzungsfähig zu überwachen. Dies haben wir jetzt gerade gemacht. Unser Dienst endet am Donnerstag genau um 24 Uhr und seien Sie versichert, dass wir diesen Dienst gut erfüllen werden, denn ich darf Ihnen mitteilen, dass wir für jeden dokumentierten Fluchtversuch eine zusätzliche Gratifikation bekommen."

Ohne lange nachzudenken, verfiel MM in sein lange geübtes, erfolgreiches Verhaltensmuster „Was auch immer er bezahlt, ich verdopple."

„Für jeden dokumentierten Bestechungsversuch bekommen wir ebenfalls eine Gratifikation. Ich habe im Namen des Teams zu danken."

MM hätte am liebsten mit der Stirn gegen die Wand geschlagen, konnte sich aber gerade noch beherrschen.

„Ich merke, Sie haben verstanden. Passen sie genau auf Herr Müller. Mein Kollege wird Sie jetzt loslassen. Danach werden wir in aller Ruhe das Haus verlassen und wieder unsere Posten beziehen."

MM nickte unmerklich mit dem Kopf.

„Ich wünsche noch eine angenehme Nachtruhe."

Ohne ihn aus den Augen zu lassen zogen sich die beiden zur Türe zurück und verließen das Haus.

Mittwoch 25.5.

Mitten in der Nacht schreckte Yvonne aus ihrem Schlaf. „Die Ordnung der Schriften!" Das war ganz einfach die Reihenfolge ohne irgendwelche Hintergedanken. Sie lief zum Regal und notierte sich die Titel der ersten Bücher und die Namen der Autoren. Am Ende hatte sie eine Liste von 15 Titeln und Autoren zusammen. Alles, was auf dem oberen Regal stand.

Erst versuchte sie es mit den Anfangsbuchstaben der Titel…..

Danach schrieb sie die Anfangsbuchstaben der Autoren hintereinander und erhielt:

„DIENUMMERLAUTET"

Sie schaute kurz auf die Buchstaben, und riss jubelnd die Arme in die Luft „Die Nummer lautet" Das konnte eigentlich kein Zufall sein. Sie fügte die Namen der nächsten Schriftsteller an und bekam schließlich „DIENUMMERLAUTETEINSNULLNULLNEUN". Der Code lautete also 1009. Das Rätsel war gelöst.

Wieder ins Bett gehen kam im Moment nicht in Frage. Dazu war sie viel zu wach. Also setzte sie sich wieder zu Quietschieeee und gab die Nummer ein.

Quietschieeee grinste über das ganze Gesicht und applaudierte „Gut gemacht Yvonne. Du hast gerade den ersten Level erreicht. Du darfst jetzt soviel Fernsehen, wie du möchtest. Wenn du aber noch einmal Lust auf ein kleines Rätsel haben solltest, dann drücke einfach beim nächsten Mal den Pincode von gerade Plus 1. Verstanden?" Quietschieeee machte eine Pause und schaute aufmerksam in die Kamera. „Wenn nicht, ist das auch nicht schlimm, da ich dir das jedes Mal sagen werde, wenn du den Fernseher einschaltest. Nur auf das Applaudieren werde ich natürlich verzichten. Ich möchte ja nicht langweilig werden."

Damit verschwand sie und gab den Blick auf die Auswahl der Fernsehkanäle frei. Mit der Ansage von Quietschieeee war die ganze Spannung von Yvonne gefallen. Die Müdigkeit, die sich angestaut hatte, machte sich breit und sie ging mit einem zufriedenen Gefühl ins Bett zurück. Eigentlich seltsam, konnte sie gerade noch denken, ich bin hier Gefangene und trotzdem zufrieden.

***

Davon konnte MM nur träumen. Er konnte noch immer nicht fassen, dass er sich zum Gefangenen im eigenen Haus hatte machen lassen. Es musste irgendeine Möglichkeit geben, das Haus zu verlassen, ohne dass die Wächter ihn daran hindern konnten. Aber wie? Mit körperlicher Gewalt garantiert nicht. Diese Muskelpakete würden ihn am ausgestreckten Arm wieder in sein Haus zurücktragen und ihm verkünden, wieviel Sondergratifikation er ihnen gerade wieder beschert hatte. Über Telefon irgendjemanden ordern ging auch nicht, da sie garantiert schon lange alle seine Telefonate abhörten. Das Gleiche galt sicherlich auch für das Handy, das er von Yvonne bekommen hatte. Trotzdem musste es einen Weg geben. Schließlich hatte es in seinem Leben bisher immer einen Weg gegeben.

Den Rest der Nacht verbrachte er mit rastlosen Wanderungen durch sein Haus. Er ahnte zwar, dass er über irgendwelche Sensoren oder versteckte Kameras beobachtet wurde und dass er jetzt zeigte, dass er genau in dem Zustand war, in dem ihn der Erpresser vermutlich sehen wollte, aber er konnte nicht anders. Nach einigen Stunden hatte er sich zumindest so weit beruhigt, dass er sich in einen der Sessel setzten konnte.

Das Schrillen einer Türklingel riss ihn am Morgen aus dem Schlaf. Er hatte erst Schwierigkeiten sich zu orientieren aber dann kam die Erinnerung an die vergangene Nacht schneller über ihn, als er sich das gewünscht hatte. Wieder schrillte die Klingel. Es war nicht seine Türklingel und kam auch nicht aus der Richtung. Er ging dem Geräusch nach und fand ein Handy im Arbeitszimmer.

„Ja?"

„Guten Morgen MM." Wieder diese widerliche synthetische Stimme „Ich möchte dich nicht ärgern, indem ich dich frage, ob du eine angenehme Nacht hinter dir hast. Ich weiß, dass sie nicht angenehm war und bekenne gerne, dass mich dies mit einem gewissen Maß an Freude erfüllt.

Meine Freunde haben dich hoffentlich davon überzeugen können, dass sie ihren Job verantwortungsvoll ausfüllen und bis morgen 24Uhr über dich wachen werden. Falls du dich irgendwelchen Hoffnungen hingibst, dass du dann wieder Herr über dein Leben bist, möchte ich dich schon jetzt darauf hinweisen, dass ich noch viele kleine Spielchen für dich arrangieren kann. Das Ende wird erst mit deiner Selbstanzeige erreicht sein. Vielleicht auch vorzeitig damit, dass die Verbindung zu Karlsson erkannt wird. Ist schon manchmal seltsam, mit welchen bürokratischen Hürden die Polizei sich das Leben schwer macht. Nur weil da schon ein anderes Bundesland beginnt."

MM hätte das Handy am liebsten mit aller Kraft gegen die Wand gefeuert, konnte sich aber mit aller Mühe noch zusammenreißen.

„Was bist du denn so schweigsam? Gut, dann erkläre ich dir noch eben, dass ich dich natürlich nicht verhungern lassen möchte. Wenn du also zum Einkaufen das Haus verlassen möchtest, dann geh einfach in die Garage und winke in die Kamera über dem Garagentor. Ich wünsche einen angenehmen Tag."

Als MM sich den Frühstückstisch decken wollte stellte er fest, dass er wirklich nicht mehr viel Vorräte hatte. Er war immer der festen Überzeugung gewesen, dass in der Tiefkühltruhe massenweise Pizzen und dergleichen lagen, dass in den Küchenschubladen Konserven standen und dass ein Vorrat an Nudeln und Reis im Haus war. Aber so sehr er auch suchte, er konnte nichts finden. Yvonne hatte offenbar immer nur von Tag zu Tag eingekauft. Er bekam gerade noch genug zum Frühstücken zusammen. Als er an den vergangenen Tag dachte, fiel ihm auf, dass er völlig vergessen hatte zu essen. Dies bedeutete, dass ihm der Druck unter dem er stand viel mehr ausmachte, als er sich eingestehen wollte. Mit Ende des Frühstücks verschwand das letzte Nahrungsmittel in seinem Magen. Von jetzt an war also Hungern angesagt. Oder… Er legte die Hände an die Schläfen um sich besser konzentrieren zu können. Was, wenn er bei seinem „Hafturlaub" eine Möglichkeit zur Flucht fand. Die Wächter konnten ihn schlecht in der Öffentlichkeit überwältigen und wegschleppen. Das Risiko, dass jemand eingreifen würde und damit schwer zu steuernde Komplikationen auslösen würde, war viel zu groß.

Die folgende Stunde versuchte er alle möglichen Gefahren und Probleme abzuwägen, kam dann aber zu dem Schluss, dass er, solange er den Fluchtversuch nur dann ausüben würde, wenn er eine wirklich gute Chance sah, kein Risiko eingehen würde. Schlimmstenfalls würde er mit einer Tasche voller Lebensmittel wieder zurückkommen. Also: Einfach mal machen.

***

Yvonne hatte geschlafen, bis sie von der Sonne, die auf ihr Bett schien, geweckt wurde. Nachdem sie die übliche Ankleideprozedur hinter sich gebracht hatte, setzte sie sich gemütlich an den Tisch und las während des Frühstücks die Morgenzeitung, die sie, wie immer in der Rohrpost vorgefunden hatte. Danach setzte sie sich so gemütlich, wie das mit dem Korsett ging, aufs Sofa und ließ sich von Quietschieeee die nächste Aufgabe stellen.

„Schön, dass du die nächste Herausforderung suchst. Ich möchte dir als Erstes versichern, dass dir die Belohnung viel Wert sein wird, denn du bekommst diesmal frische Lebensmittel. Solltest du die Aufgabe nicht lösen können, aber trotzdem frische Lebensmittel brauchen, dann kannst du mir das jederzeit mitteilen, indem du diesen Pincode eingibst." Sie zeigte auf die Bildschirmecke, in der ein vierstelliger Code zu lesen war. „Ich muss dich allerdings warnen, da dein Leben damit ein wenig unangenehmer werden wird." Mit einer wegwerfenden Handbewegung fügte sie hinzu „Was rede ich? Du schaffst die Aufgabe sicherlich mit links"

Mit gewichtiger Miene ging sie ein Stückchen zur Seite, so dass ihr die Kamera folgen musste. Nach ein paar Schritten blieb sie vor einer Leinwand stehen. Sie schaute kurz bedeutungsvoll in die Kamera, nahm dann eine Fernbedienung in die Hand und ließ ein Bild auf der Leinwand erscheinen. Yvonne konnte eine reichlich verzierte Vase erkennen.

„Ornamente, liebe Yvonne" die quietschende Stimme stand in so starkem Kontrast zu dem ernsten Gesicht, das Quietschieeee zog, dass Yvonne unwillkürlich lachen musste. „sind eigentlich keine Bilder, so wie wir sie von großen Künstlern der Zeitgeschichte kennen. Obwohl es mit mehr oder weniger viel Liebe aufgetragene Farben sind und damit eigentlich Bilder, sehen wir sie nicht als Bilder an."

Quietschieeee machte eine Pause und schaute mit krauser Stirn grübeln nach oben.

„Ich muss aufpassen, dass ich nicht zu sehr ins Detail gehe, sonst verstelle ich dir, ohne es zu wollen, den Blick auf die eigentliche Botschaft, die ich dir geben möchte." Nach einer kleinen Pause fuhr sie fort. „Ornamente sind sehr besondere Bilder. Sie wollen keine Geschichte erzählen. Sie wollen einfach nur da sein und eine kleine oder auch große Fläche ein bisschen schöner machen. So, wie der Klavierspieler im edlen Restaurant niemanden mit seiner Kunst unterhalten möchte, sondern einfach nur die Hintergrundstille ein wenig auflockern möchte." Sie schaute nochmals auf das Bild und nickte zustimmend, als ob sie sich für ihre Ausführungen loben wollte.

Das nächste Bild zeigte ein römisches Mosaik. „Hier haben wir die klassische Synthese zwischen Bild und Ornamentik. Ich bin fast gewogen dies als Metamorphose zu bezeichnen. Wie du siehst, ist das Bild von einem der klassischen einfallslosen römischen Ornamente umrahmt. Eine Linie, die in regelmäßigen Abständen um 90° abknickt und so immer fort fährt, bis sie wieder an ihrem Anfang angekommen ist. Im Inneren aber wird eine Tischgesellschaft dargestellt. Was mich dazu bringt, dieses Bild in den Bereich der Metamorphose zu rücken, ist der Bereich über dem Kopf des Hausherren." Sie wies mit dem Lichtzeiger auf den entsprechenden Bereich. „Hier kannst du deutlich erkennen, wie sich das Ornament verbreitet und langsam den Wandel zu einem Rebstock mit saftigen Trauben vollzieht."

Quietschieeee schaute sich das Bild eine zeitlang mit aufrichtigem Respekt an und murmelte immer wieder: „wunderbar"

Die folgenden Bilder zeigten Ornamente aus allen möglichen Ländern und Epochen. Nach einer halben Stunde beendete Quietschieeee ihren Vortrag und wendete sich wieder Yvonne zu. „Nun zu deiner Aufgabe: Finde in den Ornamenten die vier Ziffern des nächsten Codes. Um die Ziffern in die richtige Reihenfolge zu bringen, ordne sie nach ihrer Länge mit der kürzesten beginnend."

Sie verbeugte sich galant und verschwand, nachdem sie sich verabschiedet und Yvonne viel Glück gewünscht hatte.

Wenn Yvonne jetzt in einen Spiegel geschaut hätte, wäre vermutlich nur ein großes Fragezeichen zu sehen gewesen. Sie hatte nicht damit gerechnet, dass sie sich die ganzen Ornamente merken musste, um dann irgendwelche darin verborgenen Ornamente zu suchen. Sie wählte erneut das Menu, um die Aufgabe nochmals zu sehen.

„Hallo Yvonne. Ich vermute mal, du willst die ganzen Ornamente noch mal sehen. Das kannst du gerne so oft tun, wie du möchtest, ich will aber so fair sein, dich darauf hinzuweisen, dass du dich damit der Lösung der Aufgabe nicht nähern wirst."

Danach verschwand Quietschieeee vom Bildschirm und machte der Diashow Platz.

***

Kaum hatte er in die Kamera gewunken, als sich aus einem kleinen Lautsprecher schon eine Stimme meldete. „Sie wünschen?"

Da MM nicht wusste, wo das Mikrophon stand in das er reden musste, schaute er weiter in die Kamera. „Ich brauche etwas zu essen!"

„Das haben wir erwartet. Wollen Sie selber einkaufen oder ziehen sie es vor uns eine Einkaufsliste zu geben?"

So hatte sich MM den Start seiner Flucht nicht vorgestellt. „Natürlich gehe ich selber einkaufen! Woher soll ich denn wissen ob Sie mir nicht irgendeine verseuchte Ware unterjubeln und dann wieder stolz Sonderpunkte von Ihrem durchgeknallten Auftraggeber bekommen?"

Als nach einer kleinen Pause keine Antwort kam merkte MM, wie in ihm schon wieder die Wut über seine Hilflosigkeit hochkam.

„Jetzt machen Sie schon diese verfluchte Türe auf und lassen Sie mich hier raus!"

Zur Bekräftigung rüttelte er an der Garagentür, die in den Garten führte.

„Wenn Sie selber einkaufen wollen", meldete sich die Stimme, „besteht natürlich die Möglichkeit, dass wir Sie durch irgendeinen dummen Zufall aus den Augen verlieren. Das könnte Sie dann dazu verleiten, das Weite zu suchen. Auch wenn ich dafür Verständnis hätte. Es ist nicht im Sinne unseres Auftraggebers. Wir müssen also Vorkehrungen treffen, die es uns ermöglichen, Sie jederzeit wiederzufinden. Deshalb frage ich Sie nochmals, ob Sie uns nicht einfach eine Einkaufsliste durchgeben wollen."

„Nein, in keinem Fall. Ich werde selber einkaufen oder ich verhungere! Also lassen Sie mich jetzt endlich hier heraus!"

„Ihre Festsetzung ist nur bis morgen Abend 24 Uhr befohlen. Es ist Ihnen nicht möglich in so kurzer Zeit zu verhungern. Alles, was Sie in dieser Zeit erreichen können, ist das Gefühl von Hunger zu spüren. Mehr geht beim besten Willen nicht. Das sollte ein gebildeter Mann wie Sie eigentlich wissen."

„Stecken Sie sich Ihre Belehrungen sonst wo hin! Ich gehe jetzt einkaufen und Sie hören mit diesen dämlichen Diskussionen auf!"

„Okay. Treten sie bitte von der Türe zurück. Es werden jetzt zwei Kollegen hereinkommen und Ihnen erklären, wie der Einkaufsbummel abläuft."

„Warum nicht gleich so?" MM trat ein paar Schritte zurück. Durch die Türe kamen, wie er nicht anders erwartet hatte, zwei muskelbepackte Schränke. Wenigstens hatten sie sich nicht in Businessanzüge gequetscht. Das sah in seinen Augen immer ziemlich lächerlich aus, weil sich tumbe Kampfmaschinen niemals einbilden sollten, dass sie nur durch Kleidung intelligenter würden. Einer der beiden hielt ihm einen eng bedruckten Zettel entgegen.

„Lesen Sie das bitte durch und unterschreiben Sie an dem Kreuz."

Damit trat er einen Schritt zurück und ging in Wartestellung. MM hatte den Eindruck, dass sein Gegenüber darauf eingerichtet war, in dieser Stellung beliebig lange zu verharren. Der Zettel beinhaltete die allgemeinen Geschäftsbedingungen einer Personenüberwachungsfirma, deren Namen er noch nie gehört hatte. Nachdem er die ersten Paragraphen gelesen hatte, beschloss er, den Rest zu überspringen. Letztlich stand doch immer wieder das Gleiche in diesen Vertragstexten. Juristische Spitzfindigkeiten. Er hatte damit schon einige seiner Opfer über den Tisch gezogen. Hier aber handelte es sich um die Formulierungen, die man sich in rauen Mengen im allen möglichen Verträgen anschauen konnte. Eindeutig keine Gefahr für ihn. Also unterzeichnete er und reichte das Papier an den Muskelprotz zurück. Im gleichen Moment schnappte etwas um seinen Hals. MM hatte nicht auf den zweiten Mann geachtet, der sich unbemerkt hinter seinem Rücken genähert hatte. Als er sich an den Hals fasste, fühlte er ein breites glattes Band. „Was ist das denn Ihr dämlichen Idioten!"

„Sie haben eben zugestimmt durch eine elektronische Halsfessel überwacht zu werden. Mein Kollege hat Ihnen das Teil gerade umgelegt."

Mit der Andeutung eines Lächelns ließ er die Worte bei MM sacken.

„Sie werden natürlich nicht in der Lage sein, dieses Band ohne die Verwendung des dafür geeigneten Schlüssels zu öffnen. Ich kann Ihnen eigentlich auch nur empfehlen, dies nicht zu versuchen, da Sie sich ernsthaften Schaden zufügen könnten."

MM tastete das Band ab. Er konnte nur feststellen, dass es sich um eine glatte Oberfläche handelte. Ein Schloss war nicht zu finden. Er rannte in die Wohnung und schaute in den Spiegel. Er trug ein breites chromglänzendes Halsband. Zurück in der Garage stellte er fest, dass das Garagentor geöffnet war. Seine beiden Bewacher standen in abwartender Haltung davor.

„Ihr perversen Idioten glaubt doch wohl nicht, dass ich in diesem Aufzug in die Stadt fahre und mich in den Läden zeige!"

„Die Entscheidung, ob sie jetzt die gewünschten Lebensmittel kaufen oder nicht liegt alleine bei Ihnen. Allerdings möchte ich das Missverständnis mit dem „Fahren" gerne aufklären. Selbstverständlich steht Ihnen kein Auto oder dergleichen zur Verfügung. Sie werden zu Fuß gehen müssen."

MM konnte kaum ertragen, mit welcher Selbstverständlichkeit sein Gegenüber sich anmaßte darüber zu entscheiden, was er wie zu machen hatte. „Pass mal genau auf. Mich interessiert es überhaupt nicht, was dein Auftraggeber meint." MM zeigte auf seinen Wagen. „Ich werde jetzt mit diesem Auto in die Stadt fahren und dort für meinen Mageninhalt sorgen und ihr werdet mich nicht davon abbringen. Habe ich mich klar ausgedrückt?"

Statt einer Antwort traten die beiden einen Schritt zur Seite und bedeutetem ihm, mit dem Auto aus der Garage zu fahren. Er hätte diese Idioten von Anfang an so behandeln sollen. Solche Typen brauchen immer einen, der ihnen klare Befehle gibt. Dann sind die glücklich. Warum hatte er sich bloß so in die Ecke drängen lassen? Als er vor dem Lenkrad seines Luxusautos saß, kamen ungeahnte Hochgefühle in ihm auf. Motor starten, langsam aus der Garage gleiten und die Straße vor sich.

Er drückte auf den „Start"-Knopf und wurde jäh aus seinen Träumen gerissen. Die Wegfahrsperre war aktiviert. Das Display informierte ihn, dass ein Schlüssel erkannt wurde, der aber die falsche Codierung aufweist. Ein nochmaliger Startversuch würde unvermeidlich zu einem Alarm führen.

MM starrte ungläubig auf die Anzeige. Es konnte doch nicht sein, dass diese Typen so konsequent seinen gesamten Lebensinhalt zerstören konnten. Wie ging das überhaupt? Man kann doch nicht einfach so dem System eine neue Schlüsselcodierung beibringen. Er zog seinen Autoschlüssel aus der Hosentasche. Er sah so aus, wie immer. Vor allem der kleine Kratzer war noch da. Demzufolge war sein Schlüssel nicht ausgewechselt. Dieser Irre musste es irgendwie geschafft haben, die komplette Alarmanlage seines Autos neu zu programmieren oder wie auch immer man das ausdrückt. MM hatte keinen blassen Schimmer davon.

Ein Blick in den Rückspiegel zeigte ihm, dass die beiden noch immer an der Einfahrt standen und geduldig auf ihn warteten. Wenn die wenigstens hämisch gelacht hätten. Das wäre für MM leichter wegzustecken gewesen als dieses furchtbar kontrollierte Warten und dieses edle, professionelle Getue.

Er musste gute Miene zum bösen Spiel machen. Er stieg aus und ging zu den beiden Muskelpaketen.

***

Beatrice hatte erst vor einer Stunde Posten bezogen. Sie war später dran, als geplant, da sie scheinbar nicht die einzige war, die MMs Haus beobachten wollte. Der dicke VW-Bus war ihr sofort ins Auge gesprungen. Dunkle, fast schwarze Scheiben bei einem Fahrzeug, das nicht in einer der vielen riesigen Einfahrten stand, waren in solch einem edlen Wohngebiet einfach zu auffällig. Da sie nicht wusste, ob sie bereits gesehen worden war, hatte sie ihren Weg gemütlich fortgesetzt und sich dann in einem, wie sie hoffte, ausreichend großen Radius von hinten dem Haus genähert. Dort fand sie einen kleinen Weg, der an MMs Gartentüre vorbeiführte. Über das mit Büschen völlig zugewucherte Nachbargrundstück konnte sie sich so weit nach vorne schleichen, dass sie zumindest parallel an der Front des Hauses vorbeischauen konnte. Auf diese Weise hatte sie die Gespräche und das Anlegen des, wie sie persönlich fand, äußerst schicken Halsbandes miterleben können. So, wie Yvonne ihren MM beschrieben hatte, war dessen Blut wahrscheinlich gerade kurz vor der Siedetemperatur. Als sie dann sah, dass er nach einem wenig beeindruckendem Einschüchterungsversuch nicht in der Lage war, sein Auto zu starten, hätte sie am liebsten laut losgelacht. Geschah dem Kerl eigentlich recht. Seine Frau war seit Tagen nicht da und er hatte nichts Besseres zu tun, als sich von den beiden Kanten drangsalieren zu lassen, anstatt die Polizei zur Suche nach seiner Frau aufzufordern.

Jetzt kam er wieder aus der Garage raus und musste die beiden fragen, wie er denn ohne Auto an sein Essen kommen sollte. Die Antwort schien ihn nicht zu erfreuen. Sie sah, wie sich seine Hände zu Fäusten verkrampften. Er machte noch ein paar Versuche, die beiden von ihrem Vorschlag abzubringen. Schließlich gingen alle zusammen zum Bus und er wurde mit einem großen geflochtenen Einkaufskorb losgeschickt. Wenn Beatrice sich nicht verschätzte, dann hatte er mindestens zwei oder drei Kilometer bis zum nächsten Geschäft. Man konnte eben nicht alles haben. Superhaus in Supergegend bedeutete, dass die nächsten Läden nicht um die Ecke sein konnten, weil es dann natürlich keine Supergegend mehr gewesen wäre.

Sie zog sich vorsichtig von ihrem Posten zurück. Vielleicht konnte sie ihn ja noch beim Einkaufen beobachten. Kurz nachdem sie den Weg verlassen hatte wurde ihr Versuch allerdings unterbrochen, da ihr alter Kollege Rednich in seinem Passat neben ihr anhielt.

„Hallo Günther, schön zu sehen, dass du doch an ihm dran bleibst. Gibt es Neuigkeiten?"

„Immer noch die alte Beatrice. Du glaubst doch nicht, dass ich dir jetzt unsere Ergebnisse serviere, nur so aus alter, kollegialer Freundschaft?"

Beatrice musste lächeln. „Nein. Natürlich nicht. Aber man kann ja trotzdem mal drauf spekulieren, dass auch du mal einen schlechten Tag hast." Sie beugte sich weiter zum Auto herunter und begrüßte die Kollegin von Rednich, die den Wagen lenkte. „Ich nehme an, ihr wisst, dass MM in ernsthaften Schwierigkeiten steckt? Sein Haus wird von technisch versierten Freiberuflern überwacht. Mir scheint, dass er nicht in der Lage ist, sich gegen die Typen zu wehren."

„Und daraus schließt du, dass seine Frau entführt wurde? MM interessiert dich doch nach wie vor nur wegen seiner Frau. Hab' ich recht?"

„Natürlich hast du recht. Wenn das, was Yvonne so alles angedeutet hat, einigermaßen der Wahrheit entspricht, dann kann ich auch nur sagen, dass er ruhig so viele Probleme haben kann, wie er will." Mit einem Grinsen fügte sie hinzu „Ich darf so etwas ja jetzt sagen. Habt ihr denn eine Idee, was mit seiner Frau sein kann?"

Rednich schaute kurz zu seiner Begleiterin rüber, die mit einem Kopfnicken ihre Zustimmung signalisierte.

„Wir haben nichts, an dem man anpacken kann. Seine Wohnung ist verwanzt. Allerdings nicht von uns. Trotzdem ist das ganz praktisch. Unsere jungen Leute sind ziemlich auf Draht. Du hast richtig beobachtet, dass er in einer ziemlichen Klemme steckt, aber seine Frau spielt dabei, soweit wir das sehen – und ich denke, wir sehen das ganz gut – keine Rolle. Sieht mehr so aus, als ob sie sich in Sicherheit gebracht hätte."

„Danke, was bin ich dir schuldig?"

„Du hast meine Nummer. Informier mich, wenn du etwas entdeckst und bitte informiere mich in jedem Fall, wenn du etwas von seiner Frau hörst."

„Geht klar. Kann aber sein, dass ich nichts mehr rausbekomme. Schließlich bin ich alleine und ich möchte nicht den Fehler machen die beiden Typen, die ihn bewachen zu unterschätzen."

„Das ist ein vernünftiger Vorsatz. Um dich darin zu unterstützen, mache ich dir den Vorschlag, das Tarnkraut aus deinem Haar zu entfernen."

Da war wieder dieses sympathische Lächeln, das ihn immer so ausgezeichnet hatte. Während sie den kleinen Zweig, der sich in ihren Haaren verfangen hatte, zwischen den Fingern drehte, überlegte sie, ob es sich noch lohnen würde, MM beim Einkaufen zu beobachten. Sie entschied sich dagegen. Auch wenn dessen Halsband sicherlich geortet werden konnte, war das Risiko zu groß, dass er weiterhin auf Sichtweite observiert wurde. In dem Fall würde sie vermutlich auffallen. Wer leicht abgehetzt nach der Zielperson eintrifft, ist grundsätzlich verdächtig. Besser ist es immer, wenn man vor der Zielperson da ist und das war jetzt nicht mehr möglich.

***

MM konnte sich nicht erinnern seit seiner Kindheit mal in einem „Tante Emma Laden" gewesen zu sein. Als er das Betreten des Ladens mit einem vernehmlichen Läuten von kleinen Kuhglocken angekündigt hatte, wanderten die Augen aller Anwesenden zu ihm. Die Frau an der Kasse suchte sofort den Blick des Mannes, der gerade Regale einräumte. Dieser stellte seine Tätigkeit ein und ging nach kurzem Zögern auf MM zu.

„Kann ich Ihnen helfen?" Es gelang ihm dabei nicht, den Blick auf MMs Augen zu halten. Er rutschte immer wieder zu dem Halsband herab.

„Ich brauche etwas zum Essen."

„Da sind Sie bei uns genau richtig." Mit einem leicht verschwörerischen Lächeln beugte er sich etwas näher zu MM

„Lassen Sie mich raten. Die Frau ist mit ihren Freundinnen auf Tour und hat den Kühlschrank nicht aufgefüllt?"

„Hubert!" Die Frau von der Kasse war inzwischen dazugekommen. „Du kannst doch unseren neuen Kunden nicht solche intimen Fragen stellen!"

„Es heißt ‚unserem', meine liebste Rosa. ‚Unserem neuen Kunden'. Dativ. Immer mit ‚m'. Eigentlich ganz einfach."

Während er sie korrigierte, hatte er in Lehrerpose den Zeigefinger gehoben und sich komplett von MM abgewandt. Die so Zurechtgewiesene verdrehte die Augen und fragte nun ihrerseits, was MM wünschen würde.

„Da, sehen Sie? Immer, wenn ich sie korrigiere verdreht sie die Augen", wandte sich Hubert hilfesuchend an MM, der überhaupt nicht wusste, was er von den beiden halten sollte.

„Was hätten Sie denn gerne gekäuft?" unternahm Rosa einen weiteren Versuch, MM behilflich zu sein. Hubert raufte sich die Haare.

„ ‚Gekauft' Rosa! ‚Gekauft' oder noch besser ‚was würden Sie denn gerne kaufen?'. Schließlich liegt die ganze Kaufaktion ja noch in der Zukunft. Du hingegen hast ihn so gefragt, als ob die Kaufaktion bereits in der Vergangenheit läge und irgendetwas schief gelaufen wäre." Er wandte sich wieder zu MM „Sie müssen schon entschuldigen, aber wenn ich so etwas höre, dann kann ich einfach nicht ruhig bleiben."

„Ich muss hier gar nichts entschuldigen. Sie sind der Dienstleistende und ich bin der Kunde. Demzufolge haben Sie sich nach meinen Wünschen zu richten und haben überhaupt nicht das Recht in meiner Anwesenheit Ihrem Fable für korrekte Grammatik nachzugehen."

Das hätte er besser nicht gesagt. Hubert und Rosa schauten ihn entgeistert an. Während Rosa die Hände in die Hüften stemmte und MM mit ernstem Gesicht fixierte, baute sich Hubert vor ihm auf und erklärte mit fester Stimme:

„So etwas ist mir in meinen ganzen dreißig Jahren als ehrbarer Einzelhandelskaufmann noch nicht untergekommen. Was man sich heute alles von seinen Kunden gefallen lassen muss!" Er schaute zu seiner Rosa. „Wenn du den Herren bedienen möchtest, sei dir das freigestellt, ansonsten", fügte er halb im Gehen hinzu, „würde ich Sie bitten auf der Stelle unser Geschäft zu verlassen."

„Ich werde mal gucken, was sich da machen lässt", gab Rosa mit immer noch in die Hüften gestemmten Händen zur Antwort. Sie sah dabei ihrem Hubert hinterher, der in den hinteren Teil des Ladens stampfte und gerade laut genug um verstanden zu werden sagte:

„Du kannst sagen ‚Ich werde mal schauen' oder ‚Ich werde mal sehen' aber doch nicht ‚gucken'. Wie kann man nur ‚gucken' sagen?"

„Was kann ich denn nu für Sie tun?", wollte Rosa von MM wissen, während sich ihre Körperhaltung wieder entspannte.

„Es ist eigentlich nichts mehr da. Ich bräuchte also die Zutaten für Frühstück, Mittag und Abendbrot."

„Na, das werden wir schaffen."

Während Rosa ihn bediente war er die ganze Zeit unter Beobachtung von Hubert, der vorgab, sich im hinteren Ladenteil mit irgendwelchen wichtigen Dingen zu beschäftigen. Eine Viertelstunde später verließ MM den Laden mit einem prall gefüllten Einkaufskorb.

Donnerstag 26.5.

Yvonne hatte den kompletten vergangenen Tag damit zugebracht, die Bücher nach irgendwelchen eindeutigen Stellen zu durchforsten, die sie bei der Suche nach den Ornamenten weiterbringen konnten. Es war einfach nichts zu finden.

Als sie jetzt vor dem Spiegel stand, um sich das Korsett zuzuziehen, überlegte sie, wie sie die Suche fortsetzen konnte. Während sie die Verschnürung ein weiteres Mal straff zog, fiel ihr Blick auf ihre Unterarme, auf denen das Hennatattoo noch immer deutlich zu erkennen war. Ein Teil der Verzierung sah aus, wie eine römische „I".

Natürlich. Wie konnte sie nur auf die Idee kommen, in den Büchern einen Zufallstreffer zu landen. Hierfür hätte die

Zeit eigentlich nicht ausgereicht. Die Lösung musste viel einfacher sein. Und dass die Zahlen einfach in ihrem Tattoo verborgen waren, das war sicherlich eine der einfachsten Lösungen. Schließlich waren das ebenfalls Ornamente. Sie kleidete sich in Ruhe fertig an, frühstückte mit einem glücklichen Lächeln auf dem Gesicht und machte sich dann in aller Ruhe daran, die Zahlen auf ihren Händen und Unterarmen zu suchen.

***

„Guten Morgen MM"

Er konnte die künstliche Stimme nicht hören ohne aggressiv zu werden und wartete ab, was passieren würde.

„Willst du mir nicht auch einen Guten Morgen wünschen?"

Was bildete der sich denn jetzt schon wieder ein? Musste der Erpresser ihm bei jeder Gelegenheit klar machen, dass er die besseren Karten hatte? MM entschied sich, weiterhin abzuwarten.

„Schade eigentlich. Nachdem du dich gestern so mutig auf den Weg in den kleinen Laden in eurem Viertel gemacht hast, war ich einen kleinen Moment tatsächlich in Geberlaune. Ich will dir jetzt nicht sagen, was dein Preis gewesen wäre. Du hast es ohnedies schwer genug."

MM hörte ihm weiter schweigend zu. Als ob er tatsächlich eine Belohnung bekommen hätte. Der Typ wollte ihn doch nur auf den Arm nehmen.

„Du bist ja heute ganz der große Schweiger! So kenne ich dich gar nicht. Bist du am Ende noch krank? Muss ich einen Arzt in unser kleines Spiel integrieren?"

Schweigen.

„Wenn ich da so drüber nachdenke, dann ist das eigentlich auch eine ganz reizvolle Variante. Da ich den Arzt bestimmen würde, wüsstest du natürlich nicht, ob er eingeweiht ist oder nicht. Insofern hätte jede Untersuchung und vor allem jede Medikation einen ganz besonderen Reiz."

Das reichte MM: „Was ist der Grund des Anrufes? Kommen Sie zur Sache!"

„Ach, er kann doch sprechen und ist zudem auch noch bemüht, direkt die Kontrolle zu übernehmen. Solche Qualitäten lassen sich natürlich nicht so leicht abstreifen, wie ein Stück dreckiger Wäsche. Ich will dir trotzdem gerne auf deine Frage antworten. Ich habe dich angerufen um mich nach deinem Wohlbefinden zu erkundigen. Mehr hatte ich nicht vor. Die aktuelle Spielrunde dauert ja noch bis heute Nacht um 24 Uhr. Insofern sehe ich dich noch bestens versorgt und beschäftigt.

Ach so, da war doch noch etwas: Bitte komm nicht auf die Idee eine Minute nach Spielende das Haus zu verlassen, denn das nächste Spiel fängt diese Nacht um exakt 24Uhr an. Die Regeln erfährst du dann morgen früh. Sagen wir so gegen 9Uhr? Dann wäre ausreichend Zeit zu Frühstücken. Man ist ja kein Unmensch. Jetzt, wo du so schön eingekauft hast."

Glaubte der Typ wirklich, er könnte damit ewig weitermachen? MM ärgerte sich nicht zum ersten Mal in den letzten Tagen, dass er sich immer gegen das Internet gewehrt hatte. Was er jetzt als erstes brauchte, war ein zuverlässiger und diskreter Handwerker, der ihn von diesem furchtbaren Band befreien konnte. Ihm blieb nichts anderes, als sein Glück zu versuchen.

***

Sie hatte die „I", die „XCI" und die „VIII" gefunden. Mehr war definitiv nicht da. Übersetzt waren das in jedem Fall die Eins und die Acht. Probleme machte ihr allerdings die „XCI". „X" steht für 10 und "C" für 100. Soviel war ihr klar. „XC" könnte also für 90 stehen. Am Ende noch eine „I" dazu ergab 91. Eigentlich ganz schlüssig auch wenn sie selber eher „XIC" für 91 geschrieben hätte. Andererseits, hätte das auch als 100-11, also 89 gedeutet werden können. Insofern war „XCI" eigentlich eindeutiger.

Sie hatte also die nächsten vier Ziffern zusammen. Jetzt ging es nur noch um die Reihenfolge. „Ordne sie nach ihrer Länge mit der kürzesten beginnend" hatte Quietschieeee gesagt. Mit der Länge konnte eigentlich nur die römische Originalschreibweise gemeint sein. Demzufolge „I", „XCI" und „VIII" und damit der Code „1918". Ende des Ersten Weltkrieges schoss ihr augenblicklich durch den Kopf.

Nachdem sie den Code eingegeben hatte, begrüßte Quietschieeee sie hinter einem Schreibtisch sitzend. Quietschieeee hatte ihren Kopf auf der einen Hand aufgestützt, während sie mit den Fingern der anderen Hand gelangweilt auf dem Tisch trommelte. Nach kurzer Zeit tat sie so, als ob sie Yvonne erst jetzt bemerkt hätte.

„Ich dachte schon, ich müsste dir noch einen ganzen Tag beim sinnlosen Durchblättern von Büchern zuschauen. Schön, dass du doch noch zur Besinnung gekommen bist. Natürlich ist 1918 der richtige Code."

Sie erhob sich und machte einen tiefen ehrerbietigen Knicks.

„Wie versprochen wirst du in diesen Minuten mit frischer Ware ausgestattet. Die sollte eigentlich ausreichen, bis der nächste Nachschub kommt. Für die nächste Aufgabe brauchen wir ein bisschen Vorbereitung. Wenn du gleich zu der Wohnungstüre gehst, dann wird sie nicht mehr verschlossen sein. Den Rest des Tages hast du zu deiner freien Verfügung. Bis dann!"

***

Was sollte er nur mit den ganzen Angaben zu den Schlossern anfangen? Wie konnte einem das Internet angeblich so hilfreich sein, wenn er unter dem Eintrag Schlosser alles wahllos über Deutschland verteilt als Antwort bekam? Ihn interessierte auch nicht, dass irgendein ehemaliger Schlosser im 19. Jahrhundert nach einer ganzen Woche irgendein damals neu entwickeltes Schloss nicht aufbekommen hatte. Er wollte einfach nur wissen, ob es in seiner Nähe einen diskreten und fähigen Schlosser gab.

Er versuchte es mit „diskreter Schlosser". Warum brachte ihm das tolle Internet jetzt Stellenanzeigen und ein Skript zu diskreter Mathematik? MM war kurz davor den Laptop in die Ecke zu feuern.

Zu seiner Beruhigung beschloss er, sich erstmal einen Kaffee zu machen. Er musste jetzt unter allen Umständen die Nerven bewahren. Wenn er noch zu lange mit dem Erpresser beschäftigt bleiben würde, stünde seine Firma näher am Abgrund, als ihm lieb sein konnte.

Als er mit dem Kaffee in der Hand zurückkam, stand am unteren Bildschirmrand eine Nachricht. „Sie haben eine neue Mail: Ausbruchsicherer Verschluss…"

Er öffnete das E-Mail-Programm und fand dort die vollständige Mail

Lieber MM,

wie ich zu meiner Freude feststelle, wirst du langsam mit der Welt des Internets vertraut. Die von dir eingegebenen Suchbegriffe lassen mich vermuten, dass du nach einer Lösung bezüglich des todschicken Halsbandes suchst, dass du dir gestern freundlicherweise hast anlegen lassen. Nun muss ich dich aber dahingehend aufklären, dass sich dieses Band nur mit dem passenden Schlüssel oder sehr fundiertem Wissen um dessen Konstruktion öffnen lässt. Macht man dabei etwas falsch, dann kann dies zu vielerlei unerwünschten Effekten führen. Einer davon besteht darin, dass es zur Zerstörung eines kleinen Tanks kommt, wodurch die Reaktion eines Zweikomponentenklebers in Gang gesetzt wird. Der Kleber wiederum braucht zum Aushärten etwa eine Stunde. Durch Wärmezufuhr kannst du das übrigens beschleunigen. Nach dem Aushärten ist der Verschluss versiegelt. Damit du das nicht falsch verstehst: Wenn das passiert ist, kann ich den Schlüssel in einen tiefen See werfen oder ihn dir aushändigen. Völlig egal, da er einfach wertlos ist. Das Schloss ist dann nämlich komplett zu einer steinharten Masse verklebt.

Hat einiges an Versuchen gebraucht, aber letztlich ein gut gelungenes Meisterwerk. Allerdings nicht meins. Ich darf mich mit diesen Lorbeeren also leider nicht schmücken.

Jetzt aber zu den wichtigen Dingen des Lebens. Ich hatte versprochen, ein weiteres Spiel mit dir zu spielen. Das Spiel heißt „Leben ganz unten". Da dir scheinbar langweilig ist, fangen wir dann doch schon heute damit an und nicht erst um Mitternacht. Du wirst dich sicherlich freuen, da du endlich wieder raus darfst. Um es konkret zu machen, Du hast von jetzt an eine halbe Stunde Zeit dein Haus zu verlassen. Plane deine Rückkehr für Sonntagnacht. Bis dahin kannst du im Wesentlichen machen, was du willst, solange du keine Gebäude betrittst.

Ich verbleibe mit den beste Wünschen für den restlichen Tag und wünsche viel Spaß bei dem kleinen Spielchen."

Das konnte doch alles irgendwie nicht war sein. MM las sich die Mail noch ein paar Mal durch und merkte mit jedem Mal, dass er immer frustrierter bezüglich der Ausweglosigkeit seiner Situation wurde.

Machte der Mann denn nie mal einen Fehler? Jeder normale Mensch machte Fehler. Besonders die, die sich selber gerne reden hörten, machten Fehler. Warum also nicht der Erpresser? MM versuchte, so gut es ging, alles zu rekapitulieren, was in den vergangenen Wochen geschehen war.

Alles, was er in seiner Wohnung machte, konnte der Erpresser sehen und hören. Vermutlich hatte er das schon installiert, als er den Safe geknackt hatte. Trotzdem konnte er nicht alles, was passierte so genau vorausgesehen haben. Es war also unumgänglich, dass er oder seine Handlanger noch mehr Besuche in seinem Haus erledigt hatten, um zum Beispiel die Kellertüre mit der Alarmanlage zu präparieren.

Was brachte ihm diese Erkenntnis bei der Lösung seines Problems? Er wusste es nicht. Warum konnten die Helden in den Kriminalromanen auf Basis einer solchen Erkenntnis immer mit der Lösung des Problems beginnen? Ganz einfach. Weil der Täter immer die Nähe zum Opfer suchte.

Genau hier lag das Problem. Der Erpresser hatte alle Karten in der Hand, um ihn jederzeit der Polizei oder der Staatsanwaltschaft auszuliefern. Und er hatte offenbar kein Interesse, dabei in seiner Nähe zu sein.

Ebenfalls klar war, dass er niemals mit seinen „Spielchen" aufhören würde. Nichts deutete darauf hin, dass er in naher Zukunft gelangweilt aufhören würde und sich ein neues Opfer suchen würde.

Demzufolge konnte MM nur selber aufhören, indem er sich selber anzeigen würde oder er musste den Erpresser finden und ihn unschädlich machen.

Die erste Möglichkeit kam nicht in Frage. Wie also konnte er wirklich an den Erpresser herankommen?

Sein Computer meldete sich mit einer neuen Mail

„Lieber MM,
du dürftest dir eigentlich inzwischen erschlossen haben, dass ich über deine Bewegungen innerhalb deines Luxusbaus gut im Bilde bin. Insofern weiß ich, dass du die letzte Mail gelesen hast. Mir will jetzt scheinen, dass du ein kleines bisschen gegen die Regeln des neuen Spieles aufbegehren möchtest. Wie bei einem kleinen Kind, das mit seinem Ungehorsam bewusst oder unbewusst seine Grenzen austestet, muss ich auch bei dir auf die Einhaltung der Regeln bestehen. Sei also bitte so freundlich und verlasse sofort das Haus."

Eigentlich war das eine ungewollte Steilvorlage des Erpressers. Was konnte der schon tun? Er würde wieder mit dem Veröffentlichen der Unterlagen drohen. Aber würde er das wirklich machen? In dem Moment würde er die Fäden unwiderruflich aus der Hand geben. Er hätte keinen Einfluss mehr auf das weitere Geschehen.

Genau das war die Karte, die MM jetzt spielen musste. MM begann mit der Inspektion im Wohnzimmer. Er schob jedes Möbelstück zur Seite und drehte jedes Buch und jede Lampe um. Irgendwo mussten die Wunderteile der Abhörtechnik verborgen sein. Da er nicht vor hatte, das Haus in der nächsten Zeit zu verlassen, zwang er sich langsam und sorgfältig zu arbeiten. Tatsächlich hatte er nach einigen Stunden alleine in seinem Wohnzimmer drei verdächtige Gegenstände gefunden, die er unverzüglich mit einem Hammer vernichtete und in den Müll warf. Er hoffte, dass der Erpresser irgendwo saß und bei jedem Hammerschlag eine kleine schmerzhafte Explosion in seinen Gehörgängen hatte.

Als es an der Türe klingelte, sah er, dass seine Bewacher zurückgekehrt waren. Statt zu öffnen, setzte MM die Suche fort. Dass die Bewacher sein Grundstück nach kurzer Zeit wieder verließen, nahm er zwar mit einer gewissen Genugtuung war, ihm war aber auch klar, dass er weit davon entfernt war, gewonnen zu haben. Sie würden natürlich versuchen zu ihm hereinzukommen oder ihn aus der Wohnung herauszuwingen. Er konnte nicht mehr tun, als die Kellertüre von innen zu blockieren. Die Fenster konnte er unmöglich alle sichern. Da nicht anzunehmen war, dass man sich tagsüber gewaltsamen Zugang zu seinem Haus verschaffen würde, konnte er sich noch bis zum Abend einigermaßen in Sicherheit fühlen.

Mit neuer Energie machte er sich wieder auf die Suche nach Wanzen.

***

Beatrice hatte sich zusammen mit Rondo wieder im Park gegenüber niedergelassen. Die Fenster im Erdgeschoss waren noch immer verhängt. Fast schien es so, als ob MM sich von der Außenwelt abschotten wollte. Die Bewacher hatten, nachdem Beatrice sie am Morgen nicht sehen konnte, ebenfalls wieder Station bezogen. Sie hatten zwar das Auto gewechselt, waren aber trotzdem auffällig genug. Zumindest für Beatrice.

Es war so, wie bei dem bewachten Huhn, das niemals ein Ei legt. Sie konnte das Haus anstarren wie sie wollte. Es passierte einfach nichts.

Scheinbar ging es den Wächtern in dem Bulli genauso. Immer wieder stieg einer von ihnen heraus, um sich eine Zigarette zu rauchen. Echter Profi, dachte Beatrice abfällig. Von Tarnung keine Spur. Aber vielleicht wollten sie sich vor MM auch gar nicht verstecken. Das Ganze sah mehr nach der Taktik ‚Schau her! Hier stehe ich und beobachte dich' aus. Nur, was sollte das alles bezwecken?

Gerade als sie Rondo vorschlagen wollte, die Zelte abzubrechen kam MM vor die Türe. Aber anstatt wegzugehen, holte er den Gartenschlauch aus der Garage und begann den Garten zu wässern. Sofort fing der Bulli an zu wackeln und zwei der Bewacher gingen in Richtung MM. Der schaute ihnen erwartungsvoll entgegen. Als sie nahe genug waren, richtete er den Schlauch auf sie und spritze sie mit scharfem Strahl nass. Gleichzeitig verbot er ihnen lautstark, sein Grundstück zu betreten.

Beatrice konnte nicht wirklich glauben, dass das was sie sah, wirklich passierte. Vermutlich waren die Typen mit tödlichen Waffen ausgestattet und MM fiel nichts Besseres ein, als sie mit dem Gartenschlauch nass zu spritzen. Da es noch taghell war und genügend Passanten Zeugen von der Szene waren, blieb den Bewachern nichts anderes als der Rückzug in ihren Bulli. Kurze Zeit später entfernte sich der Wagen. Scheinbar hatten die beiden keine Klamotten zum Wechseln dabei und wollten nicht in den nassen Sachen in den Abend hinein observieren.

Eigentlich hatte Beatrice erwartet, dass MM jetzt fluchtartig das Haus verlassen würde, aber es passierte nichts. Als Rondo vorschlug die Gelegenheit zu nutzen und schnell zu MM rüberzulaufen, zeigte Beatrice ihm ein weiteres verdächtiges Auto.

„Wenn wir denen in die Schusslinie kommen, könnte es wirklich gefährlich werden."

Schließlich brachen sie auf und schlenderten zur anderen Seite des Parks, wo sie ihr Auto abgestellt hatten. Kurz bevor sie dort angekommen waren näherte sich ein Fahrradfahrer von hinten. Als Beatrice sich kurz umdrehte, um zu sehen auf welcher Seite er vorbei wollte, erkannte sie zu ihrer Überraschung MM. So wie er sie fixierte, schien er Beatrice gesucht und gefunden zu haben.

„Hab' ich dich du Schlampe!"

Beatrice merkte, wie sich Rondos Hand anspannte.

„Meinen Sie mich?"

MM schaute sich demonstrativ um. „Ich sehe hier sonst keinen."

Beatrice schaute ihn abwartend an. Sie hatte keine wirklich gute Idee, weswegen er einen solchen Hass auf sie hatte, aber er würde es ihr sicherlich erklären.

„Meinst du etwa, ich merke das nicht, dass du mit deinem komischen Freund die ganze Zeit vor meinem Haus herumlungerst? Also erzähl. Jetzt, wo ich dir direkt gegenüberstehe und du keinen von deinen schlagkräftigen Freunden, sondern nur diesen Spargeltarzan dabei hast". Er wies mit einer kurzen Kopfbewegung zu Rondo. „Wie lang soll das Spiel noch gehen?"

„Welches Spiel meinen Sie?"

Die Zornesröte in seinem Gesicht zeigte an, dass er ihr die Unwissenheit nicht abnahm.

„Du erpresst mich seit einigen Wochen mit irgendwelchen obskuren Unterlagen und wir werden damit jetzt und hier endgültig Schluss machen! Ich werde, wie du heute gemerkt hast, nicht mehr weiter den Affen für dich spielen."

„Ach das meinen Sie. Da muss ich Sie leider enttäuschen. Ich weiß zwar, wovon Sie reden aber das weiß ich nur deshalb, weil ich mich in den letzten Wochen mit Yvonne angefreundet habe. Und die hat mir von diesen seltsamen Städtetouren erzählt. Vor Ihrem Haus bin ich übrigens deshalb, weil ich versuche eine Spur von Yvonne zu finden. Mir scheint fast, ich bin die Einzige, die sich hier um Yvonne Sorgen macht. Was wissen Sie denn über ihren Verbleib?"

Mit einer Spur Unsicherheit in der Stimme antwortete MM „Nichts. Sie ist einfach abgehauen und hat mich mit meinen Problemen alleine gelassen. Insofern kann sie ruhig bleiben, wo sie gerade ist."

Jetzt, wo Beatrice das erste Mal direkt mit MM sprach, konnte sie überhaupt nicht mehr verstehen, wie es Yvonne so lange an seiner Seite aushalten konnte. Der war ja noch gefühlskälter, als sie vermutet hatte.

„Mal angenommen, sie ist in den Händen des Erpressers. Haben Sie dann gar keine Angst, dass er ihr etwas antun könnte? Sie selber sind ja ganz offensichtlich nicht immer so gut davongekommen. Schickes Halsband übrigens." Sie schaute genauer hin „Das Fabrikat kenne ich gar nicht. Wo haben Sie das her?"

„Das kann dir ja wohl völlig egal sein oder?"

„Immerhin habe ich schon öfter Leute aus solchen Dingern befreit. Insofern interessiert mich das immer, wenn ich eines sehe, das ich noch nicht kenne."

Sie konnte die Hoffnung in seinen Augen aufblitzen sehen. „Meinst du etwa, dass du das öffnen kannst?"

„Weiß ich nicht. Wenn Sie mir aufmerksam zugehört haben, wird Ihnen nicht entgangen sein, dass ich das Fabrikat nicht kenne."

„Gut. Wenn dir das gelingt, bin ich bereit die Sache mit der Erpressung zu vergessen. Danach kann dann hoffentlich jeder ungestört seine eigenen Wege gehen."

„Hä?" Beatrice konnte und wollte seinen Gedankengängen nicht folgen. „Ich bin nicht die Erpresserin. Das hatte ich doch schon gesagt. Was soll denn bitte der Text, den Sie da gerade abgesondert haben, für einen Sinn haben? Wenn ich Ihnen das Teil aufmache oder das zumindest versuche, dann ganz bestimmt nicht, weil ich Ihnen etwas Gutes tun möchte. Das wäre dann aus rein beruflichem Interesse. Schließlich haben Sie mich eben noch auf das Übelste beleidigt. Schon vergessen?"

MM schaute sie ratlos an und musste einmal schlucken, bevor er sie fragen konnte: „Machen Sie das jetzt auf oder nicht?"

„Wenn ich das versuche, dann brauche ich dafür mein Werkzeug und meine Schlüssel. Am besten, Sie kommen morgen in meinen Laden."

Als Beatrice nach einer Visitenkarte suchte, ging sein Blick über ihre Schulter zum Parkplatz. MMs Augen öffneten sich einen Moment, als ob er jemanden erkannt hätte, dem er nicht begegnen wollte. Ohne weitere Erklärung drehte er sein Rad und verschwand Richtung Park.

Rondo schaute ihm hinterher. „Was war das denn?"

„MM, wie er leibt und lebt. Trotzdem komisch, dass er so schnell abgehauen ist. Ich war mir sicher, ihn in meinem Laden zu bekommen", meinte Beatrice enttäuscht, während sie die Karte wieder in ihrer Tasche verschwinden ließ.

„Mir schien es so, als ob er irgendetwas gesehen hätte. Da war so ein kurzes Blitzen in seinen Augen. Vielleicht da vorne auf dem Parkplatz", mutmaßte Rondo.

Auf dem Parkplatz konnte Beatrice nichts Auffälliges erkennen. Eigentlich hatte sie mit dem Bulli gerechnet. Aber nichts dergleichen war zu sehen. Ein älterer Mann, der gerade von seinem Spaziergang zurückkehrte war die einzige Person, die sie sehen konnte.

„Wir machen noch eine kleine Tour mit unbekanntem Ziel. Dafür gehen wir jetzt erstmal gemütlich zum Parkplatz."

Rondo schaute sie fragend an „Was ist mir entgangen? Eigentlich dachte ich, dass wir jetzt lecker Essen kochen und es uns dann gut gehen lassen. Du willst doch wohl nicht diesem Opa da vorne folgen."

„Fahr ihm einfach hinterher. Und halte dabei Abstand. Wenn wir ihn verlieren, verlieren wir ihn eben. Denk in jedem Fall an folgendes: Wenn er der Gesuchte ist, dann prüft er garantiert, ob er verfolgt wird. Jedes Auto mit auffälligen Überholmanövern oder forschend in der Gegend herumschauenden Insassen ist für ihn extrem verdächtig. Also besser verlieren als auffallen. Die Nummer habe ich mir ohnehin schon notiert."

Rondo verdrehte die Augen. „Ich habe verstanden. Den Vortrag hältst du mir jedes Mal, wenn wir in so einer Situation sind."

Freitag 27.5.

Als sie am Morgen die Türe öffnete, fand sie dahinter eine Kiste mit einem Zettel. *„Liebe Yvonne, leider haben sich seit gestern neue Bedingungen ergeben, die es mir unmöglich machen, das kleine Spiel mit dir, das ich sehr genossen habe, weiter fortzuführen. Wenn du also diese Kiste öffnest wirst du die Kleidung finden, die du getragen hast, als dein lieber MM sich dazu entschloss dich meinen Händen zu überlassen, nur um seine jämmerliche kleine Freiheit wiederzuerlangen."*

Yvonne setzte sich auf den Deckel der Kiste und las die Zeilen nochmals durch. Aber auch beim zweiten Mal blieb die Behauptung des Entführers bestehen.

„Vermutlich wirst du mir nicht wirklich glauben wollen. Ja, wirst du denken, MM war in der letzten Zeit schon ziemlich neben der Spur, aber so etwas würde er niemals tun. Einen kleinen Beweis findest du in der Kiste. Spiel den altmodischen MP3-Player ab und denke dann erstmal in Ruhe darüber nach.

Ich für meinen Teil muss mich jetzt leider von dir verabschieden. Andere Aufgaben rufen mich. Lebe wohl.

PS.: Das soll nicht überheblich klingen, aber irgendwie muss ich es ja formulieren. Werde bitte endlich erwachsen und führe dein eigenes Leben. Du hast es verdient."

Yvonne riss die Kiste auf und startete den Player, der mit MMs Stimme anfing.

„Wenn es nicht das Geld ist, was kann ich dann tun, um von dem Mordverdacht reingewaschen zu werden? Es muss doch eine Lösung *geben. Sagen Sie es und ich werde es machen, wenn es in meiner Macht steht."*

Nach einer längeren Pause gab eine seltsame synthetische Stimme die Antwort.

„Nun gut, es gäbe in der Tat eine Alternative. Liefere Yvonne meinen Händen aus und wir haben einen Deal."

„Was haben Sie denn jetzt mit der vor? Die ist doch so stolz immer schön brav allen Scheiß mitgemacht zu haben, den Sie von ihr verlangt haben. Reicht Ihnen das jetzt nicht mehr?"

Ohne eine Antwort abzuwarten fuhr MM fort

„Mir soll das recht sein. Sie ist ohnehin nicht mehr die jüngste und in letzter Zeit ziemlich aufmüpfig. Was soll ich tun?"

Nach einer kurzen Pause, die Yvonne brauchte, um sich einigermaßen von dem Schock zu erholen, kam die künstliche Stimme mit der Antwort.

„Lotze sie zu dem Waldparkplatz, den ihr früher häufig benutzt habt. Ich würde mal sagen 13.00 Uhr wäre mir sehr gelegen."

Mit jedem Mal, das sie sich das Telefonat vorspielte, stieg ihre Wut auf MM. Natürlich hatte sie sich in den letzten Tagen nicht mehr wie das dumme kleinen Liebchen zum Vorzeigen verhalten. Aber das rechtfertigte ja wohl noch lange nicht, dass er sie mal eben so zum Kidnapping freigeben konnte.

Wenig später stand sie fertig angezogen vor der Türe des Hauses, in dem sie die letzten Tage als Gefangene verbracht hatte. Das Haus stand komplett einsam inmitten einer großen Ackerfläche. Wahrscheinlich war es mal als kleines Bauernhaus gedacht gewesen. In dem Fall fehlten zwar die Scheunen, aber… Sie unterbrach ihren Gedankengang. Schließlich war sie nicht hier um über das Haus nachzudenken, sondern um möglichst schnell zu MM zurückzukommen und ihn zur Rede zu stellen.

Da ohnehin keine Alternative bestand, folgte sie der einzigen Straße. Irgendwann würde sie schon in irgendeinem Dorf ankommen und dann auch irgendwann die Orientierung bekommen, wo sie war und wie sie zurück in ihre Stadt kommen könnte.

Genug Zeit in jedem Fall, um darüber nachzudenken, wie sie weiter fortfahren wollte. Vielleicht war es gar nicht so sinnvoll schnurstracks zu MM zu laufen. Schließlich stand er dem Telefonat nach unter Mordverdacht und wer garantierte ihr, dass er sie nicht bei nächster Gelegenheit an den Meistbietenden verscherbeln würde. Dann jedenfalls könnte ihr weitaus Übleres blühen, als in den Händen des Entführers.

Nach einiger Zeit war sie so in ihre Gedanken vertieft, dass sie den alten Traktor, der sich auf einem Feldweg näherte, trotz seines Knatterns erst im letzten Moment sah. Auf dem Sitz saß ein junger Mann mit Baskenmütze und einer Zigarette im Mundwinkel.

„Attention Madam!"

Yvonne schaute den Mann verwirrt an.

„Bin ich in Frankreich?" als sie nur einen leicht amüsierten Blick erntete, schob sie „France?" nach.

„Bien sûr. C'est la France."

Der Mann schaute sie, breit grinsend, erwartungsvoll an. Da Yvonne nie französisch gelernt hatte, versuchte sie es mit Englisch.

„Do you speak English?"

„Yes Liebelein. Englisch spreche ich auch. Ävver am liebsten Kölsch."

Wieder wartete er in aller Ruhe ihre Antwort ab.

„Ich habe ein bisschen die Orientierung verloren. Wo bin ich denn jetzt eigentlich?

„In der Eifel", gab er diesmal ohne den kölschen Tonfall zur Antwort.

„Ah. In der Eifel also. Wie komme ich hier weg?"

Er deutete auf die Straße. „Immer der Straße nach und dabei nach Schildern Ausschau halten, die sich wie Hinweise auf große Städte lesen."

Yvonne schaute ihn erwartungsvoll an. Da musste doch ganz von selber noch mehr Text aus diesem Mann herauskommen. Der aber saß wieder nur erwartungsvoll auf seinem Trecker. Zeitmangel schien für ihn nicht zu existieren.

„Das wäre dann zum Beispiel?" Yvonne überlegte, welche größere Stadt in der Eifel liegt. „Köln? Mainz?"

„Biste `ne Karnevalsjeck?"

„Können Sie mir nicht einfach mal sagen, wo ich hier bin und wie ich hier wegkomme?"

Einen Moment lang schaute er wieder die Straße entlang. Dann besann er sich aber doch eines Besseren.

„Sach mal. Weißt du jetzt wirklich nicht wo du bist oder ist das irgendso eine komische Großstädtermasche um die Landbevölkerung zu verarschen?"

„Das ist jetzt ein bisschen kompliziert und wenn ich die ganze Geschichte erzähle, wird das wahrscheinlich ein bisschen lange dauern und am Ende glaubst du mir ohnehin nicht was ich dir erzähle. Das ist wirklich alles ein bisschen… surreal."

Warum sollte sie ihn nicht auch einfach duzen? Schließlich hatte er ja auch nicht nach einer Erlaubnis gefragt.

„Surreal. So so. Nun gut. Also. Ich mache dir mal ein reales Angebot. Du schwingst dich hier auf diesen realen harten Sitz und ich nehme dich mit ins nächste Dorf. Wenn du Glück hast, erwischt du noch den Morgenbus, der dich dann bis in die brodelnde Metropole Monschau bringt. Von da aus kannst du dann mit öffentlichen Verkehrsmitteln in noch größere Städte wie zum Beispiel Köln reisen."

„Wow. Das waren ja direkt ein paar Sätze am Stück und noch dazu konstruktiv."

Yvonne stieg auf den Holzsitz, der sich auf einem der Hinterräder befand.

„Konstruktiv, surreal", hörte sie ihn kopfschüttelnd murmeln, während er den Trecker wieder in Fahrt brachte.

Nach einiger Zeit, die er stumm hinter dem Steuer verbrachte, wandte er sich an Yvonne.

„Jetzt mal im ernst. Was machst du denn wirklich hier? Wenn ich mir überlege, aus welcher Richtung du gekommen bist, dann gibt es da eigentlich außer Acker nur ein Haus…"

„Und du willst jetzt wissen, ob ich von dort komme?"

Auf sein Nicken nickte auch Yvonne. „Yes, von da komme ich. Ist das irgendwie etwas Besonderes?"

Erst jetzt betrachtete er sie genauer. Dabei erfasste sein Blick sowohl ihr Halsband als auch die Hennatattoos auf ihren Händen.

„Oh man. So so."

„Klär mich mal auf. Hier auf dem Dorf muss das Haus doch Gesprächsthema sein. Was erzählt man sich denn so?"

„Na, Mädchen, wenn du nicht weißt, was man sich über das Haus und seinen durchgeknallten Bewohner erzählen kann, dann wüsste ich nicht, was man sich erzählen soll. Weil sonst wüsstest du das ja schließlich."

„Hä?"

Er schaute sie lachend an. „Hab' ich wieder einen von meinen komplizierten Sätzen zusammengebaut?" Ohne eine Antwort abzuwarten, fuhr er fort. „Was ich meinte ist, dass es im Dorf natürlich nur Gerüchte geben kann. Wenn du aber drin gewesen bist, dann solltest du wissen, was da so passiert. Weshalb bist du dann neugierig auf Gerüchte?"

„Ich wüsste zum Beispiel ganz gerne, wem das Haus überhaupt gehört."

„Du wirst doch wohl noch wissen, wer dich dorthin eingeladen hat."

Yvonne war sich nicht sicher, wieviel sie wirklich erzählen wollte. Schließlich kannte sie den Mann erst seit ein paar Minuten.

„Wer bist du eigentlich? Ich glaube wir haben den Teil der Vorstellung eben ganz vergessen. Ich bin jedenfalls Yvonne."

„Jacques."

Wieder schaute er sie erwartungsvoll an.

„Also doch Franzose?"

„Meine Mutter hatte ein Fable für Frankreich. Deshalb habe ich den Namen."

„Und? Bist du oft in Frankreich?"

„Nein. Ich habe die Sprache zum Leidwesen meiner Mutter nie gelernt und ich mag es nicht, wenn ich in einem Land

Urlaub mache, in dem ich die Landessprache nicht verstehe. Als Kind bin ich natürlich oft da gewesen. Aber als Erwachsener nicht mehr."

„Ah. Ich verstehe. Das stimmt natürlich. Ist immer blöd, wenn man die Leute nicht verstehen kann. Zumal die Franzosen wohl nicht wirklich gerne andere Sprachen sprechen. Wie ich gehört habe."

„Ja. Das ist wohl so."

Inzwischen waren sie in dem Dorf angekommen. Er hielt an der Bushaltestelle an und studierte den Fahrplan.

„Da hast du jetzt mal Pech gehabt. Der nächste Anschluss wäre dann heute Abend"

„Und wie komme ich jetzt hier weg?"

„Per Anhalter oder heute Abend."

Erst jetzt warf Yvonne einen genaueren Blick um sich „Das ist ja völlig ausgestorben hier. Kein einziger Mensch ist hier zu sehen."

„Wo du das sagst. Ja das ist wohl so." Er zog entschuldigend die Schultern hoch. „Wir sind für normale berufstätige Leute einfach zu weit weg. Solche Dörfer sind zum Aussterben verdammt."

„Und wie soll ich hier per Anhalter wegkommen?"

„Vermutlich gar nicht", grinste er sie an. „War wohl ein kleiner Scherz von mir."

„Ah. Na super." Sie stieg von dem Trecker herunter. „Besten Dank jedenfalls für die Fahrt. Sagt man nicht ‚Lift' dazu?"

„Kann man sagen", nickte er zustimmend. „Ich kann dir aber auch einen Anschlusslift anbieten. Allerdings geht der nur ein paar Ecken weiter bis zu meinem bescheidenen Heim. Immerhin gibt es dort einen Gratiskaffee."

Bevor sie sich in dem leblosen Dorf die Beine in den Bauch stehen würde, war das in jedem Fall die unterhaltsamere Alternative. Also stieg sie wieder auf.

Wenig später folgte sie ihm in seinen Bauernhof. Er führte sie in die Küche. „Setz dich. Ich bin gleich wieder da." Beim

Herausgehen rief er ihr noch zu „Wenn du willst, kannst du auch schon mal die Kaffeemaschine anschmeißen."

„Was machst du hier eigentlich in diesem aussterbenden Dorf?"
„Mit unverhofften Gästen Kaffee trinken."
„Sehr originell. Aber jetzt mal ernsthaft. Bist du hier der letzte Landwirt? So nach dem Motto: Irgendwer muss die Stellung halten?"
„So was in der Art. Eigentlich mache ich das nur zum Zeitvertreib. In Wirklichkeit bin ich Künstler."
Yvonne zog erstaunt die Augenbraue hoch.
„Was machst du denn? Bilder?"
Er stellte seine Tasse ab. „Ich kann es dir zeigen. Mein Atelier ist gleich nebenan."
„Warum nicht?"
„Wenn Sie mir bitte folgen wollen Madame?"
Er führte sie einige Räume weiter und blieb schließlich vor einer Doppeltüre stehen. Er drehte sich mit einer galanten Verbeugung um und wies elegant zur Türe.
„Nach Ihnen Madame. Wenn Sie die beiden Türflügel gleichzeitig öffnen wollen, wird sich Ihnen meine Kunst von ihrer besten Seite zeigen."
Yvonne versuchte es kichernd mit einem höfischen Knicks und drückte schwungvoll beide Klinken herunter. Als sich die beiden Türen nur schwerfällig öffnen ließen, wollte sie ihn schon darauf hinweisen, dass dies den Gesamteindruck doch sehr trüben würde.
Im gleichen Moment merkte sie, wie etwas an ihrem Halsband eingehakt wurde und sie mit Macht in das Atelier geschoben wurde. Als sie sich bei Jacques beschweren wollte, war es schon zu spät. Sie merkte, wie sie am Hals nach oben gezogen wurde und hörte gleichzeitig eine rasselnde Kette. Das Rasseln hörte erst auf, als sie auf Zehenspitzen stand und verzweifelt versuchte, die Kette von ihrem Halsband zu lösen.

„Ich bin Bondagekünstler und um es gleich von Anfang an klar zu machen. Ich bin sehr unkorrekt, da ich am liebsten mit Modellen arbeite, die keine Lust dazu haben."

Yvonne war im Moment noch viel zu sehr damit beschäftigt ihr Gleichgewicht zu finden und ihre Atmung in Gang zu halten. Da sie nicht genau unter der Kette stand war ihr Oberkörper zu instabil. Erst als sie sich über ihrem Kopf mit den Händen an der Kette festhielt gelang es ihr, ihre Position zu stabilisieren. Schnell merkte sie, dass er darauf nur gewartet hatte, da im gleichen Moment Handschellen zuschnappten, die ihre Hände fest mit der Kette verbanden.

Jacques trat einen Schritt zurück und begutachtete seine Beute.

„Dann will ich mal in Ruhe überlegen, was ich mit dir schönes anstellen werde. Sei gewiss, dass die nächsten Stunden für dich nicht langweilig werden."

Endlich fand Yvonne ihre Fassung wieder

„Was fällt dir ein? Lass mich sofort wieder frei!"

Er schaute sie bedauernd an.

„Da hatte ich jetzt eigentlich mehr erwartet. Zumindest ein bisschen hysterisches Kreischen oder so. Dann hätte ich dir einen fetten Knebel in den Mund stecken können, um dir dann in Ruhe erklären zu können, dass Schreien nichts nutzt, da das Dorf, wie du selber festgestellt hast, ausgestorben ist. Der Grund für den Knebel ist einfach nur der, dass ich die Schreierei nicht ertragen kann. Aber so…"

Er verließ den Raum.

„Was soll denn jetzt passieren? Macht dich das an, wenn du mit hilflosen Frauen machen kannst was du willst?", rief sie ihm hinterher.

„Ich hole nur den Knebel und dann wirst du schon merken was passiert", rief er aus einem der Nebenräume zurück. Yvonne konnte hören, wie er in verschiedenen Schubladen herumsuchte.

„Da haben wir ihn ja. Schön sauber und klinisch rein. Dann mach mal brav deinen Mund auf."

„Garantiert nicht. Du Idiot."

Ein Lächeln glitt über sein Gesicht „Na wunderbar. Fängst du jetzt doch langsam an, dich zu wehren und dumme Sachen zu machen. Umso schöner für mich."

Als er ihr die Nase zuhielt, machte Yvonne freiwillig den Mund auf. Sie hatte ohnehin keine andere Chance.

„Braves Kind. Dann will ich mal mit dem Verschnüren beginnen."

Mit diesen Worten zog er einen Tisch heran, auf dem Unmengen von fein säuberlich zusammengerollten Seilen lagen.

***

Der Fall, den MM suchte, lag schon einige Jahre zurück. Es musste eine seiner ersten Übernahmen gewesen sein. Der Vater des Firmeninhabers war damals sogar persönlich zu MM gekommen, um mit einer anrührenden Story von verpfändeter Rente die Karre für seinen Sohn aus dem Dreck zu ziehen. MM bekam das nicht mehr ganz zusammen. Natürlich hatte er sich nicht um die persönlichen Probleme des Mannes kümmern können, wo der Deal doch bis zu dem Zeitpunkt so perfekt gelaufen war. Möglicherweise hatte der Vater tatsächlich alle Sicherheiten auf die er sein Rentenalter aufgebaut hatte, seinem Sohn oder besser gesagt, den Banken die seinem Sohn Geld gegeben hatten, überschrieben. Mit der Übernahme durch MM war für ihn alles verloren. In all den Jahren hatte MM nicht verstanden, wie die Leute so dämlich sein konnten. Letztlich aber gründete sein Reichtum darauf, insofern war er froh, dass es sie gab.

MM suchte jetzt schon viel zu lange in den Unterlagen. Er war sich sicher, dass er den Fall erkennen würde, sobald er die Akte aufschlagen würde. Bislang aber hatte es noch nicht Klick gemacht. Nach seinem Gefühl war er schon lange durch alle Akten durch, die er in den Jahren angelegt hatte, in denen er den Fall vermutet hatte. Also ging er wieder zurück zur ersten Akte. Schließlich musste er sich eingestehen, dass der Fall tatsächlich nicht in seinem Aktenkeller war.

Damit blieb nur noch, dass die Akte bei dem Einbruch mit dem alles angefangen hatte, gestohlen worden sein musste. Er hatte in der Nacht des Einbruchs zwar kurz an seinen Aktenkeller gedacht, aber da er dort nur die unverfänglichen Teile seiner Unterlagen aufbewahrte, war er davon ausgegangen, dass der Einbrecher die Akten nicht angefasst hatte. Außerdem war ihm bei der Sucherei in den letzten Tagen auch nicht aufgefallen, dass wirklich etwas fehlte.

Damit hatte er ein nicht unerhebliches Problem. Es gab keine Kopien. Er musste also selber raus fahren und die Spur aufnehmen. Nur ging das in seinem jetzigen Zustand nicht. Es musst ihm also zu allererst gelingen, das Halsband loszuwerden, damit er endlich wieder wie ein vernünftiger Mensch auftreten konnte. Wenn er diese blöde Kuh aus dem Park nur nach ihrer Adresse gefragt hätte. Andererseits konnte er allerdings auch nicht sicher sein, dass sie nicht doch eine weitere Falle des Erpressers war. Schließlich hatte ihm Yvonne nicht erzählt, dass sie eine Freundin gefunden hatte.

Er konnte nicht davon ausgehen, dass sie sich nochmals freiwillig vor seinem Haus zeigen würde. Also blieb ihm nur die Hoffnung in Yvonnes Sachen einen Hinweis zu finden, der ihn weiterbringen würde.

Endlich hatte er gefunden, was er suchte. Ein Laden in der Innenstadt. Vermutlich hatte Yvonne dort die ekelhaften Sachen für Luxemburg und all die anderen Städte gekauft. Leider gab es keinen Hinweis auf eine Privatadresse. Ihm blieb also nichts anderes, als selber zu dem Laden zu fahren und sich dort von dieser Beatrice helfen zu lassen. Ein Blick aus dem Fenster zeigte ihm, dass seine Bewacher noch immer nicht auf ihrer Position waren. Er musste also die Gunst der Stunde nutzen. Das einzige Verkehrsmittel, das ihm jetzt noch zur Verfügung stand, war das alte Fahrrad, mit dem er in den Park gefahren war, um diese komische Frau zur Rede zu stellen. Normalerweise waren Räder zwar nur für die Leute erfunden worden, die zu arm waren, um ins Fitnessstudio zu gehen oder sich einen eigenen Fitnessraum einzurichten, aber jetzt blieb ihm nichts anderes übrig.

Als er in Beatrice Laden kam, hatte er den Eindruck, dass alle Augen nur auf ihm ruhten. Die Frau aus dem Park war nicht zu sehen, allerdings machte ihm die Mitarbeiterin an der Kasse die Hoffnung, dass sie heute noch reinkommen würde. „Sie war in der letzten Zeit zu sehr mit irgendwelchen privaten Problemen befasst. Wie man hört, hat das was mit unserer Verkaufsattraktion der letzten Wochen zu tun"

MM schaute sich um „Was kann man denn in so einem Laden als Verkaufsattraktion bezeichnen?"

„Na unsere neue Putzfrau, die beim Putzen immer irgendwelche Klamotten aus unserem Angebot getragen hat. Das hat den Umsatz enorm angekurbelt."

„Sie lassen ihr Putzpersonal während der Öffnungszeiten, bekleidet mit…", er suchte nach dem richtigen Wort. „Lack und Latex", kam ihm die Kassiererin zu Hilfe. Er nickte zustimmend, „…also mit solchen Sachen bekleidet, putzen?"

Er merkte, wie sein Vorsatz, sich höflich zu benehmen bereits nach den wenigen Sätzen, die er mit der Frau gewechselt hatte, schwand. Auf was für kranke Ideen konnten die Leute nur kommen?

„Kann ich Ihnen denn auch weiterhelfen oder möchten Sie in jedem Fall auf die Chefin warten?" Bevor MM eine Antwort geben konnte, fuhr sie bereits fort. „Wir haben auch eine schöne Auswahl an Edelstahlbändern für Handgelenke und Füße."

Wie konnte die Frau allen ernstes glauben, dass ihn so etwas interessieren könnte. Dabei schaute sie ihn auch noch so dienstbeflissen an. MM wusste nicht, wie er sich verhalten sollte. Am liebsten hätte er den Laden sofort wieder verlassen. Andererseits brauchte er unbedingt diese Beatrice, damit sein blödes Halsband endlich verschwand.

„Nein, ich warte lieber auf die Chefin." Unbewusst packte er sich dabei an den Hals.

„Ich verstehe."

„Ich wüsste nicht, was Sie jetzt auf einmal verstehen wollen. Alles, was ich gesagt habe ist, dass ich auf die Chefin warten will."

„Sie sehen aus, wie einer von denen, die den Schlüssel zu ihrem Spielzeug verlegt haben. Aber haben Sie keine Sorge. Beatrice ist gut in solchen Sachen. Ich habe es bisher selten erlebt, dass sie ein Schloss nicht aufbekommen hat."

MM wollte eigentlich nur möglichst schnell von dem Band befreit werden und sich dabei nicht mit irgendwelchen Leuten unterhalten müssen, die das alles so völlig unspektakulär fanden.

„Ich mache Ihnen einen Vorschlag. Sie schauen sich ein wenig im Laden um und ich rufe die Chefin an, dass sie einen Privatkunden hat." Mit einem freudigen Lächeln griff sie zum Telefon.

„Beatrice empfängt auch Privatkunden? Das wusste ich gar nicht. Was macht sie denn mit denen?" Als MM sich zu dem Besitzer der Stimme umdrehte, sah er sich einem ungepflegten, lüstern blickenden Mittfünfziger gegenüber. Da die Verkäuferin bereits mit dem Telefon beschäftigt war, wandte der seine ganze Aufmerksamkeit MM zu, der ihm auch gleich eine Antwort gab, mit der er ihn zum Schweigen bringen wollte.

„Ich wüsste nicht, weshalb ich dir da irgendeine Antwort zu geben sollte. Das ist eine äußerst private Sache."

In dem Moment, in dem die Augen seines Gegenübers größer wurden wusste MM, dass er sich mit „private Sache" ziemlich missverständlich ausgedrückt hatte. Dieser Widerling dachte jetzt wahrscheinlich nur noch an Sex. Also versuchte MM den Typen direkt auf andere Gedanken zu bringen.

„Schau dir einfach an, was man hier alles kaufen kann und lass mich bloß in Frieden."

MM wendete sich hilfesuchend zu der Verkäuferin, die scheinbar gerade mit ihrer Chefin sprach. Nachdem sie aufgelegt hatte, versicherte sie MM, dass Beatrice bereits auf dem Weg sei.

„Kann ich mich bis dahin irgendwo zurückziehen?"

„Klar Alter", kam die Antwort von dem Mittfünfziger, „die haben hier Superkabinen mit den besten Filmen, die du dir vorstellen kannst."

Jetzt grinste er MM auch noch mit einem Gebiss an, das seine besten Tage schon lange hinter sich hatte. Einfach unerträglich. Endlich schien auch die Verkäuferin zu begreifen, in welcher Situation er sich befand. Sie wandte sich direkt an den Mann.

„Kann ich dir weiterhelfen Bert?"

„Klar. Von was für privaten Dienstleistungen spricht dieser Schnösel hier? Ich will auch mal von Beatrice privat behandelt werden."

„Bert, wie oft soll ich dir noch sagen, dass das hier kein Bordell ist." Sie zeigte auf MM, der noch immer nicht wusste, wohin mit sich. „Der Herr bekommt den Edelstahlreif um seinen Hals nicht mehr ab. Du weist doch, dass Beatrice in diesen Dingen ziemlich gut ist."

Mit neu erwachtem Interesse näherte sich der Mann dem Hals von MM. Er versuchte dabei seine Hornbrille so zu rücken, dass er besser sehen konnte. Dabei kniff er die Augen zusammen, was bei ihm automatisch dazu führte, dass sich seine Oberlippe hochzog und erneut seine ramponierten Zähne entblößte.

„Ich könnte das auch mal probieren. Schließlich war ich früher mal Feinmechaniker."

„Und warum jetzt nicht mehr?" Die Frage war MM einfach so herausgerutscht. Er hätte sich am liebsten die Zunge abgebissen. Wie konnte er nur so dumm sein, sich von diesem Menschen in ein Gespräch verwickeln zu lassen.

„Ach, das ist lange her. Die Firma ist irgendwann von so einem Typen aufgekauft und in ihre Einzelteile zerlegt worden. Dann kam noch der Alkohol dazu. Na ja. Ich bin vom Schicksal gezeichnet, aber das Leben geht weiter. Oder?"

„Ja, ja. Tut es." Wieder so ein Typ, der nur dazu geboren war, um sich von anderen ausnehmen zu lassen. Wollte der jetzt allen ernstes Mitleid von ihm?

„Da hättest du dir eben einen neuen Job suchen müssen und fertig."

Für diese Antwort erntete MM einen Blick, der ihm sagen sollte, dass das jetzt eindeutig die falsche Antwort war. Prompt fing der Mann an mit seinem Zeigefinger auf MMs Brust zu pochen.

„Jetzt hör mal genau zu, du kleiner Schnösel. So wie du aussiehst, hast du auch deine beste Zeit schon hinter dir. Sklavenband aus Edelstahl um den Hals, Ohren mit fetten Löchern verziert, aber ein Benehmen als wärst du der Chef von der Welt. Dazu noch einen Edelanzug, der bestimmt schweineteuer war und jetzt in einem Zustand ist, in dem du ihn, als es dir noch besser ging, bestimmt weggeworfen hättest oder der Reinigung einen Prozess gemacht hättest. Meinst du etwa, ich merke nicht, mit was für einer Missachtung du mich behandelst?"

Er schaute MM herausfordernd an.

„Weist du was Schnösel? Ich wünsche dir von ganzem Herzen, dass die Chefin dein dämliches Schloss nicht aufbekommt. Ich jedenfalls würde dir für kein Geld der Welt helfen. Jedenfalls nicht, so lange du dich so unglaublich arrogant benimmst!"

Um den Eindruck seiner Worte zu verstärken, schaute er MM noch einmal an, drehte sich dann um und verließ den Laden.

Bevor MM sich wieder gefasst hatte, kam die Frau aus dem Park fröhlich in das Geschäft geschlendert.

„Schön, dass Sie mich gefunden haben. Dann wollen wir mal sehen, ob ich das Teil aufbekomme. Am besten wir gehen hinten ins Büro."

Ohne auf eine Antwort zu warten oder sich zu vergewissern, dass MM ihr folgte, ging Beatrice voraus. Nachdem sie ihr Werkzeug und den großen Schlüsselbund auf den Tisch gelegt hatte, setzte sie sich hinter MM, um sich das Schloss genauer anzusehen.

„Ist Ihnen inzwischen eingefallen, wo Yvonne sein könnte?"

„Ich bin bestimmt nicht gekommen, um über meine Frau zu sprechen. Machen Sie einfach Ihre Arbeit. Ich werde sie entsprechend entlohnen und die Sache ist geritzt."

„Bevor ich in der Zeitung lese, dass irgendwo eine unbekannte Frauenleiche gefunden wurde, werde ich in jedem Fall die Polizei darüber informieren, dass eine Freundin von mir verschwunden ist. Ihr Problem, wenn die dann wissen wollen, weshalb das dem Ehemann der Frau so völlig egal ist."

„Sie können sich sicher sein, dass mir das nicht egal ist, aber ich habe andere Probleme zu lösen. Da muss meine Frau einfach auch mal warten. Der wird schon nichts passiert sein."

„Wie können Sie sich denn da so sicher sein? Solange Sie selber nicht wissen, wo die sich aufhält, kann ihr doch alles zugestoßen sein."

„Können Sie nicht einfach ihre Arbeit machen und mich mit meiner verdammten Frau in Frieden lassen?"

„Ich verstehe das nur nicht. Sie werden zu irgendwelchen Dingen gezwungen und bedroht und genau in der Situation verschwindet Ihrer Frau."

MM dreht sich zu ihr um und hatte bereits den Mund zu einer Antwort geöffnet, als ihn Beatrice anfauchte „Sitzen bleiben und nicht bewegen! Wie soll ich das Ding denn verstehen, wenn sie hier rumzappeln?"

„Dann hören Sie auf, mich wegen meiner Frau auszuquetschen. Das ist schließlich meine Angelegenheit."

Beatrice glaubte, ihren Ohren nicht mehr trauen zu können.

„Was ist denn bitte daran Ihre persönliche Angelegenheit? Ist Yvonne Ihr Privateigentum oder was?"

„Das müssen Sie mit diesem komischen Laden hier gerade sagen. Sie leben doch davon, dass sich die Leute auf solche perversen Sachen einlassen."

„Sie kennen wohl den Unterschied zwischen Zwang und Freiwilligkeit nicht. Ich kann Ihnen das aber gerne an einem einfachen Beispiel erklären. Der Typ, der Ihnen dieses schicke Sklavenhalsband verpasst hat, hat sie vorher nicht danach gefragt. Es wurde also unter Zwang angelegt. Wenn es um Freiwilligkeit gegangen wäre, hätte er ihnen vorher erklärt, dass es sich um einen Verschlussmechanismus handelt, der mit einem Zeitschloss gesichert ist. Demzufolge hätten Sie dann immer noch sagen können, dass Sie das nicht wollen."

Damit legte Beatrice ihr Werkzeug zurück auf den Tisch und fing an, alles wieder einzupacken.

„Was war das denn gerade? Sind sie etwas unfähig, das Schloss aufzumachen? Ist es das, was Sie mir gerade sagen wollten?"

„Sie sind ein echter Blitzmerker. Genau das wollte ich Ihnen sagen."

„Dann nehmen Sie eben die Batterie raus. Das Ding ist doch bestimmt so gebaut, dass es bei Stromausfall automatisch aufgeht oder?"

„Im Allgemeinen sollte man das erwarten. Nur ist das auch so gebaut, dass man an die Batterie nur herankommt, wenn man sich langsam einmal quer durch den Hals des Trägers durcharbeitet. Ich vermutet mal, dass Sie das nicht wirklich wollen."

„Aber irgendeinen Sicherheitsmechanismus muss es doch geben! Ich kann doch nicht den Rest meines Lebens mit diesem Ding am Hals durch die Gegend laufen."

Beatrice lehnte sich gemütlich in ihrem Stuhl zurück „Von lebenslang spricht ja auch keiner. Diese Zeitschlösser können in der Regel nur maximal auf ein Jahr gesetzt werden. Viel länger halten die kleinen Batterien ohnehin nicht."

MM schaute Beatrice fassungslos an. Warum musste ausgerechnet er in so einen Mist hineingeraten?

„Was ist, wenn ich mal krank werde oder so. Es muss doch irgendetwas geben, wie man das auch ohne Zeitschloss öffnen kann"

Beatrice machte ein Gesicht, als ob MM sie damit auf die Lösung gebracht hätte. „Stimmt. Man kann versuchen, das Material mit einer Flex zu zerschneiden. Normalerweise ist das nicht gehärtet. Aber kommen Sie jetzt nicht auf die Idee, dass ich an Ihrem Hals mit einer Flex rumhantiere"

MM war bei dem Wort „Flex" bleich geworden und hatte wie zum Schutz seine Hände an das Halsband gelegt.

„Sonst nichts?"

„Doch, es gibt in der Regel noch eine zweite Möglichkeit"

Seine Miene hellte sich wieder auf.

„Meist haben die Teile einen kleinen Empfänger. Dazu passend gibt es so eine Art Fernbedienung. Wie beim Fernseher und solchen Sachen."

„Wie komme ich da dran?"

„Eigentlich gar nicht. Sie haben ja keine Ahnung, auf welche Frequenz das eingestellt ist. Und wenn Sie die wüssten, dann würde Ihnen der Code fehlen, mit dem der Verschlussmechanismus sich öffnen lässt"

„Das kann man ja wohl ausprobieren. Haben Sie so etwas in ihrem Laden?"

„Nein, natürlich nicht. Ich halte das für zu gefährlich."

„Also war mein Besuch bei Ihnen umsonst. Ich bin kein Stück weiter."

MM war bereits aufgestanden

„Blöde Tussi. Erst groß herumerzählen, sie könnte alle Schlösser öffnen und wenn mal eine richtige Aufgabe kommt, dann ist nur noch jämmerliches Versagen angesagt."

Damit verließ er den Raum und stampfte wutschnaubend durch den Laden nach draußen. Einen kleinen Augenblick später schaute die Verkäuferin rein „Alles klar Chefin?"

„Alles bestens Petra. Ich habe von diesem Idioten alles erfahren was ich wissen wollte und was mich besonders freut. Ich musste noch nicht mal so tun, als ob ich sein Band nicht aufbekomme, denn das kann ich wirklich nicht öffnen."

„Wieso hättest du das denn nicht aufgemacht?"

„Weil das der Mann von Yvonne ist und weil der sich eine Scheiß darum kümmert, was mit Yvonne ist."

Als sie das hörte, fing Petra an zu lächeln „Dann freut es mich um so mehr, dass Bert ihn eben blöde angelabert hat. Das hättest du sehen sollen. Als der Typ sich Bert gegenüber abfällig verhalten hat, hat Bert ihm nach allen Regeln der Kunst die Meinung geblasen."

Nach einer kurzen Pause brachen beide in haltloses Lachen aus.

***

„Normalerweise muss ich ja immer darauf acht geben, dass bei meinen Modellen die Durchblutung aller Gliedmaßen erhalten bleibt. Bei dir allerdings spielt das keine Rolle. Das hast du dir vermutlich schon selber überlegt oder?"

Yvonne konnte noch nicht einmal den Kopf heben, um ihrem Peiniger in die Augen blicken zu können. Sie spürte schmerzhaft jeden Muskel und jede Sehne in ihrem Körper und war vollständig darauf konzentriert nicht wieder die Balance zu verlieren. Sie hatte kein Gefühl dafür, wie lange sie schon auf den Ballen ihres rechten Beines stand, wusste aber, dass sie nicht mehr lange aushalten konnte und dann sofort wieder den Zug an ihrem Hals spüren würde, auf den dann sehr schnell das Würgen und die erneute Angst vor dem Erstickungstod folgen würde. Beim letzten Mal hatte er sie erst nach schier endlosem Röcheln wieder so hingestellt, dass der Druck an ihrem Hals verschwand. Zur Strafe für ihre Unaufmerksamkeit hatte er allerdings auch die Fesselung ihres anderen Beines noch stärker angezogen. Es lag jetzt, wie bei Tanzfiguren einer gut trainierten Balletttänzerin ausgestreckt an ihrem Oberkörper. Der Fuß zeigte gerade nach oben.

***

Wie früher, als sie ihn noch zu regelmäßigen Bondagessions besucht hatte, parkte Beatrice ihr Auto in einer der Nebenstraßen und ging den Rest des Weges über den großen Vorplatz zu Fuß. Als Marc auf das Klingeln nicht antwortete, drückte sie vorsichtig gegen die große Türe, die wie sie es von früher in Erinnerung hatte, wieder nicht ins Schloss gefallen war. Sie war fest entschlossen das Haus nicht zu verlassen, bevor Marc ihr seine Kunden genannt hatte, an die er eines seiner Halsbänder verkauft hatte. Schon beim ersten Blick auf MMs Hals hatte sie das Gefühl, genau diesen Typ von Halsband wesentlich besser zu kennen, als ihr – zumindest damals – lieb war.

„Marc bist du da? Ich bin's! Beatrice!"

Sie horchte in das Atelier hinein, konnte aber nichts hören. Aus alter Vertrautheit mit Marc ging sie weiter ins Atelier hinein und machte durch Rufen auf sich aufmerksam. Nach wenigen Minuten war sie sich sicher, dass sie alleine war. Ihr ursprünglicher Versuch, ihn über sein Handy zu erreichen war fehlgeschlagen. Scheinbar hatte er die Nummer gewechselt. Auch am Festnetzanschluss hatte sie nur eine Nachricht auf Band hinterlassen können. Da sie aber jetzt, wo sie endlich eine heiße Spur hatte, auf keinen Fall lange warten konnte, hatte sie sich sofort in ihr Auto gesetzt und nun stand sie hier.

Mal eben einen kurzen Blick in das Büro werfen, konnte eigentlich nicht schaden. Schließlich würde Marc ihr garantiert helfen, den Entführer zu finden. Je schneller sie die Adresse hatte, umso besser.

Am Summen der Lüfter hörte sie, dass die PCs in dem Raum liefen. Als sie die Bildschirme einschaltete, fühlte sie sich augenblicklich wie bei einer Personenobservation. Auf beiden Schirmen waren Zimmer einer Wohnung zu erkennen. Die Person, die in einigen Kameraeinstellungen hin und her lief war niemand anderes als MM.

„Ach du heilige Scheiße. Da hab' ich ja den Volltreffer meines Lebens gemacht", entfuhr es ihr.

Erst als sie die verschiedenen Kameraeinstellungen genauer betrachtete, wurde ihr klar, dass auf dem zweiten Bildschirm eine andere Wohnung zu sehen war. Der gesamte Einrichtungsstil war vollkommen anders. Gleichzeitig mit der Erkenntnis, dass eventuell Yvonne in dieser zweiten Wohnung festgehalten wurde, hörte sie im Hof eine Autotüre zuschlagen. Statt des erwarteten Marc sah sie den Mann vom Parkplatz auf das Atelier zugehen. Sie hatte ihn zusammen mit Rondo verfolgt, musste aber sehr schnell abbrechen, da er zwar ein sicheres aber höchst unerlaubten Fahrmanöver an einer Autobahnauffahrt gemacht hatte. Hätte Rondo das Gleiche gemacht, wäre er definitiv aufgefallen. Schließlich hatte der Mann genau deshalb so gehandelt.

Jetzt also ging dieser Mann schnurstracks ins Atelier. Beatrice schaltete schnell die Bildschirme aus und verkroch sich in der angrenzenden Besenkammer, die sie noch von früher kannte, als sie Marc manchmal sogar beim Aufräumen geholfen hatte.

In dem Moment, in dem sie die glücklicherweise nicht knarrende Türe zugezogen hatte, kam der Mann auch schon ins Büro und ließ sich auf dem Schreibtischstuhl nieder. Beatrice konnte nur erahnen, was er tat, da sie durch die geschlossene Türe nichts sehen konnte. Sie hoffte, dass er nicht auf die Idee kommen würde, die Besenkammer zu öffnen.

Gerade als sie überlegte, wie sie den Überraschungsmoment am besten nutzen konnte, falls er die Türe doch öffnen sollte, hörte sie ihre eigene Stimme vom Band „Hallo Marc, hier ist Beatrice. Ich brauche dringend Informationen von dir. Ich bin mir ziemlich sicher, dass ich eines deiner Halsbänder gesehen habe, das aber völlig unerotisch in einem Erpressungs- und Entführungsfall benutzt wurde. Das Band hat die laufende Nummer 183. bitte schau sofort nach, wer das gekauft hat. Ist wirklich wichtig."

Beatrice merkte, wie der Schock ihr für einen kurzen Moment das Blut aus dem Kopf trieb. Dann hörte sie die Stimme des Mannes

„Welch aufmerksames Geschöpf diese kleine Beatrice doch ist. Schon der kleine Zwischenfall auf dem Parkplatz hat mein Wohlgefallen gefunden. Jetzt hat sie also auch noch das Halsband erkannt. Wirklich vortrefflich. Bleibt nur zu hoffen, dass sie nicht beliebt hier aufzutauchen."

Danach war lange Zeit nicht viel zu hören. Scheinbar hatte er einiges an Arbeiten am PC zu erledigen. Dann endlich sah sie durch die Türritze, wie das Licht in dem Büro ausging. Darauf folgten das Schließen einer Türe und das kaum noch hörbare Wegfahren eines Autos.

Nachdem sich Beatrice einige Sekunden gesammelt hatte, stieß sie mit einem Ruck die Türe auf und rollte sich blitzschnell in den Raum. Zu ihrer Erleichterung stellte sie fest, dass die Vorsichtsmaßnahme überflüssig war. Sie war wirklich wieder alleine. Um das Licht der Bildschirme nicht in die inzwischen herangenahte Nacht fallen zu lassen, zog sie die Vorhänge vor und schaltete die Schirme wieder ein. Auf dem einen war immer noch MM zu sehen. Auf dem anderen allerdings war ein E-Mail-Programm sichtbar, das damit beschäftigt war, eine Mail zu versenden. Da seit dem Verschwinden des Entführers sicherlich mehr als fünf Minuten vergangen waren, musst es sich um eine oder mehrere ziemlich große Mails oder ein völlig überlastetes Netz handeln.

Nach einigen Klicks hatte sie den Begleittext gefunden

Sehr geehrte Damen und Herren,

wie ich weiß, ist es Ihrer geschätzten Aufmerksamkeit nicht entgangen, das einem gewissen Herrn Müller, besser bekannt als MM, in den letzten Tagen und Wochen eine beträchtliche Anzahl von Problemen beschert wurden. Ich muss hier frei gestehen, dass ich der Auslöser dieser Probleme war. Ein genaues Erörtern meiner Beweggründe würde jetzt sicherlich zu weit führen.

Bitte seien Sie so freundlich die Begleitbilder zu dieser Mail genauestens zu studieren. Auch empfehle ich dringend den am Ende dieser Mail genannten Link anzuschauen, da hier noch weiteres Material auf

Ihre fachmännische (die Damen unter Ihnen mögen verzeihen, dass es dieses Wort nach meinem Wissen nur in der männlichen Form gibt) Analyse wartet.

Ich für meinen Teil muss mich an dieser Stelle leider aus dem Spiel verabschieden, möchte aber nicht versäumen allen Beteiligten auch weiterhin eine schöne Zeit zu wünschen."

Am Ende der Mail war noch der versprochene Link zu finden. Ein kurzer Blick auf die angehängten Bilder reichte Beatrice, um zu erkennen, dass MM der Staatsanwaltschaft einiges zu erklären haben würde.

Jetzt ging es aber nur noch darum herauszufinden, wo Yvonne festgehalten wurde.

Eine zeitlang suchte sie ziellos auf dem Computer und hoffte irgendwelche Hinweise auf den Aufstellungsort der Webcams zu finden. Schließlich wendete sie sich den Ordnern im Aktenschrank zu. Aber hier fand sie nur Unterlagen, die mit dem Geschäft zu tun hatten. Als ihr klar wurde, dass sie auf diese Weise nicht weiterkommen würde, griff sie zum Handy.

„Hallo Günther, hier ist Beatrice. Ich brauche deine Hilfe. Es gibt eine heiße Spur, die zu der verschwunden Frau Müller führen wird. Alleine komme ich aber nicht weiter."

Rednich versuchte sie auf den nächsten Tag zu vertrösten, da gerade ein Haufen belastendes Material gegen MM per Mail angekommen sei.

„Weiß ich. Das ist gerade eben von hier aus losgeschickt worden. Ich war quasi dabei."

Sie fasste kurz zusammen, was sich abgespielt hatte und nannte Rednich die Adresse.

Von jetzt an noch eine halbe Stunde und Rednich würde sie aus dem Gebäude schmeißen und an allen weiteren Ermittlungen hindern. Er hatte sie zwar aufgefordert, nichts mehr anzufassen, aber wie sollte er entscheiden, welche Fingerabdrücke sie vor und welche sie nach dem Anruf hinterlassen hatte. Kurzentschlossen ging sie ins Atelier und suchte dort nach irgendwelchen Stellen, an denen sie Material aufbewahren würde, das besser kein anderer finden sollte.

Gerade als sie mit der Suche anfing, sah sie die Reflexe von Blaulicht an den Wänden. Der gute alte Rednich traute ihr also nicht und hatte schon mal die uniformierten Kollegen als Vorhut geschickt.

***

„Hallo Herr Müller."
„Was wollen Sie denn schon wieder. Ich kann mir nicht vorstellen, dass es irgendeine Frage gibt, die ich Ihnen ohne Beisein meines Anwaltes beantworten werde."
Polizeiobermeister Rednich und seine Kollegin hatten mit keiner anderen Antwort gerechnet.
„Das ist völlig in Ordnung. Genaugenommen ist es sogar meine Pflicht, Sie darauf hinzuweisen, dass ein Anwalt für Sie angebracht wäre."
Er hielt MM ein Papier hin.
„Dieses Papier erlaubt mir, Sie in den Streifenwagen hinter mir zu setzten und zum Präsidium zu bringen. Dort können Sie dann Ihren Anwalt informieren. Wie es aussieht, haben wir ausreichend Zeit auf das Eintreffen Ihres Anwaltes zu warten, da wir bereits ein kleines Zimmer mit Schlafgelegenheit für sie vorbereitet haben."
Rednich zeigte auf den Streifenwagen.
„Ich darf bitten?"
Während MM abwechselnd auf den Haftbefehl und auf Rednich starrte, war jegliche Farbe aus seinem Gesicht gewichen.
„Warum? Ich meine, sie haben mir doch gerade erst eröffnet, dass ich mit dem Mord an Triebel nichts zu tun habe."
„Das ist korrekt", nickte Rednich zustimmend. „Sagt Ihnen der Name Karlsson etwas?"
MM wusste keine Antwort. Leugnen war sicherlich völlig falsch. Dafür gab es zu viele Spuren. Aber zugeben, dass er ihn tot vor der Hütte gefunden hatte? Besser nicht. Zu viele Fragen. Warum haben Sie nicht die Polizei informiert? Oder

einen Krankenwagen? Wie haben Sie überhaupt festgestellt, dass der Mann tot ist? Weshalb befanden Sie sich in der Hütte? Was wollte Herr Karlsson dort?

„Hallo! Herr Müller! Geht es Ihnen gut?"

MM wusste nicht, wie lange er den beiden Polizisten stumm gegenübergestanden hatte. Jedenfalls so lange, dass auch dem größten Idioten klar sein musste, dass er Dinge wusste, die er nicht preisgeben wollte.

„Ich rede erst wieder, wenn ich mit meinem Anwalt gesprochen habe."

„Das ist Ihre Entscheidung. Dann darf ich Sie bitten, jetzt zum Wagen vorauszugehen?"

„Ich hole nur noch schnell ein paar Sachen zum Umziehen." Noch während MM sich umdrehte spürte er die festen Griffe der beiden Polizisten.

„Wir haben genug vorrätig. Jetzt geht es erstmal ins Präsidium. Alles Weitere wird sich dann finden."

MM brauchte diesmal nur ein paar Atemzüge, um wieder zur Ruhe zu kommen.

„Bitte lassen Sie mich los. Ich verspreche Ihnen, mitzukommen. Das letzte, was ich jetzt noch brauchen kann, sind Nachbarn, die über mich lästern können."

Die beiden Polizisten warfen sich einen Blick zu. „Okay. Wir lassen jetzt los. Aber bei der nächsten falschen Bewegung werden wir Ihnen Handschellen anlegen."

MM nickte „okay."

Auf der Fahrt ins Präsidium konnte er sich dann aber doch nicht mehr zurückhalten.

„Werfen Sie mir eigentlich ernsthaft vor, Karlsson umgebracht zu haben?"

„Immerhin spricht vieles dafür Herr Müller."

„Was denn genau, wenn ich fragen darf?"

„Das werden wir Ihnen zur gegebenen Zeit schon zeigen. Solange muss ich Sie bitten, sich in Geduld zu üben."

Resigniert schaute MM aus dem Fenster.

„Woher wissen Sie eigentlich, dass Karlsson tot ist? Wir haben Sie eben nur gefragt, ob der Name Ihnen etwas sagt?"

MM verdrehte die Augen und zog es vor, jetzt wirklich nichts mehr zu sagen.

***

Statt Rednich war Hottel, ein Computerexperte gekommen, den man am besten mit dem Wort „schluffig" beschreiben konnte. Er wurde in das Büro geführt und fing beim Anblick der Webcam-Bilder sofort an, verschiedene Programme zu öffnen und an seinem Laptop Analysen zu starten. Beatrice hatte den Eindruck, dass er sich komplett von der Außenwelt abgekapselt hatte.

Etwa eine Stunde später kam auch Rednich mit seiner Kollegin und einem kleinen Team von der Spurensicherung. Während letztere sich an die Arbeit machten, erklärte Beatrice nochmals den gesamten Ablauf. Das Kennzeichen, das sie Rednich telefonisch durchgegeben hatte erwies sich, wie erwartet als eine Niete. Es gehörte zu einem als gestohlen gemeldeten Auto.

So schwer es ihr auch fiel, es blieb ihr nichts anderes übrig, als abzuwarten.

***

„So meine Liebe, dann wollen wir dich mal in eine etwas bequemere Position bringen. Du hast wirklich lange durchgehalten. Als Belohnung bekommst du jetzt erst einmal eine kleine Pause."

Er befreite ihr hochgestrecktes Bein von den Fesseln. Yvonne, die in den letzten Stunden immer mehr das Gefühl in dem Bein verloren hatte, entfuhr durch den Knebel ein Schrei, als das Bein, ohne weitere Unterstützung herunterfiel. Als die Durchblutung wieder zum Leben erwachte, wurde es noch schlimmer, da jetzt das intensive Gefühl von tausend Nadelstichen einsetzte. Von ihrem offensichtlichen Schmerz unbeeindruckt, nahm Jacque jetzt auch endlich den Zug aus der Kette und ließ Yvonne komplett auf den Boden gleiten. Für sie bedeutete dies noch mehr Probleme, da sich jetzt auch die Arme zurückmeldeten. Mit den Worten „damit du nicht auf dumme Gedanken kommst" befestigte er eine Kette an ihren Handschellen und eine weitere an ihren Füßen. Dadurch konnte er sie in der Mitte des Raumes so weit fixieren, dass sie zwar ihre Arme und Füße bewegen konnte aber nicht in der Lage war ihre Hände bis zu ihrem Kopf zu bringen, um sich von dem Knebel zu befreien.

„Entspann dich. Du hast bis morgen früh Pause. Für die nächsten Aufnahmen brauche ich Tageslicht."

Er warf noch eine Decke über sie und verschwand dann im Nebenraum.

Yvonne brauchte einige Zeit, um die Situation so weit erfassen zu können, dass sie noch immer lebte und scheinbar noch keinen dauerhaften Schaden genommen hatte. Das Einzige, was sie jetzt noch quälte, war ihr weit aufgespreizter Kiefer. Vorsichtiges Bewegen der Arme und Beine hatte ihr gezeigt, dass zwar alles steif, aber wie sie es in ihrem Kopf formulierte „ansprechbar" war. Sie hatte keine Idee wie spät es war. Das Einzige, was sie wusste war, dass sie im Moment nicht sah, wie sie sich hätte befreien können. Also gab sie dem Schlafbedürfnis nach. Im Schlafen war der Knebel vielleicht auch erträglicher.

***

„Chef, ich habe den Standort der anderen Webcams gefunden."

Hottel war gemütlich zu dem kleinen Bus geschlurft, der als improvisierte Einsatzzentrale herhalten musste.

Rednich schaute instinktiv auf die Uhr. Bald musste die Sonne aufgehen. Eigentlich war er gewohnt, dass Hottel schneller zu Ergebnissen kam. Sonst hätte er nicht die Nacht in dem ungemütlichen Bus verbracht. Als er sich umschaute merkte er, dass Beatrice auf seinen Rat gehört hatte und sich vom Tatort entfernt hatte. Wenigstens eine, die in dieser Nacht in ihrem Bett schlafen konnte.

Die Koordinaten, die Hottel ihm reichte, wiesen auf ein Gebiet, das demnächst dem Braunkohletagebau zum Opfer fallen sollte. Er schätzte die Entfernung auf vielleicht 100km. Da keine unmittelbare Gefahr in Verzug war, beschloss er mit seiner Kollegin selber hinzufahren.

Als sie den Hof verließen, kam auch Leben in einem kleinen Auto in einer der Nebenstraßen auf. Beatrice hatte die ganze Nacht durchgewacht. Für sie war klar, dass sie Rednich gar nicht erst fragen musste, ob sie mitkommen könne, falls die Adresse gefunden würde. Als er sie nach hause geschickt hatte, war ihre Entscheidung, sich an sein Auto zu hängen, bereits gefallen. Entweder sie schaffte es dran zu bleiben oder eben nicht. Wenigstens versuchen wollte sie es.

Die Fahrt ging direkt Richtung Autobahn. Sie konnte sich also, da ohnehin noch nicht viel Verkehr war, ein wenig zurückfallen lassen und darauf vertrauen, dass sie mitbekam, welche Auffahrt er nehmen würde.

Auf der Autobahn schließlich gab Rednich Gas. Beatrice war klar, dass sein BMW ihrem Auto deutlich überlegen war, aber andererseits kommt man auf deutschen Autobahnen auch in der Nacht nicht immer beliebig schnell vorwärts. Da es sich um keinen Einsatz handelte, der nach den offiziellen Regeln Blaulicht erlaubt hätte, wurde dies von Rednich auch nicht eingesetzt. So war er nun einmal. Immer brav im Rahmen der Vorschriften. Für Beatrice war damit die Möglichkeit gegeben immer wieder zu ihm aufzuschließen. Das Einzige, was sie nicht immer sicherstellen konnte, war, ob sie auch dem richtigen Lichterpaar folgte.

Als er schließlich die Autobahn verließ, schloss sie deshalb beim Einfädeln auf die Bundesstraße so dicht auf, dass sie zu ihrer Erleichterung erkennen konnte, dass sie noch am richtigen Auto hing.

Während der Fahrt über die Landstraßen zog die Dämmerung herauf. Damit würde der Verfolgung sehr bald ein Ende gesetzt sein. Einerseits konnte sie Rednich so zwar besser identifizieren aber andererseits war auch sie auffälliger, da Rednich im Rückspiegel nicht mehr nur anonyme Scheinwerfer, sondern viel eindeutiger ihr komplettes Auto erkennen konnte. Somit war sie für ihn leicht zu identifizieren.

Noch während sie ihren Gedanken nachhing, bog er von der Bundesstraße ab. Soweit sie den Schildern folgen konnte, waren sie in einer ziemlich ländlichen Gegend gelandet. Es war also zu vermuten, dass die Fahrt kurz vor ihrem Ende stand. Sie fuhren in ein Dorf, das vollkommen verlassen schien. Da sonst niemand zu sehen war, entschloss sich Beatrice dazu jetzt kurz abzuwarten in welche Richtung Rednich weiterfahren würde und erstmal komplett aus seinem Rückspiegel zu verschwinden. Kurze Zeit später sah sie ihn auf einer schmalen Straße, die an einem Hang hochführte. Wenn sie ihm jetzt folgte, konnte sie auch gleich die Hupe betätigen. Es war komplett unmöglich dort verborgen zu bleiben.

Sie beschloss den Wagen abzustellen und sich in dem kleinen Dorf ein wenig umzusehen. Auf den ersten Blick war klar, dass das Dorf zum Aussterben verdammt war. Einige Türen und Fenster waren sogar zugenagelt. Andere Häuser wirkten noch bewohnt. Vor ihrem geistigen Auge sah sie dort alte Leute hinter den Fenstern sitzen, die nicht recht wussten, wie sie den Rest des Lebens in dieser Einsamkeit herumbringen sollten.

Am Ende der Straße war ein Bauerhof zu sehen, der scheinbar noch bewirtschaftet wurde. Zumindest stand ein altersschwacher Traktor im Hof und ein Scheunentor hinter dem sich einige Gerätschaften verbargen, war geöffnet. Erst als sie einige Meter weitergegangen war fiel ihr auf, dass sie in der Scheune nicht nur landwirtschaftliche Geräte gesehen hatte. In einer Ecke standen Stative und sogar Scheinwerfer, wie sie von Profifotografen verwendet werden. Sie ging das kleine Stück schnell zurück und schaute nochmals in die Scheune. Tatsächlich. Alles Gegenstände, die sie bei Marc in den Sessions immer wieder gesehen hatte. Was machte der Kram denn hier, wenn Rednich doch in ein Haus in der Nähe des Dorfes dirigiert worden war?

Sie beobachtete ein paar Atemzüge lang das Haus und als sie keine Bewegung feststellen konnte, ging sie schnell den kurzen Weg über den Hof bis zu der Scheune. Noch bevor sie sich die Teile genauer ansehen konnte, hörte sie Schritte. In der Rückwand der Scheune befand sich eine Türe, der sich eine Person näherte. Beatrice verbarg sich schnell hinter einer gemauerten Stützsäule. Wenn sie Glück hatte, würde die Person in ein paar Meter Entfernung an ihr vorbeigehen, ohne sie zu entdecken.

Tatsächlich hörte es sich so an, als ob sich jemand der Fotoausrüstung nähere. Sie hörte, das Klappern der Ausrüstung, das beim Anheben entsteht. Danach entfernten sich die Schritte wieder, wobei sie etwas unregelmäßiger klangen. Offensichtlich schleppte die Person die Ausrüstung nach draußen. Ein kurzer Blick zeigte Beatrice, dass einige Teile noch in der Scheune standen. In der Nähe der Türe stand ein mächtiger alter Traktor, der vermutlich schon etliche Jahrzehnte auf dem Buckel hatte. Ein wesentlich besseres Versteck. Von dort konnte sie zusätzlich noch einen Blick auf die Person riskieren, die hier offenbar ein paar Fotos schießen wollte. Als Beatrice dort Position bezogen hatte, stellte sie fest, dass sie zudem noch durch die geöffnete Türe in den Hinterhof schauen konnte.

Was sie dort allerdings sah, ließ sie geschockt den Atem anhalten. An einem Gestell hing ein Frauenkörper über der Wiese. Die Frau war mit den Händen und den Füßen an den Ecken des Gestells befestigt, so dass sie mit weit geöffneten Beinen und Armen in der Horizontalen hing. Außerdem war der Kopf so angebunden, dass sie ihn komplett in den Nacken legen musste und somit parallel über den Boden zum Horizont schaute. Wobei das mit dem Sehen vermutlich nicht klappte, da es so aussah, als ob sie eine Augenbinde trug. Beatrice brauchte keinen zweiten Blick um Yvonne zu erkennen. Und der Fotograf war tatsächlich niemand anderes als Marc.

Gerade als Beatrice ihr Handy hervorholte, um Rednich herzuordern, wendete sich Marc wieder der Scheune zu. Von Yvonne verabschiedete er sich mit den Worten:

„Ich muss mit dem Foto leider doch noch ein Stündchen warten. Die Sonne steht noch nicht hoch genug. Zeit genug, um eben ein paar Brötchen zu holen. Lauf mir nicht weg."

Yvonne brachte als Antwort nur ein Grunzen zustande. Danach ging Marc an Beatrice' Versteck vorbei und verließ mit einem alten Kastenwagen den Hof.

Die Gelegenheit war einmalig. Beatrice lief zu Yvonne.

„Ich bin's. Beatrice. Bleib ganz ruhig. Ich binde dich los und dann hauen wir hier schnell ab"

Als erstes machte sie sich an der Augenbinde zu schaffen, damit sich Yvonnes Augen wieder an das Licht gewöhnen konnten. Kaum hatten die beiden Blickkontakt, als Yvonne wieder anfing zu grunzen. Also öffnete Beatrice den Knebel und zog ihn aus dem Mund. Sie sah an der Panik in Yvonnes Augen, dass sie den viel zu großen Knebel wahrscheinlich schon so lange im Mund hatte, dass ihre Kiefermuskulatur eine ganze Zeit brauche würde um wieder in Gang zu kommen.

„Mach dir keine Sorgen. Wenn du in Sicherheit bist, lassen wir warmes Wasser über deine Muskulatur laufen und du wirst sehen, dass das alles wieder in Ordnung kommt", versuchte Beatrice ihre Freundin zu beruhigen, die aber nur noch mehr zappelte. In dem Moment, in dem Beatrice merkte, dass Yvonne an ihr vorbeischaute, sah sie auch schon den Schatten neben sich. Instinktiv rollte Beatrice sich im Fallen zur Seite ab. Neben ihr schlug ein schwerer Gegenstand auf den Boden.

Marc war zurückgekommen und hatte gerade versucht, sie mit einer dicken Hacke zu erschlagen. Beatrice war zwar schnell wieder auf den Füßen, aber noch schneller hatte Marc beide Hände um Yvonnes Hals gelegt.

„Bleib wo du bist, sonst muss ihr den Kehlkopf dran glauben."

Beatrice schätzte die Entfernung ein. Mindestens zwei Schritte waren notwendig um ihn mit einem gezielten Tritt außer Gefecht setzen zu können. Eindeutig zu viel. Marc machte einen extrem aufmerksamen Eindruck. Es war zwar unwahrscheinlich, dass er Yvonne innerhalb von Sekundenbruchteilen umbringen konnte aber sicherlich würde die Zeit reichen, um seine Position zu ändern. Zu gefährlich.

„Ich denke du bist Brötchen holen?"

Ein Grinsen ging über sein Gesicht. „Wollte ich auch" nickte er zustimmend. „Aber du warst ja so dämlich dein Auto deutlich sichtbar zu parken. Da hab' ich mir gedacht: Schau doch mal besser nach, ob Besuch gekommen ist. Und siehe da, die liebe Beatrice hat Bock auf eine finale Fotosession."

„Nach dem Schlag mit dem Gerät da, wäre bei mir aber nicht mehr viel mit Posen gewesen, Marc"

„Stimmt, aber so wie du an der lieben Yvonne rumgefummelt hast, hatte ich dann ohnehin den Eindruck, dass das nicht mehr viel gibt."

Ein berechnendes Lächeln ging über sein Gesicht.

„Jetzt allerdings, wo du noch so unversehrt bist…"

„Du hast ja wohl nicht mehr alle Tassen im Schrank. Bist du ernsthaft der Meinung ich lasse dich an mich ran?" Beatrice trat instinktiv einen Schritt zurück.

„Nein, meine ich nicht. Aber wer weiß, was du alles bereit bist zu tun, wenn dieses Exemplar hier so langsam sein Leben aushaucht." Dabei gab er dem Kopf von Yvonne einen leichten Stoß, so dass sie mit dem gesamten Gestell, das an nur einer Kette hing, ins Schaukeln geriet. Mit einem Schritt stellte sich Marc so, dass er Yvonne als Puffer zwischen sich und Beatrice brachte. Um das Gestell nicht an den Kopf zu bekommen, musste Beatrice noch einen weiteren Schritt zurückweichen.

„Was hältst du denn davon, wenn du jetzt mal langsam anfängst dich auszuziehen?" Zur Bekräftigung der Frage gab er

Yvonne eine schallende Ohrfeige. Da er das Gestell dabei festhielt ging die ganze Kraft auf den Kopf, was von Yvonne mit einem lauten Schmerzschrei quittiert wurde.

„Du kannst ruhig schreien. Im ganzen Dorf ist keine Menschenseele mehr zu finden. Alle weg."

Während er mit der anderen Hand ausholte, schaute er herausfordernd zu Beatrice.

„Okay, warte. Du hast mich überzeugt."

Um ihn erstmal zu beruhigen, ließ sie ihre Jacke zu Boden gleiten.

„Wo willst du mich hier denn fesseln? Der Rahmen ist ja ganz schön. Aber der bietet nur Platz für eine."

„Hör mit der Laberei auf, sonst liegt deine liebe Yvonne hier gleich im Gras ohne dass sie sich jemals wieder rühren wird und der Rahmen ist für dich frei."

Beatrice zog sich langsam weiter aus, während sie verzweifelt nach einer Lösung suchte. Ihr war klar: In dem Moment, in dem sie die erste Fessel tragen würde, hatte sie verloren. Die einzige Chance war dann noch die, dass Rednich möglichst bald zurückkommen würde und, ähnlich wie Marc, ihr Auto finden würde. Aber selbst dann war sie noch lange nicht gerettet. Schließlich hätte Rednich keinen Grund schnurstracks auf die Wiese im Hinterhof des Bauerhofes zu laufen.

Trotzdem fiel ihr nichts Besseres ein. Sie musste so langsam sein, dass möglichst viel Zeit herauskam und so schnell, dass er Yvonne nicht weiter verletzen würde.

„Denkst du ich lasse mir hier von dir den ganzen Morgen versauen oder was?" mit einem klatschenden Geräusch landete der nächste Schlag in Yvonnes Gesicht.

„Ich mach ja schon. Jetzt lass die doch einfach mal in Ruhe. Früher hast du auch nicht so gezappelt, wenn ich für das Ausziehen etwas länger gebraucht habe."

„Früher war ich auch noch der bescheuerte schwule Fotograf", war seine Antwort, die er in dem typischen Singsang gab, den er früher immer benutzt hatte.

Als Beatrice schließlich nackt vor ihm stand, warf er ihr ein paar Handschellen zu.

„Kette dich damit an den Rahmen. Zwischen ihren Füßen."

Ohne rettende Idee ließ Beatrice die erste Öffnung um ihr rechtes Handgelenk schnappen und wollte das zweite Ende an dem Gestell befestigen.

„Halt. Nicht so. Das zweite Ende kommt an deine andere Hand. Die Kette ist hinter dem Rohr vom Gestell. Kapiert?"

Als Beatrice zögerte, packte er Yvonne an dem noch immer nicht geschlossenen Mund.

„Schau mal hier. Die Ärmste kann den Mund noch immer nicht schließen. Willst du daran Schuld sein, wenn ich ihr den Knebel wieder reinstecke? Das tut jetzt bestimmt besonders weh."

Mit gespielter Besorgnis schaute er Beatrice an. Gerade, als sie die Handschellen endgültig zuschnappen lassen wollte, verzerrte sich sein Gesicht. Gleichzeitig versuchte er die Hand von Yvonnes Mund zurückzuziehen, wodurch der gesamte Rahmen von Beatrice weggezogen wurde. „Yvonne muss zugebissen haben", war Beatrice sofort klar. Sie ging in die Hocke und schoss so schnell sie konnte unter dem Rahmen auf Marcs Beine zu. Ihr Plan war, diese mit der Schulter wegzurammen und zu hoffen, dass das reichen würde, um ihn zu Fall zu bringen. Danach konnte sie nur noch auf das Glück hoffen, dass er seine Fassung nicht schnell genug wiedergewinnen konnte.

Marc, der immer noch hilflos vor Yvonne stand, hatte keinen Gedanken frei, um die Gefahr, die von Beatrice ausging, zu realisieren. Er war durch die Schmerzen, die sein Daumen aussandte vollständig blockiert. Sollte er Yvonne mit seiner freien Hand wegdrücken? Wahrscheinlich würde der Schmerz dann noch größer. Das wichtigste war, möglichst wenig Zug auf seinen Daumen zu bringen.

Die heranstürmende Schulter von Beatrice bemerkte er erst, als diese zielgenau in seinen Weichteilen landete. Er ging jaulend in die Knie und riss damit endlich auch seinen Daumen aus Yvonnes Biss.

Beatrice konnte die schnelle Änderung der Situation kaum fassen. Marc lag in Embryostellung vor ihm und wusste offenbar nicht, ob die Verletzung am Daumen oder seine Hoden den schlimmeren Schmerz ausstrahlten. Verzweifelt umfasste er mit seiner freien Hand den Daumen und war noch komplett mit sich selber beschäftigt.

Für Beatrice war klar, dass dieser Zustand nicht ewig andauern konnte. Sie schaute sich um, nahm eines der herumliegenden Seile, machte eine weite Schlaufe an ein Ende und zog diese über seine angezogenen Füße. Bevor Marc in der Lage war zu regieren, lief sie mit dem Seil ein paar Schritte weg und erreichte so, dass sich die Schlaufe zuzog und Marc keine Chance hatte aufzustehen, da er dafür die Spannung aus dem Seil nehmen musste. Als sie in seine Augen blickte, war ihr klar, dass er begriffen hatte. Sie konnte ihn den ganzen Tag lang langsam durch das gesamte Feld ziehen ohne dass nur die geringste Chance gehabt hätte, ihr zu entkommen.

Mit dieser Erkenntnis holten ihn auch seine Schmerzen wieder ein. Für Beatrice gab es jetzt nur noch die Aufgabe zu lösen, Yvonne möglichst schnell zu befreien. Die Art, wie sie in dem Gestell hing, konnte auf Dauer nicht gut sein. Marc machte im Moment nicht den Eindruck, als ob er zu großen Aktionen fähig gewesen wäre. Trotzdem konnte sie sich keinen Leichtsinn erlauben. Sollte er nochmals die Oberhand gewinnen, hätte sie mit Sicherheit keine Chance mehr. Also ging sie, das Seil immer unter Spannung haltend langsam um ihn herum zu Yvonne.

„Yvonne. Du hältst ihn genau im Auge, sobald er sich bewegt, schreist du klar?"

Yvonne, die im Moment damit beschäftigt war, ihren Mund so gut es ging mit ihrer eigenen Spucke zu reinigen, nickte zustimmend. Den Versuch, eine Antwort zu geben, stellte sie sofort wieder ein. Sprechen war noch nicht drin.

Beatrice begann damit erst die Füße, dann den Kopf und schließlich die Hände aus den Fesseln zu befreien.

Während der Aktion hatte Marc immer mehr begonnen zu wimmern. „Sie hat mir den Daumen abgebissen Ich verblute. Du musst mich verbinden."

Beatrice war nicht in der Stimmung Mitleid mit ihm zu empfinden. Sie schaute Yvonne fragend an. Die zuckte nur mit den Schultern und zeigte dann auf eine Stelle, an der etwas undefinierbares Blutiges lag.

Beatrice zog sich schnell wieder an, befestigte das Seil, an dem Marc hing, möglichst straff am Gestell und beschloss, erstmal Yvonne in Sicherheit zu bringen. Auf dem Weg durch die Scheune nahm sie eine alte Decke, die sie ihr über die Schultern warf.

Als sie auf die Straße heraustraten, liefen sie geradewegs Rednich und seiner Kollegin in die Arme. Während die Kollegin Verstärkung und den Notarzt herbeirief, nahm er ihr Yvonne ab und brachte sie zu seinem Auto.

„Was ist mit dem Täter?"

„Hinter dem Hof. Ich habe ihn notdürftig gefesselt. Er hat vermutlich eine ernsthafte Verletzung seiner Genitalien und eine tiefe Bisswunde am Daumen. Vermutlich ist er damit noch eine Zeit außer Gefecht gesetzt. Ich wollte erstmal Yvonne in Sicherheit bringen."

„War er bewaffnet?"

„Keine Ahnung. Auf mich ist er mit einer Spitzhacke losgegangen. Aber es kann durchaus sein, dass er im Haus auch richtige Waffen hat."

Die beiden Polizisten verständigten sich mit einem Blick. „Wir müssen auf Verstärkung warten und euch erstmal sichern."

Gleichzeitig mit dem ersten in der Entfernung zu hörenden Martinshorn, fiel ein Schuss.

„Deckung!"

Einen kurzen Moment warteten sie auf einen weiteren Schuss.

„Wo kam der her?"

Weder am Auto, noch an einem der umstehenden Häuser war ihnen irgendein Schaden aufgefallen.

„Keine Ahnung."

„Kommt man auf anderem Weg von dem Hinterhof weg, Beatrice?"

„Weiß ich nicht." Nach kurzer Pause fügte sie hinzu „Doch sicher. Er war von keinen Mauern umgeben. Wenn Marc entgegen meiner Vermutung doch laufen kann, kann er in alle möglichen Richtungen weg sein."

„Wir müssen also in alle Richtungen schauen."

Es folgten einige Minuten gespannter Aufmerksamkeit. Erst als die Kollegen eingetroffen waren und damit die Möglichkeit bestand, ein geschütztes Team in den Hof zu schicken, löste sich die Spannung.

Das Team fand Marc mit einem gezielten Kopfschuss an der Stelle vor, die Beatrice zuvor beschrieben hatte.

***

„MM, das sieht verdammt schlecht aus. Deine Fingerabdrücke auf der mutmaßlichen Mordwaffe, Deine Fingerabdrücke am Auto. Deine genetischen Fingerabdrücke im Auto…"

Genau das waren die Worte, die MM von seinem Anwalt nicht hören wollte.

„Hör zu, ich bin mit dieser ganzen Geschichte einem Erpresser in die Falle gelaufen. Wahrscheinlich wollte der die ganze Zeit nichts anderes, als mir irgendwelche Morde in die Schuhe zu schieben. Dieses ganze Herumgereise war für ihn nur ein kleines zusätzliches Späßchen. Such die Verbindung zu meinen alten Geschäften. Ich habe sogar selber schon nachgeschaut und bin mir sicher, dass nicht nur eine, sondern direkt mehrere von den alten Akten fehlen. Vielleicht haben die Leute sich ja gegen mich verschworen."

Der Anwalt lehnte sich mit leichter Resignation in seinen Gesichtszügen zurück. „Wie stellst du dir das vor? Um hier mal Klartext zu reden: Diese Akten beziehen sich doch ausschließlich auf illegale Geschäfte oder?"

MM nickte und setzte den Gedanken des Anwaltes fort: „Und die besonders brisanten Teile davon lagen in dem Safe."

„Die Unterlagen aus dem Safe hast du nicht irgendwo beim Notar in zigfacher Ausfertigung hinterlegt, sondern ohne jede Kopie bei dir zuhause aufbewahrt?"

„Natürlich. Wie denn sonst? Soll ich etwa damit hausieren gehen? Seht her, ich habe hier einen Haufen dämlicher Idioten übers Ohr gehauen und hier ist das belastende Material."

„Wieso hast du die Unterlagen überhaupt aufgehoben?"

MM hob resigniert die Hände.

„Als Druckmittel, falls es sich einer anders überlegt?"

„Natürlich. Sonst können die Penner oder zumindest einige davon jederzeit bei mir klopfen und versuchen den Spieß umzudrehen."

„Hast du schon mal was von Bränden gehört?" Als er den fragenden Blick von MM sah, fuhr er fort „Was hättest du den gemacht, wenn deine Bude einfach so mal abgefackelt wäre? Irgendein saublöder Kurzschluss oder so."

„Der Safe war natürlich feuerfest."

„Mit eingebautem Kühlschrank oder was?" Der Anwalt winkte ab. „Wir müssen uns jetzt nicht streiten. Was passiert ist, ist passiert. Wenn du keine Kopien hast, kann ich so lange nichts machen, wie du mir nicht aus deinem Gedächtnis irgendwelche Anhaltspunkte geben kannst und selbst dann müssten wir erstmal beweisen, dass es einer von denen war. Damit erfolgt dann automatisch ein Verfahren wegen vielfachen Betruges gegen dich. Überlege dir also gut, wie wir vorgehen wollen und überlege vor allem, ob du in deinem Gedächtnis genug Fakten zusammenbekommst, um in die Richtung überhaupt zu gehen. Bedenke auch, dass das nach deiner Einschätzung alles immer nur Trottel sind. Die Frage ist also, ob einer von denen überhaupt in der Lage ist, so etwas auf die Beine zu stellen. Wenn nämlich noch ein bisschen Pech dazukommt, ist es keiner von denen gewesen und meine Recherchen bewirken lediglich, dass die Herren von der Wirtschaftskriminalität ein Märchen ziehen, um nach dem Mordprozess als nächste einen Prozess anzustrengen."

Epilog

Am Strand saß ein älterer Mann in einem Straßencafe. Eben hatte er es geschafft, sich einen nicht ganz legalen Zugang zum Internet zu verschaffen um endlich seine letzte Botschaft loszuwerden.

„Liebe Yvonne,
ich bin es noch schuldig bei dir Abbitte zu leisten. Mein Assistent war mir leider ein wenig aus dem Ruder gelaufen. Glücklicherweise war die kluge Beatrice zeitig zur Stelle, um dich noch zu befreien.

Zu meiner großen Schande muss ich gestehen, dass ich ein paar Minuten zu spät war. Insofern richte Beatrice bitte meinen aufrichtigen Dank aus.

Nachdem ihr euch in den vorderen Teil des Anwesens zurückgezogen hattet, blieben mir einige wenige Minuten um den untreuen Diener zu bestrafen und mich dann endgültig aus dem Spiel zurückzuziehen. Ich wünsche Dir alles Gute.

Wie ich der Zeitung entnommen habe, ist MM für ein paar Jahre aus dem Verkehr gezogen. Es wäre eine Lüge, wenn ich darüber mein Bedauern äußern würde. Letztlich war dies als eines der möglichen Schlusskapitel der ganzen Aktion vorgesehen."

Er las sich das Geschriebene nochmals durch und ergänzte nach einigem Zögern:

„Du fragst dich sicherlich, weshalb ich das alles gemacht habe. Die Antwort ist eigentlich ganz einfach. Vor 20 Jahren habe ich meine gut laufende Firma an meinen Sohn übergeben. MM hat sie meinem Sohn

unter Anwendung mieser Tricks abgeknöpft. Da ich mein Geld noch nicht herausgezogen hatte, waren sowohl ich, als auch mein Sohn danach schlagartig arme Leute. MM fühlte sich durch unseren Sturz bestens unterhalten. Mein Sohn hat das nicht verkraftet. Ich schon. Allerdings nur, weil mich das Nachdenken über eine angemessene Rache beschäftigt hat. Als ich endlich wusste, wie es geht, kam mir der Zufall zu Hilfe. So plötzlich, wie ich zuvor mein Vermögen verloren hatte, gewann ich es dank des Glücksspieles wieder zurück. Jetzt hatte ich dieses angenehme Motivationsmittel zur Verfügung mit dem ich den ein oder anderen nützlichen Gehilfen ins Boot holen konnte. Den Rest der Geschichte kennst du."

Er bewegte den Mauszeiger auf den „Senden" - Button. Als ihm durch den Kopf ging, dass die meisten genialen Täter gefasst werden, weil sie am Ende das unstillbare Verlangen haben der Welt mitzuteilen, wie genial sie sind, verharrte sein Zeigefinger über der linken Maustaste.

Danksagungen und so

Natürlich danke ich all denen, die mich beim Schreiben dieser Geschichte unterstützt haben, insbesondere aber danke ich meiner Fantasie.

Das größte Kopfzerbrechen hat mir die Wahl der Namen gemacht. Keine Ahnung wie die anderen schreibenden Menschen an die Namen ihrer handelnden Personen kommen. Falls sich hier also zufällig ein/eine LeserIn genannt sieht, so liegt das definitiv nicht in meiner Absicht und ich versichere, dass ich die Person nicht kenne.

Sollte es überhaupt jemanden geben, der glaubt sich oder andere Geschichten in diesem Buch wiederzuerkennen, so versichere ich, dass ich weder die Person, noch die Geschichte kenne. Alles was ich geschrieben habe, entstammt meiner Fantasie. Bei nicht wenigen der erzählten Passagen möchte ich sehr hoffen, dass sie so ausschließlich in der Fantasie geschehen können und in der Realität an den vielen nicht kalkulierbaren Unwägbarkeiten scheitern würden, die das Leben so mit sich bringt.